ハヤカワ文庫FT
〈FT563〉

幻想の英国年代記

ミス・エルズワースと不機嫌な隣人

メアリ・ロビネット・コワル
原島文世訳

早川書房

7358

SHADES OF MILK AND HONEY
by
Mary Robinette Kowal

Translated by
Fumiyo Harashima
First published 2014 in Japan by
HAYAKAWA PUBLISHING, INC.
This book is published in Japan by
arrangement with
DONALD MAASS LITERARY AGENCY
through OWLS AGENCY, INC., TOKYO.

語ることと家族の大切さを教えてくれたふたりの祖母、
メアリ・エロイーズ・ジャクソンとロビネット・ハリソンへ

目次

ミス・エルズワースと不機嫌な隣人

登場人物

ジェーン・エルズワース…………魔術の才能を持つ女性。ロング・パークミードの住人
メロディ……………………………ジェーンの妹
エルズワース氏
　（チャールズ）…………………ジェーンの父
エルズワース夫人
　（ヴァージニア）………………ジェーンの母
ダンカーク氏（エドマンド）……ロビンスフォード・アビーの住人
ミス・ダンカーク（ベス）………ダンカーク氏の妹
レディ・フィッツキャメロン……子爵夫人。バンブリー・マナーの住人
ミス・フィッツキャメロン
　（リヴィア）……………………レディ・フィッツキャメロンの娘
リヴィングストン大佐
　（ヘンリー）……………………レディ・フィッツキャメロンの甥
バフィントン氏……………………リヴィングストン大佐の友人
ヴィンセント氏……………………レディ・フィッツキャメロンに雇われた魔術師

1　ジャスミンとスイカズラ

ロング・パークミードのエルズワース家は、あらゆる点で隣人から尊敬されていた。ジ・オナラブル・チャールズ・エルズワースは次男だったが、気前のいい貴族の父親がドーチェスター近辺に地所をまかせてくれたのだ。調度も整っており、下品なほど分厚く幻をかぶせたりせず、自然な美しさを引き立てる程度の魔術が使われている。立派な地所だったので、唯一の心残りは相続人が限定されているということだった。娘ふたりしかいない身では、この世を去れば兄の息子が受け継ぐことになる。そう心得ていたので、エルズワース氏は毎年収入の一部を娘たちのために積み立てておくようつとめた。

理想的な大金ではないにせよ、娘にふさわしい夫を惹きつけられる金額ならいいのだが。次女のメロディについてはなんの心配もない。金持ちに望まれる美貌の持ち主だったからだ。長女のジェーンはそれほど美しくなかったが、すぐれた女性のたしなみがあることで補っていた。魔術と音楽、絵画の腕にかけては近隣で右に出る者がなく、その才能のおかげでエルズワース家は実際のふところ具合よりはるかに裕福に見えた。だが、エルズワース氏は若い男性がどんなに移り気かよく心得ていた。妻も若いころにはこのうえなくすばらしいと思われたものだが、容色が衰えるにつれ、病弱でいらいらしがちになった。いまでも習慣から大切にしてはいたものの、もう少し分別があったらとたびたび願わずにはいられなかった。

そういうわけで、案じているのは主としてジェーンのほうであり、家庭を持つところを見届けてから世を去ろうと決意していた。きっとあの黄ばんだ肌とさえないくすんだ褐色のまっすぐな髪以上のなにかを見てくれる青年がいるだろう。ジェーンの鼻は高すぎるが、ある意味ではしっかりした性格が外見に表われているしるしではないだろうか。エルズワース氏は自分の鼻をなで、こんなよけいなものよりジェーンに伝えられるものがあればよかったのに、と考えた。

ふたりで家の南側にある植え込みの中心部に設けられた迷路を散策しながら、エルズワース氏は杖で芝生を払い、長女をふりかえった。「フィッツキャメロン子爵夫人の甥が伯母上のところへ滞在にきたと聞いたかね？」

「いいえ」ジェーンは肩にかけたショールを直した。「あちらではさぞ喜んでいらっしゃるでしょうね」

「まったくだ、レディ・フィッツキャメロンは予定通りロンドンに戻るのをやめて、もう少しこちらにいることにしたらしい」エルズワース氏はベストをひっぱり、さりげなく話そうと試みた。「リヴィングストン君は大佐に任じられたそうだな」

「あの若さで？　だったら海軍でよほど立派にお勤めされたのね」ジェーンはバラの茂みの脇にしゃがみ、やわらかなピンク色の花びらの芳香を嗅いだ。花に日の光が反射し、頬に束の間の彩りを添える。

「来週の木曜、あちらの一家をイチゴ摘みに招待してはと思ったのだがね」

ジェーンは頭をそらして笑った。地味な容貌に反して気持ちのいい笑い声だった。

「もう、お父さまったら。また仲をとりもとうとしているの？　レディ・フィッツキャメロンは、お嬢さんと大佐を結婚させるつもりでいらっしゃると思っていたわ」

エルズワース氏は杖で地面を突き刺した。「違うとも。わしはただよき隣人であろうとしているだけだ。あちらの身内を避けるほどフィッツキャメロン家を軽視しているというのなら、おまえを見そこなっていたよ」

ジェーンは瞳をきらめかせ、父親の頬に軽くキスした。「イチゴ摘みの会はとても楽しそうよ。きっとフィッツキャメロン家のみなさんもお父さまの好意を喜んでくれるわ」

小道の両側に接している高いイチイの生垣が視界から建物をさえぎっていた。頭上では空がおだやかに青い弧を描いている。エルズワース氏は心地よい沈黙を保って娘のかたわらを歩き、リヴィングストン大佐とふたりきりにする策を練った。迷路の最後のかどをまがり、散歩道を進んで家にたどりつく。石段のところでエルズワース氏は立ち止まった。「おまえにいちばんいいようにと願っているだけなのはわかっているだろう」

ジェーンは視線を落とした。「もちろんよ、お父さま」

「うむ」エルズワース氏は娘の腕を握った。「ではイチゴの手配をしておこう、来週きちんと熟れているようにな」そしてジェーンを石段に残し、イチゴ摘みの計画を立てつつ家の東側にある丘へ向かった。

なおも父の露骨な計画のことを考えながら、ジェーンはショールをたたんで腕にかけた。よかれと思っているのだろうが、間違いなくリヴィングストン大佐に手の内を読まれてしまうだろう。だいたい大佐はいくつか年下なのだから。はじめてヘンリー・リヴィングストンに会ったのは戦争が始まる前、両親が大陸に行っているあいだレディ・フィッツキャメロンのもとで冬を過ごしていたときのことだ。大きな黒い瞳と奔放な黒髪を持つ魅力的な少年だった。子爵夫人のお気に入りではあったが、それ以来屋敷を訪れてはいない。大人になった姿を想像するのは難しかった。ジェーンは頭をふり、モスリンの服の襞をなでつけて居間に入った。

とたんにジャスミンの香りが襲ってきた。鼻がひりひりして目に涙がにじむ。この強烈なにおいのもとは、どうやら部屋の隅で魔力の襞を織っている妹のメロディらしい。

「メロディ、いったいぜんたいなにをしているの？」

妹はとびあがり、手にした魔力の襞を取り落とした――襞はたちまち融け去り、魔力の源のエーテルに戻った。「ああ、ジェーン。お母さまとレディ・フィッツキャメロンのお宅にお邪魔したら、ジャスミンがほんのり香っててすごくすてきだったの。あんまり上品だったから……子爵夫人がどうやってあんなに微妙な香りを出したのかさっぱりわからなくて」

ジェーンは頭をふると、ジャスミンの芳香がもっと早く消えるように窓をあけに行った。「あのね、レディ・フィッツキャメロンは子どものころ最高の先生たちに教わっていたのよ。たしかあの有名なドイツ人の魔術師、ヘル・ショールズもそのひとりだったはずだわ。そんなに繊細な襞を作れても不思議はなくてよ」エーテルに視覚を移して現実の部屋が薄れると、魔力の名残はやたらとかさばっていた。メロディがめざしていた効果を達成するには大きすぎる。ジェーンは指先で襞をつまみ、感触がほとんどなくなるほど軽くした。充分にひきのばされた襞は、薄い蜘蛛の巣のように部屋の隅にかかった。いったん隅に固定すると、魔術は室内に落ちつき、視界から消えた。まるで花束から漂ってくるように、スイカズラのやさしい香りがたちこめる。たいしてめまいも感じないほど簡単な作業だった。

メロディは透明な襞を視《み》ようとするかのようにジェーンが網を残した隅に目をこらした。

「眉を寄せないのよ、いい子だから。淑女にふさわしくないわ」メロディがにらむのを無視して網のほうをふりかえる。妹は近眼なのだろうか、と首をひねったのはこれがはじめてではなかった。細かい作業は針仕事でさえうまくこなせたためしがないし、魔術は大雑把な使い方に限定されているようだったからだ。

「それがなんなの？」メロディはソファに体を投げ出した。「どうせ結婚相手なんて見つけられるわけがないもの。どの芸術も救いようがないんだから」

ジェーンは抑えきれず、妹に向かって笑い声をあげた。「心配する必要はないわ。わたしがあなたの半分もきれいだったら、この顔でどんなに持参金があるより求婚してくれる人が多かったはずよ」向き直って北側の壁にかかった水彩画のひとつをまっすぐに直す。

「ダンカークさんがよろしくって」

妹に背を向けていたのがありがたかった。そうでなければ、急に顔がほてったことで秘密がばれてしまっただろう。ダンカーク氏はメロディのほうに好意を持っているようだったので、想いが募りつつあるのを隠そうとつとめていたが、温厚な物腰に惹かれていたのだ。「お元気だといいけれど」声が落ちついていたので満足した。

「今日の午後お訪ねしてもいいですかって訊かれたの」メロディは溜息をついた。「それで居間をきれいにしたかったんだけど」

そのせつなそうな声の響きは、ダンカーク氏と内々の約束ができていないかぎりふさわしくないものだった。ジェーンはふりむいて妹の顔つきを吟味した。

メロディの優美なおもてがほのかに紅潮した。まばゆい幻に目がくらんだといわんばかりにあざやかな青の瞳が宙を見つめる。自分の平凡な顔にも油断しているとき同じ表情が浮かんでいるのを見たことがあった。メロディが人前ではもっと気をつけてくれていればいいのだが。ジェーンはやさしく妹に笑いかけた。「じゃあ、居間を整えるのを手伝いましょうか?」

「そうしてくれる?」

「もちろん」

居間はすでに、流行のエジプト風家具を引き立てるため、ヤシの木と白鷺という単純な主題で飾りつけられていた。ジェーンとメロディは一時間近くエーテルから魔力の襞を引き出してはよりあわせた。ヤシの木を織っている古い魔力の糸は何本かほつれており、幻像の鮮明さを失いつつあった。別の箇所では、風を創り出して魔術の葉をそよがせ、幻に深みを与えた。これほどたくさんの襞を並べたため息が切れて頭がくらくらしたが、その程度骨を折るだけの効果はあった。

部屋の隅に一対ずつ配置された木々は、格間《ごうま》の天井をかすめるように見え、優雅な形で天井の高さを強調していた。それぞれの木にはさまれた魔術の池には白鷺が立ち、水底にちらりと映ったあかがね色の魚を永久に待ち続けている。もっと簡単な襞が室内にエジプトの日没の暖かな光を投げかけており、そよ風にはスイカズラのほのかな香りがまじっていた。

なにもかも落ちつくと、ジェーンはピアノの前に座り、魔力の襞を近くに引き寄せた。単純なロンドを弾き、固定していない襞に音をからませる。曲の繰り返し部分にくると、弾くのをやめて魔力を縛った。魔術に捕われた音楽は演奏を続け、襞の終わりにわずかな間をおくだけで曲の始まりに戻った。ジェーンは注意深く末尾の短い静けさを切り取り、節が途切れなく繰り返すようにした。それから、ずっと遠くでロンドを弾いているように聞こえるまで、魔力の襞を薄くのばした。

居間の扉がひらいた。メロディがあからさまな歓迎の表情を浮かべてぱっと立ちあった。ジェーンはもっと上品なふるまいを示そうとしてゆっくりと身を起こした。魔術を使った名残で部屋がぐらりとゆれ、ピアノに片手をつく。

だが、入ってきたのはふたりの父親にすぎなかった。「やあ、お嬢さん方」たっぷりした腹のまわりで深紫のブロケードのベストがぴちぴちに張りつめている。エルズワース氏はうれしそうに居間を見渡した。「客がくるのかね?」

メロディが答える。「ダンカークさんが今日の午後いらしてくれるんですって」

「ほう?」父は当惑したようだった。「だが、つい十五分ほど前にフィッツキャメロンの一家とうちの土地を通っていくのを見かけたぞ。狩猟に行こうとしているようだった。勘違いしているのではないかね?」

メロディは不機嫌な顔になった。「たしかにそう言ったもの。でも、ひょっとしたら農家の娘より貴族のお嬢さんと一緒に午後を過ごしたくなったのかもね」

妹が部屋からとびだしていったので、ジェーンは身をすくめた。

「おやまあ。いったいあの子はどうしたんだね？」エルズワース氏は眉をあげてこちらを向いた。「隣近所が全員自分の気まぐれにつきあって機嫌をとらなければならないとでも思っているのかな」

「まだ若いし、それに……」無分別な行動をとるかもしれないと言葉にするのはためらわれたが、メロディに気持ちを打ち明けられたわけでもなく、妹の精神状態も心配だったので、ジェーンは続けた。「あの子、ダンカークさんをお慕いしはじめているんじゃないかしら」

「相手も同じ気持ちなのかね？」

「さあ」ジェーンは服の身ごろをつまんだ。「もちろん、わたしが気づいたかぎりでは、ダンカークさんのふるまいにはなんの落ち度もないけれど」

そう保証されてあきらかに満足したらしく、エルズワース氏はうなずいた。「それなら、メロディが馬鹿な真似をしないように祈りつつ、気まぐれがおさまるのを待つしかなかろう」

玄関の扉がばたんと閉じた。

ジェーンは急いで窓ぎわに行き、外をのぞいた。メロディが庭の芝生を横切って家とバンブリー・マナーのあいだの土地へ向かっている。ジェーンは思わず息をのんだ。

「まさに馬鹿な真似をしようとしているみたいよ」

父はジェーンの肩越しにながめやった。「あの子が隣人からの評判をだいなしにしないうちに連れ戻しに行くとしよう」

好きにさせておけばいい、わがまま娘は笑い者にされればいい、と父に言いたかったものの、ジェーンはうなずいた。理性的な部分では、ダンカーク氏の愛情を手に入れるのをメロディが邪魔しているわけではないとわかっていた。ダンカーク氏だろうとどんな紳士だろうと、あまりに平凡で物静かな自分は興味の対象にならないのだ。

ジェーンは窓からふりかえってピアノの前に腰かけた。まわりの襞をほどき、かすかな曲を止める。そして静かに弾きはじめ、音楽に没頭した。

指が鍵盤の上を動き、黒檀と象牙の表面を覆う薄い魔力の襞をなでる。音に応じて目の前にさまざまな色が渦巻いた。魔術の使いすぎでめまいがしてきたのも、心配ごとから気をそらせるので歓迎した。

玄関がひらいたときにも、ピアノに意識を集中しつづけた。メロディと話をしてなぐさめたりしたくない。だが、それは不公平だ。さっきの行動が姉にどんな影響を与えたか、メロディは知るはずもないのだから。

曲をしめくくると色の渦は薄れ、ジェーンは顔をあげた。

居間の入口にダンカーク氏が立っていた。感嘆して顔を輝かせている。「申し訳ありません、ミス・エルズワース。妹さんにお邪魔したいとお伝えしたのですが、予定より遅れてしまったものですから」

魔術を使った負担以上に胸が高鳴り、顔が紅潮して熱くなった。「ダンカークさん。妹はちょうど出かけたところですの。父と散歩に行ってしまって」視界に灰色のしみが散っていることなどないふりをして、ジェーンはそっと立ちあがった。ダンカーク氏の前で気を失ったりするものか。「でも、ようこそ。紅茶かブランデーでもいかが？」

「ありがとうございます」ダンカーク氏はさしだされたブランデーを受け取り、こちらに向かってグラスを掲げた。「あなたがそれほど音楽と魔術の才に秀でているとは知りませんでした」

ジェーンは目をそらした。「ただの手なぐさみですわ」

「とんでもない。音楽や女性らしいたしなみのおかげで家庭が安らぐのですよ」ダンカーク氏は居間に飾ってあるヤシの木と白鷺をながめた。「わたしもいつかこんな家庭がほしいですね」

ダンカーク氏とふたりきりだということを強く意識しつつ、ジェーンはピアノに手をかけて体を支えた。「そうですか」とつぶやく。「でも、言わせていただければ、ロビンスフォード・アビーはすばらしいご趣味ですわ」

「しかし、魔術の才のある妻がいれば得られるような快適さがありません」ダンカーク氏はスイカズラの香りを吸い込み、溜息とともに吐き出した。「愛らしい顔を求める男もいるかもしれませんが、私は洗練された趣味のほうが貴重だと思いますよ。美しさは衰えますが、こうした才能は違いますからね」

「魔術は学べるのに対して、美しさは生まれつきのものだとお考えになりません？」

「魔術はそうですね。だが、趣味のよさは学べないと思います」ダンカーク氏はほほえんで首をかしげた。「いまの話題に近い会話のせいで、ここにお邪魔するのが遅れたのですよ。ヴィンセント氏と会う機会はおありでしたか？」

「いいえ、お会いしていないようですわ」

「ああ。ミス・メロディがお話しになったかと思っていました。レディ・フィッツキャメロンが食堂の魔術画を創らせるために雇ったのですよ。すごい男でしてね、ヘル・ショールズについて学び、摂政殿下から何度も依頼を受けているそうです。驚くべき才能の持ち主ですよ、実際」

「それでは、メロディはお会いしたんですのね？」妹がそのことを口にしなかったのは不思議な気がした。それでなくともこの近辺を訪れる人はめずらしく、知らせるだけの価値はあるが、近所に名魔術師がいるといえば一大事件だ。

「顔を合わせていると思いましたが、ひょっとしたら勘違いかもしれません。どちらにしても、ヴィンセント氏は魔術に関して一席弁じたのですが、それを聞けばわたしの発言に説得力があると考えていただけるのではないかと思いまして」

玄関がふたたびあき、メロディが居間の扉を大きくひらいた。赤くなった顔は涙で汚れている。ダンカーク氏を目にするとうろたえて声をあげ、部屋から逃げていった。

ジェーンは目を閉じた。かわいそうに。この状況をどう思うだろう。メロディがあんなにはっきりと慕っている男性と姉がふたりきりでいるのを見れば、裏切られたと感じるに違いない。目をひらくと、ダンカーク氏はグラスをおろして父に挨拶していた。

ジェーンは席を立って言った。「メロディの様子を見てこないと」

「なにか事故に遭ったわけではないといいのですが」ダンカーク氏が応じる。

父が咳払いし、メロディが散歩の途中でくるぶしをひねったとつぶやいたので、ダンカーク氏は答えた。「それでは、手当てが必要でしょうから、これで失礼します」別れを告げると、戸口で立ち止まって言う。「またお伺いしてもよろしいですか?」

「もちろんだとも!」エルズワース氏は顔を輝かせた。「いつでも好きなときにきたまえ」

「では、またお会いしましょう」ダンカーク氏は一礼した。「お嬢さんはお父上の誇りですね」

玄関が閉まったとき、エルズワース氏は言った。「さて。結局のところ、メロディは心配する必要もなかったらしいな。〝誇り〟だと」

ジェーンは微笑した。「本当ね」

まだダンカーク氏の称賛で胸をいっぱいにしながら、ジェーンは二階へ行ってメロディの部屋の扉を叩いた。あれほどささやかなことだが、とくに目に留めてもらったのは記憶にあるかぎりこれがはじめてだった。一緒にいるときには常に慇懃なダンカーク氏だが、自分への好意を感じるというより、ほかの人々に対するふるまいを見て想いが募ったのだ。

ジェーンは扉に頭をもたせかけ、室内の音に耳をすました。「メロディ？」

「あっちへ行って」

吐息を洩らす。「ねえ。入れてちょうだい」

沈黙が続き、そのあいだにジェーンは扉の木目や年を経てまるくなった羽目板のかどをながめた。「メロディ？」

内側で衣擦れの音がして、錠前の中で鍵がまわり、掛け金が外れた。扉をあけると、ちょうどメロディが無造作に寝台に身を投げたところだった。ダンカーク氏の訪問中どう過ごしていたか、くしゃくしゃになった上掛けが物語っている。黄金色の巻き毛が複雑な網目模様を描いて寝台に広がり、睫《まつげ》の先では涙がダイヤモンドさながらに光っていた。

ジェーンは後ろ手に戸口を閉めて扉によりかかり、妹を見つめた。「ダンカークさんが遅れてごめんなさいって言っていたわ」

メロディは驚くほどの勢いで上体を起こした。顔がさっと紅潮する。「まだいるの？」

「いいえ。散歩に出ているあいだにくるぶしをひねったってお父さまが伝えたから」ジェーンは妹の隣に腰をおろした。

メロディは両手で目を覆い、うめき声をあげてあおむけに倒れた。「それじゃ、感情的なだけじゃなくてぶきっちょだって思われてるわけね」

「そんなことはないと思うわ」ジェーンは昂奮にほてった妹の眉をぬぐってやった。エーテルに手をのばし、涼しい風を創り出して熱を冷ましてやる。

メロディはまぶたから手を離したが、目を閉じたまま風に顔を向けた。「ううん、思ってるわよ。ダンカークさんの前では口ごもったり赤くなったりしちゃうんだもの。もう！　気がつかなかったなんて言わないでよ」目をひらき、こちらをにらみつける。「今日までは、あなたがダンカークさんにお隣さん以上の感情を持ってるなんて想像もしていなかったわ。それこそ、おじさまたちのひとりぐらいにしか考えていないと思っていたのに」ジェーンはスカートの襞をなでつけ、自分の顔がメロディほど感情をあけすけに映し出していないといいが、と願った。「ダンカークさんと想いは通じ合ってるの？」

メロディは噴き出した。「想いが通じ合う？　ジェーンったら、ダンカークさんは紳士そのものよ。上品で洗練されてて、これ以上ないほど立派な人だけど、すごく礼儀を気にしてるから、ちょっとでも作法に合わないことなんかするもんですか。だから、今日お訪ねしたいって言われたとき、あんなに期待したのよ。もしかしたら、たんなる隣人の娘って見るんじゃなくて、あたし自身に注意を向けはじめてくれたかもしれないって思ったのに」またうめいて寝返りを打ち、両腕に顔をうずめる。「あたしが外でばかげた真似をしてるあいだに、なにを話したの？」

「ほとんどなにも。音楽とか。魔術とか。レディ・フィッツキャメロンの魔術師とか」

メロディがヴィンセント氏と会ったことを話すかとジェーンは待ったが、妹はひたすら泣き言を続けただけだった。

「ほらね！　あたしにはどれも話せないもの。なんにも才能がないんだから」と言いつつ、根もとから引き抜いてしまうのではないかと不安になるほどの勢いで髪をかきまわす。

あまりに嘆いていたので、ジェーンは自分の心の支えにしていたことを妹に譲ってやった。「それは違うわよ。ダンカークさんがあなたのことをなんて言ってたか、お父さまに訊いてごらんなさい」

メロディはたちまちあおむけになり、青い瞳をきらきらと光らせた。「なんて言ったの？　じらさないでよ、いとしのお姉さま」

「こう言ったのよ、『お嬢さんはお父上の誇りですね』って」

メロディの顔は内心にあふれる喜びに輝いたが、その光はすぐに薄れた。「それは当然、ジェーンのことでしょ」

「わたしはそこにいたのよ、メロディ。まるでその場にいないみたいにダンカークさんが話すわけないでしょう？」そう言いながら、それは本当だとジェーンは思い至った。まるで自分のことを言われたかのようにダンカーク氏の言葉を心に刻んだものの、そんなはずはない。メロディ以外に誰がいる？　ジェーンへの褒め言葉なら、「あなたはお父上の誇りですね」と言っただろう。メロディを指したつもりだったのは間違いない。

ジェーンは落胆を隠そうとして妹の乱れた髪に手をのばした。「ほらね？」

メロディは座り直し、腕を投げかけてきた。「ああ、ありがとう。教えてくれてありがとう」

「どういたしまして。できるところでそういう小さななぐさめを見つけないとね」ジェーンは妹に腕をまわし、自分の小さななぐさめはどこで見つかるのだろう、といぶかった。この話の苦痛から逃れようと、別の話題を探す。「それで、レディ・フィッツキャメロンの魔術師のことを話してくれなかったって叱るべきかしら？」

メロディはうしろめたそうに目をみひらいて身を引いた。「ああ、ジェーン！本当にごめんなさい。ダンカークさんがうちにくるって聞いたら、ほかのことはみんな頭から飛んじゃったの。もっとも、実際、話すことなんてたいしてないけど」

「そう。どんな人なの？」

「男の人っていうより熊みたい。本当よ。まったく！あたしがいたあいだ、ふたことぐらいしか話さなかったんじゃないかしら。ものすごく頭がいいって子爵夫人はおっしゃってたけど、ぜんぜんそうは見えなかったわ」

「さいわい、魔術を織るのに話をする必要はないものね」ジェーンは溜息をついた。

「その人が受けた教育をわたしも受けてみたいわ」

メロディはジェーンにもたれ、鼻に皺を寄せた。「ほらね！　叱られたけど、ジェーンはもうあたしよりあの人のことを知ってるじゃない」

「たぶん、あなたはダンカークさんに気をとられすぎていたんでしょうね」

メロディは赤くなった。頬にでかでかと恋心を書き出しているようなものだ。「ジェーンったら。ダンカークさんって、いままで会った中でいちばんかっこよくてすてきな人じゃない？」

「ええ」自分の秘密が表われている顔を隠そうと、ジェーンは妹を抱きしめた。「ええ、そうね」

2 鳩とバラ

昼食後、家族が居間に座っていると、小間使いが銀の盆に午後の郵便を載せてきて、父に手紙を渡した。エルズワース氏はざっと目を通し、咳払いしてから妻にずっしりと重たげな一通をまわした。

住所を見たエルズワース夫人が声をあげたとき、ジェーンはじろじろ見まいと努力した。視野の端に重そうな紙や裏の分厚い封蠟が映った。エルズワース夫人が封蠟の下にペンナイフをすべりこませているあいだ、目の前の水彩画に意識を集中する。

「フィッツキャメロン家で舞踏会をひらくんですって!」エルズワース夫人はもう少しでペンナイフを落としそうになった。手がふるえ、招待状がかさかさと音をたてる。

フィッツキャメロン家はいちばん近い隣人だったが、子爵夫人は夫が死んで以来ロンドンの社交界で過ごすほうを好み、バンブリー・マナーに滞在することはめったになかった。バンブリー・マナーで舞踏会がひらかれたのは、メロディが社交界に出る前のことだ。

メロディは鉤針で編んでいた房飾りを取り落とし、歓声をあげて居間を横切った。

エルズワース氏は頭をふった。「リヴィングストン君が到着したようだな」

エルズワース夫人は反応せずに手紙を熟読した。「あらまあ！　仕立屋に新しい服を作らせる時間もろくにありませんよ」

ジェーンは父に目をやった。マダム・ボーリューの洋品店にある紫がかった灰色の絹地がほしくてたまらなかったが、エルズワース氏はたえず金の心配をしている。メロディを見た父の表情がやわらいだ。「さて。うちの娘たちにはフィッツキャメロン家のお嬢さんに見劣りしないでもらいたいが」

「チャールズ、馬鹿なことを言わないで」エルズワース夫人は手紙をおろし、夫をにらんだ。「ミス・フィッツキャメロンが外見をよくしようとして魔術を使っているのは誰でも知っていますよ。まあ、あれだけの持参金があれば、たいていの人は見逃すでしょうけれど」

「そうなのかね？」おおかたの男性と同様、父は魔力の襞にほとんど気づかなかった。生まれつき能力がないというより訓練の不足によるものだろう。狩猟のさいには体を温める初歩の呪文をかけることができるのだから。

「そうですよ」エルズワース夫人は言った。「まったく、あの子の歯が馬みたいに突き出ていたのを憶えていないんですか？」

「ああ。なるほど。成長して治ったのかと思ったよ」

メロディが鼻を鳴らした。「まあ！　だったらあんなにいつでも気絶しないでしょ。舞踏会で見ててごらんなさい、きっと気を失うから。目を覚ましたら、めくらましが戻るまで手で口もとを押さえるわよ」

「しかし、なぜ母親がそんなことを許しておくのかね？」エルズワース氏はたずねた。

ジェーンは絵筆を置いた。「そうすればもっといい縁談がくると思って、見ないふりをしているのだと思うけれど」

「おまえたちはどちらもそんなことをしないよう願うがね」

父がメロディではなく自分を見たことを痛いほど意識しつつ、ジェーンはまた絵筆をとりあげた。「わたしがしていないのは一目瞭然じゃないかしら」

筆に絵の具をつけて、きのうの空の色をとらえようとしてさっと青を塗っていると、父が不器用に謝ろうとして大声を出した。「いや、むろんだ。うちの娘はふたりとも、そんなくだらない真似をしない分別を持っているさ」

「分別」ジェーンは筆を紙に走らせ、絵の具を水ににじませた。「ええ。わたしたちには分別があるわ。そうじゃない、メロディ?」苦々しさのあまり、前日妹が見せた束の間の弱さを皮肉らずにはいられなかった。メロディの頬が蒼ざめたので、たちまち自分の心のせまさを後悔し、言い換えようとつとめる。「だから、その分別を使えば簡単にお父さまを説得できるはずよ、舞踏会用に服を新調するのは大切だってね」

「そうですとも、チャールズ。ふたりには新しい服を買わなくては」エルズワース夫人はこの場に仕立屋を呼び出せるといわんばかりにテーブルを叩いた。

エルズワース氏がベストの下で腹をふるわせながら声をあげて笑ったので、気まずい瞬間は過ぎ去った。「新しい服と、新しい髪飾りと」自分の薄くなりかけた頭を漠然とさししめす。「近ごろの若いご婦人方に似合うようなものはなんでもな」

「いまから行ってもいい?」すでに舞踏会でダンカーク氏とコティヨンでも踊っているかのように、メロディは居間の絨毯の上でダンスした。

そんな思いを払いのけようとジェーンは頭をふり、水彩画に注意を戻した。あんなつまらない皮肉をメロディにぶつけるのは不公平だった。若さが与えてくれるささやかな盛りの時期が過ぎてしまったことはよく心得ている。一生独身でいる覚悟を決めていた。両親の世話をして晩年を送るより不名誉な生き方はいくらでもある。望めるとしたら、メロディが幸せな結婚をすることとぐらいだ。まったくのところ、ジェーンの幸福は妹の結婚にかかっているといっても過言ではない。メロディがふさわしい相手を見つけられれば、両親が世を去ったあと、その夫が立派な紳士らしく独身の義姉を家庭に迎えてくれるだろう。そうすればメロディの子育てを助けるという喜びが得られ、向こうにとっては家庭教師を雇う手間がなくなる。実際、それがいちばんで、ほかに道はないように思われた。

ジェーンはサイドテーブルに置いておいた水のコップで絵筆を洗い、メロディに笑いかけた。「わたしも行きたいわ。ここしばらく、マダム・ボーリューのお店にある絹の生地に目をつけていたの」

「それなら行ってよろしい。馬車を使うといいよ」エルズワース氏は椅子の背によりかかった。娘たちへの愛情をひしひしと感じ、ジェーンは心温まる思いだった。

メロディが走り寄ってきて父の首に両腕をまわし、頭のてっぺんの禿げた部分にくちづけた。「ありがとう、お父さま」踊るような足どりで部屋を出ていくのにエルズワース夫人がすかさず続き、まるで自分が服を新調するかのように流行や裁断について意見を並べ立てた。

ジェーンはもっとしとやかに立ちあがり、母と妹を追う前に少し時間をとって絵の具を整理した。ふりかえると、父が奇妙な思いやりをこめてこちらを見つめていた。片手をさしのべてくる。

そのまなざしのやさしさをいぶかりながら、ジェーンは部屋を横切って父の手をとった。

「ジェーン、年寄りの頼みを聞いてくれるかね？」

「もちろんよ、お父さま」

「おまえがバラ模様のなにかを身につけているところを見たいのだよ」エルズワース氏はジェーンの手を握りしめた。「わしのためにそうしてくれるかな？」

憧れの灰色がかった紫の絹は頭から消え去った。どうしてこれほど簡単な頼みを断れるだろう？「マダム・ボーリューに話してみます。きっとぴったりの品があると思うわ」

バラ。なぜ父はそんなことを思いついたのだろう？

ドーチェスターに入るといつでも、せわしなくあれこれ動きまわる人々や馬車の波にたちまち疲れてしまう。みんなどこへ行くのだろう、どんな用事があってこんなに急いで家から出てくるのだろうと考えずにはいられなかった。

向こうにふたりの少年が見える。誰かの家に配達に行く途中らしい。ひとりはレタスやカブ、早生《わせ》のイチゴなどで満杯になった八百屋の箱を運んでいる。もうひとりは魔力の嬖を使ってその箱を冷やしている冷やし屋だった。

そしてあそこには、大佐の軍服を着た若者と歩いている娘がいる。海から戻ってきた兄だろうか、それとも娘の心を勝ち得たいと願っている求婚者だろうか？　実際、町には軍服姿の若い男性があふれており、通りはその肩章や勲章できらめいていた。ジェーンは人混みを見まわし、若者の誰かがヘンリー・リヴィングストンなのだろうか、見かけたらわかるだろうか、と首をひねった。考えてみれば、さっき娘と歩いていた若い大佐かもしれないのだ。あの若者の髪はそれだけ濃い色だった。

馬車はマダム・ボーリューの洋品店の前で止まり、ジェーンは母や妹と一緒におりた。エルズワース夫人が服を新調する必要はまるでなかったが、自分も買うほうが家族のためだと夫を説きつけたのだ。結局のところ、と夫人は言った。わたしの服がみすぼらしければ、ご近所の方々はその程度の収入だと考えるんじゃありません？　収入が実際より少ないと思われたら、娘たちが結婚の機会を手に入れるにもさしつかえがあるに決まっていますよ。この時点で、ジェーンは妹たちと同行するのを断ろうとしたほどだった。自分がどんなに華やかに装っても、ずっと独身でいると確認するのを多少ひきのばすだけのことだ、と心得ていたからだ。しかし、それでも心はまだ乙女で、きれいな品々に憧れがあった。

マダム・ボーリューの店には若い娘が群がっていた。そのおしゃべりから推測するに、レディ・フィッツキャメロンは近隣から妙齢の女性をすべて招待したらしい。

父と約束した通り、ジェーンはバラの模様がついている布を探してまわったが、一種類しか見つからなかった。しかも自分の顔立ちには派手すぎるしろものだ。黄色と桃色のバラは肌をいよいよ黄ばんで見せるだけだろう。

母と妹は仕立屋での用事を済ませて混雑した店から出ていったが、まだ黄色いバラで妥協する気になれないジェーンは、自分に合った生地が見つからないかと期待して布を探し続けた。

絶望してその黄色い布を選ぼうとしたとき、マダム・ボーリューが近づいてきた。

「お待たせいたしました、ミス・エルズワース、お手伝いいたしましょうか？」

ジェーンは溜息をつき、黄色いバラの生地にさわった。「バラ模様の服を着てほしいと父に特別に頼まれたんです。なんとかしていただけないかしら、バラがついている布はこれしかなかったし、わたしの肌の色には合わないと思うので」

マダム・ボーリューは一歩さがって目を細め、姿形ばかりか魂まで測っているかのようにじっとこちらを観察した。「その柄つきの布はいけませんね、でも、ほかの方法でバラをほのめかせるかもしれませんよ」

店を横切って淡いピンク色の生地のところへ連れていく。その布をとりあげると、続けてジェーンがほしくてたまらなかった灰紫の生地へと進んだ。二種類の布を並べて色を判断し、満足げにうなずいてからジェーンをふりむく。「こんなところですね」

宙で指を動かして鬘をまとめ、小さなジェーンの像を創り出す。ちっぽけなマネキンはジェーンの好きな灰紫の絹をまとっていたが、前がひらいたピンク色の外套を羽織っていた。ハイウエストに同じ淡いピンクのサッシュを締めると、ほっそりと背が高く見えた。顔立ちをやわらげるために東洋風のターバンを加え、精巧な作りの絹のバラで髪をふちどる。仕上げに無地のショールで上品さを演出した。マダム・ボーリューはその像に優雅なピルエットをさせ、衣装がどんなふうに動くか示してくれた。ジェーンは感嘆して吐息を洩らした。本当の自分の姿がこの半分もすてきに見えると期待する勇気はないにしてもだ。「ぴったりだわ、マダム・ボーリュー」

仕立屋はにっこりして売り子のひとりを手招きした。娘は小走りでやってきて鬘を引き継ぎ、像を店の奥へ移動して、雇い主がほかのデザインに力をそそげるようにした。像の魔力を縛って固定しておくことも難なくできただろうが、それではすぐに店内がマネキンでいっぱいになってしまう。売り子なら鬘をきちんと保ったまま奥まで運んでいけるし、そこで魔力を縛り、服を作るときまで置いておける。店の奥にさがっているカーテンが分かれたとき、ちっぽけなマネキンがほかにも並んでいるのがちらりと見えた。すでにミニチュアの舞踏会が始まっているかのようだ。

マダム・ボーリューと値段や配達の時間について簡潔に相談してから戸口へ向かったジェーンは、店に入ってきたひとりの紳士に行く手をふさがれた。一瞬、通りからの光のせいで人の形をした影にしか見えず、誰なのか判然としなかった。相手が店に入ってくると、ダンカーク氏だとわかった。こちらを認めてすぐにさっと帽子をとる。思いがけないことに、その顔がぱっと明るくなった。「ミス・エルズワース、これは運がよかった」

「ご機嫌いかが、ダンカークさん？」

「実に元気ですよ、ありがとうございます。妹が訪ねてきているもので、なおさらなのですが」そこでふりかえり、ひとりの少女に向かって手招きした。兄と同じ黒い瞳と貴族的な眉をしていて、まだ十六かそこらに違いない。「エリザベス・ダンカークを紹介させていただけますか？」

少女が膝を折ってお辞儀すると、ダンカーク氏は続けた。「ミス・エルズワースはうちのご近所さんなんだよ、ベス。たいそう趣味のいい方でね」手に持った帽子をねじり、ひどく申し訳なさそうな顔つきになる。「実は少々助言していただけないかと思っているのですが。ベスはきのう着いたばかりでして、フィッツキャメロン家があれほど気前よくもてなしてくれる予定があるとは考えていなかったものですから、妹に舞踏会用の支度を調えてやらなければいけないことになりましてね。ダウンズフェリーにいれば母が引き受けるところなのですが、私には荷が重すぎると感じているのです。もしよろしければ……？」声が途絶え、なんとも意外なことに、ダンカーク氏は恥ずかしがっているかのように顔を赤らめた。「そういうことに関してはまるでだめでしてね。上品な服装の見分けはついても、若い女性の身なりに必要なものがわからないので」

「喜んでお手伝いしたいところですわ、ダンカークさん」店内が耐えられないほど暑くなったような気がした。「もっとも、マダム・ボーリュ―はたいそう優秀な仕立屋さんですけれど。ミス・ダンカークが心配することはなにもありませんわ」

相手はうなずいたものの、やや落胆した様子になったので、ジェーンは続けた。「でも、わたしごときの意見でよろしければ、もちろんお力になります」

「ありがとうございます」ダンカーク氏は軽く一礼した。「ご迷惑をおかけしたくないのですが、ベスの最初の舞踏会を完璧なものにしてやりたくて」

「最初の舞踏会？」ジェーンはいよいよ引き受けた仕事の重大さを感じた。「まだ社交界に出ていらっしゃいませんの？」

一瞬、ダンカーク氏がひどく深刻なおももちになったので、でしゃばりすぎただろうかとジェーンは弱気になった。「そうなのです、ミス・エルズワース。今回がはじめてということになります。うちの母は――」そこで言葉を切る。「失礼しました。家族の話など退屈でしょうから」

「いいえ。謝るのはこちらですわ。あんな不躾なおたずねをするべきではありませんでした。女の子が社交界に出ていようがいまいが、たいして問題ではありませんもの。わたし自身、そんなしきたりは嫌いなのですけれど……ともかく、どんな服がお似合いになるか見てみましょうか？」

この会話のあいだじゅう、ミス・エリザベス・ダンカークは兄の後ろに立ち、無言でじっと耳をかたむけていた。黒い瞳は年齢以上にまじめで、兄の慎み深さと共通するものがある。ダンカーク氏の場合には高潔さを表わしているような高い額は、同じつややかな黒髪にふちどられていたものの、より繊細な曲線を描いていた。まるで女性であることで思考がやわらげられているというかのようだ。骨格は華奢で、肌は月のように白く、こめかみに青い血管が脈打っている。少女がどこか淋しげな雰囲気を漂わせていることにジェーンは強く好奇心をそそられた。しかも、ダンカーク家のような名家で〝社交界に出ていない〟とは！　実に奇妙だったが、言葉でも行動でも穿鑿《せんさく》するつもりはなかった。

ミス・ダンカークに腕をさしだし、はじめて社交界に出る娘にもっともふさわしい白のローン生地のところへ連れていく。それから、髪の色を引き立てるのではないかと考えて深緑のビロードを薦めた。メロディのゆったりと優雅な身のこなしをまねようとつとめたが、ダンカーク氏の存在が気になるあまり、ゆったりするどころではなかった。どうしてジェーンの趣味がいいと考えるようになったのだろう？　ダンカーク氏がロビンスフォード・アビーの地所に落ちついてから二年になるが、隣人に対する以上の関心を向けられていると感じたのは、居間にふたりでいたあの午後だけだ。

ジェーンは息を殺して、その豪華な生地をなでているミス・ダンカークを見守った。とてもきれいですね、と同意されて、体の緊張がいくらか解ける。ふたりは布に合うレースも選んだ。人のために想像するほうが自分の服を考えるよりずっと簡単だ。マダム・ボーリューがほかの客から離れてこちらへくるころには、ジェーンが説明してみせた服の構想にミス・ダンカークは大満足していた。

マダム・ボーリューはジェーンが空中に織ってみせた案に感心し、自分の意見をいくつか加えて全体をまとめた。ミス・ダンカークは兄のほうを向き、賛成かどうかと目でたずねた。

無言の問いかけに、ダンカーク氏は近づいて身をかがめた。デザインを検討してほほえむ。「ここでお会いしたのが幸運だったと申し上げた通りでしたよ、ミス・エルズワース。まさにこういうものを期待していたのです」

褒められてジェーンは頬を染め、動揺を隠そうと相手の妹をふりかえった。「あなたにも喜んでもらえているといいのだけれど、ミス・ダンカーク」

「ありがとうございます、うれしいです」少女は視線を下に向けたままだったが、頬にはかすかな笑みが浮かんでいた。

別れぎわにジェーンは、もっと居心地のいい環境で話ができるようにロング・パークミードへきてくれないか、とたずね、ダンカーク兄妹から訪問の約束をとりつけた。

3　舞踏会のニンフたち

　バンブリー・マナーには何千もの蠟燭がともり、流れるような魔力の襞がはりめぐらされて、広間や廊下は色とりどりの光にあふれていた。ジェーンは服の上に羽織ったショールを直したが、その効果はまさにマダム・ボーリューが約束した通りだった。東洋風ターバンを軽く叩き、いちばん引き立つ角度になるように念を入れる。

「おきれいですね、ミス・エルズワース」あたかもエーテルから引き出されたかのように、ダンカーク氏の姿が背後に現われた。

「ありがとうございます、ダンカークさん」どうしよう、見栄っ張りなお馬鹿さんみたいにきどって身づくろいしていたところを見られていませんように。ジェーンは間の悪いときに虚栄心を発揮してしまったことを呪い、手を両脇にとどめておこうと誓った。

　ダンカーク氏は頭をさげてからメロディのほうを向いた。「それに、いつも通り、ミス・メロディ・エルズワースがおられると広間が光り輝くようですね」

妹への礼もジェーンのときとぴったり同じ角度だったが、自分がたんにきれいなのに対し、メロディは光り輝いていると言われたことに気づかずにはいられなかった。

「でも、ミス・ダンカークはどちらに？」ジェーンはたずねた。

「妹は中にいます。レディ・フィッツキャメロンがぜひともご自分の小間使いにベスの髪を結わせると言ってくださったものですから。おりてきたときには妹だとわからなくなっているでしょうね」ダンカーク氏は束の間人目をはばかる様子を見せてから続けた。

「妹へのお気遣いにはお礼の言葉もありません」

「妹さんとお知り合いになれてとてもうれしかったですわ」

メロディの微笑は顔にはりつけたようだった。「あたしもミス・ダンカークにお目にかかるのが楽しみです」

「ありがとうございます。おふたりとも本当にご親切に」それから、その雰囲気を退けてバンブリー・マナーのにぎわいを受け入れようというかのように、ダンカーク氏は言った。「ヴィンセント氏の魔術画をごらんになりましたか？」

「いいえ、まだなんです」メロディは混雑した広間にいるのがダンカーク氏ひとりだけだといわんばかりに、大きな濃い青の瞳をすえていた。

「しかし、ごらんになるべきですよ」ダンカーク氏はジェーンを見つめた。「ぜひお連れしたいですね」

心臓が広間の音楽より速いテンポで踊りまわった。「拝見したいですわ」

「彼は実にみごとに魔術を駆使していますから、お気に召すだろうと思いますよ」それからダンカーク氏がメロディをふりむいたので、部屋がいくぶん暗くなった。「ダンスの前にもう少しだけお引き留めしてもよろしいですか？」

「もちろんです」無邪気についていったメロディのせいで、ダンカーク氏が食堂に連れていこうとしているのは妹だけで、ジェーンはよけいな邪魔者のように見えた。

そこでは、魔術と絵の具が組み合わさって室内をニンフの木立に変貌させていた。まだ完成していなかったが、その幻は野生の花々のにおいやシダの芳香で見る者の鼻をくすぐった。視界のすぐ外で小川がさらさらと音をたてている。ジェーンはそれを創り出している襞を探し、その複雑さに息をのんだ。理解しようと襞のひとつひとつをたどるにつれ、現実の部屋は知覚から薄れた。

ダンカーク氏とメロディが背後でささやきかわしている。もちろん、ふたりにはこの芸術作品にこめられた努力が視えず、自分より早く飽きてしまうのだろう。ジェーンは体をゆすり、ふたたび周囲に注意を戻した。

肩幅の広い男が目の前に立ち、真剣すぎるまなざしでこちらを見ていた。こちらの焦点が合ったとたん、相手は視線を外し、まるで凝視などしていなかったかのようにふるまった。続いてふたりのあいだに客の波が流れ込み、男は人混みにまぎれてしまった。

ジェーンは当惑してダンカーク氏とメロディをふりかえった。「あそこに立っていた男の人を見た?」

「ううん」メロディが首をふると、巻き毛が頬のまわりでゆれた。「どんな人?」

ジェーンはアイロンで巻いた自分の髪をなでたいという衝動をこらえた。「背が高くて、とても肩幅が広かったわ。髪は栗色で、ジェラールのジャン=バティスト・イザベイの肖像画みたいに顔のまわりで波打っているの」ダンカーク氏がわかったと言いたげにはっとしたので、言葉を止める。

「それなら、ミス・エルズワース、ごらんになったのは画家本人ですよ」

「ヴィンセントさんが残ってくだされればよかったと思いますわ。そうすればすばらしい作品だとお伝えできたのに」

「あれだけじっと魔術画をごらんになっていた態度で充分伝わっていると思いますよ」

ダンカーク氏はまわりにいる客を示した。「足を止めて注意を払う人がどんなに少ないかおわかりでしょう」

「それは、美術館じゃなくて舞踏会にいるからでしょう」メロディが鼻に皺を寄せ、行きたそうに舞踏室を見やった。

ダンカーク氏が一礼する。「では、踊っていただけますか？」

「もちろん」メロディはさしだされた腕をとった。

妹を連れていく前に、ダンカーク氏はジェーンをふりむいた。「ミス・エルズワースにも今晩お相手をしていただけるものと期待しております」

そのかたわらでメロディがごくわずか身をこわばらせた。踊らないで、と視線で訴えているようだ。それに、どうしてダンスができるだろう？　美しく魅力的な妹と競えるはずがない。「ありがとうございます、ダンカークさん。しばらくここにいて魔術画を鑑賞していたい気分ですの。どうやって小川の音を再生しているのかよくわからなくて。まだ一度も同じ音を繰り返していないんです」

ひとりで置いていくのは申し訳ないとダンカーク氏とメロディから謝られたものの、魔力の襞や織り方を調べたいとジェーンがうけあうと、ふたりは舞踏室へひっこんだ。

ジェーンは物思いにふけりながら部屋をゆっくりとまわった。小川の音がいちばん大きく聴こえるところでまた立ち止まり、どうやって繰り返しなしで音を続けているのか理解しようといっそう深く探っていく。襞は普通に考えるほど途方もなく長いわけではなかった。むしろやや厚めで、ごく短い距離をおいて勝手に巻き戻っている。長さはせいぜい食事の大皿程度だろう。ジェーンは片手をサイドボードに置いて体を支え、さらに深いところへ目をこらした。そうすると、小川の音がひとつの襞でできているのではなく、いくつかをよりあわせてあるのだとわかった。めいめいがさらさらと鳴る流れの一部を伝えており、どれも少しだけ長さが違うので、さまざまな響きがぐるりと円を描きながら互いの結びつきを変え、変化しているという錯覚を創り出しているのだ。ジェーンはその技術のたくみさににっこりして、部屋全体に視野を戻した。

ヴィンセント氏という男がまたもや正面に立っていた。目に映ったときにはびっくりしたが、それから声をかけて作品を称賛しようと決意し、ジェーンは笑顔になった。たった二歩しか進まないうちに、相手は唐突に向きを変えて歩み去った。見ていたのはわかっている――実際、魔術画の検討からわれに返ったときにはこちらを凝視していた――それなのに、まるでジェーンなどそこにいないといわんばかりに立ち去ったのだ。いや、違う。会話を避けたがっていたのは明白だった。

魔術画の創り方に好奇心を抱いたことが気にさわったのでなければいいが。しかし本当に、これまで会った中でもっとも腕のいい魔術師だった。ジェーン自身の技術もかなりのものなのに、それを取るに足りないと思わせる。ヴィンセント氏にたずねたい質問の中で、いちばん知りたかったのは、この部屋の作業にどれだけ時間がかかったのかということだった。魔術の土台に現実の絵を使っているのはたしかだが、室内に積み重ねられた幻の量は、自分だったら創るのに何週間もかかったに違いない。

食堂は充分に見物したし、これ以上ヴィンセント氏を怒らせたくなかったので、ジェーンは音楽をたどって舞踏室へ行った。そこでは一同がカドリールを踊っていた。

知っている顔はないかと見まわす。ダンカーク氏が踊っている子爵令嬢は、歯をごまかしている魔術を全世界に見せようというかのようにほほえんでいる。あれほど見栄を張っても、だまされるのはジェーンの父ぐらいのものだ。組の反対側ではメロディがみごとな黒髪の若い士官と踊っていた。士官は声をたてて笑い、カドリールの次のステップでメロディの体をぐるりとまわした。その笑い声にジェーンははっとした。マダム・ボーリューの店に出かけた日に若い娘と町を歩いていた男性だと思い出したのだ。

大いに楽しんでいるらしい妹をながめたあと、ミス・ダンカークが目に入った。いまだにダンスが大好きな老スコットランド人、マッキントッシュ氏に付き添われている。相手の熱心さにおじけづいている様子がないのは少々意外だった。緑のビロードのマントがほっそりとした体を引き立てている。同じ緑色のリボンの下から巻き毛の房がこぼれ、黒玉の首飾りさながらに首筋にまとわりついていた。

ジェーンはひしめきあう人波をかきわけて父母が立っている脇のほうにたどりついた。

エルズワース夫人が身を寄せて言った。「あの子たち、すてきじゃないこと！　きっとメロディは今晩のうちにあの軍人さんの心を虜にするでしょうよ」

「メロディは誰の心でも虜にしてしまうものね」ジェーンは答え、ダンカーク氏に視線を移し、次の曲の約束をとりつけずに妹と踊るのをやめたのはどうしてだろう、と首をかしげた。それとも、思っていたより長く食堂にいたのだろうか。

「でも、とてもいい組み合わせになると思わないの？」エルズワース夫人は主張した。

「ダンスはうまいけれど、あの方の性格がわかるまではそれ以上言いたくないわ」

「だけどジェーン、よく知ってる人じゃないの。あれは子爵夫人の甥御さんのヘンリー・リヴィングストンですよ」

ジェーンは驚いて若い大佐に注意を戻した。こちらを向くと、以前バンブリー・マナーを訪ねてレディ・フィッツキャメロンのところに滞在したときの少年のおもかげが見てとれた。弧を描く眉ときらめく瞳は当時のままだが、子ども時代のふっくらしたまるみが頬から消え、ややいかつい輪郭になっている。

エルズワース氏がジェーンのもう一方の腕をとった。「次はおまえが一緒に踊りたいのではないかね」

「あちらから申し込まれたら喜んで受けるけれど、お父さま、そうでなければ見ているだけで満足よ」

「申し込まれてうれしく思わなければ、お馬鹿さんですよ」エルズワース夫人が言い、ジェーンの手を扇子で叩いた。「おまえを望む人なら誰でもその気にさせないとね」

ジェーンは歯を食いしばり、母の挑発には乗らなかった。これを見てエルズワース氏は娘の手をぽんと叩き、妻から少し引き離した。「気にするのではないよ、いい子だ。あれがいらいらしているのは、自分がリヴィングストン大佐に申し込んでほしかったからさ」

ジェーンは笑い声をあげて言った。「だったらお父さまがダンスしてあげないと」

「うむ。わしも昔ほど機敏ではなくてな」

曲が終わり、ダンスフロアを離れた踊り手たちは、楽団が次の曲を演奏しはじめた隙にぞろぞろと新しい相手を探しにかかった。ダンカーク氏がふいに目の前に現われる。

「残りの魔術画はいかがでしたか、ミス・エルズワース？」

「とてもすてきでしたわ、ダンカークさん。もっとも、あの謎めいたヴィンセントさんがまた現われたと思ったら、ご挨拶する前にいなくなってしまったのですけれど。わたしが見ているのがお気に召さないのじゃないかと思いはじめましたわ」

「そんなことはないでしょう。むしろ、自分の作品を楽しんでいるところを邪魔したくないと考えているのではありませんか?」

「いいえ。だって目が合いましたし、こちらが話しかけようとして進み出したのははっきりしていましたもの。ヴィンセントさんはいきなり後ろを向いて行ってしまったんです」

「妙ですね」とダンカーク氏。「一、二度外で出くわしましたが、いつもたいそう感じがよかったですよ。次の機会にご紹介しましょう。おそらく、多くの芸術家と同じように、自分の作品に関しては内気なのかもしれませんね――」ちらりとこちらを見る。「――それに、今回の魔術画はまだ完成していないので、褒め言葉を聞きたくないとか」

「ああ。きっとそれですわ。無遠慮に歩きまわって未完成の魔術画をじろじろ見られるとどんな気分になるものか、考えてみませんでした」

楽士が曲を演奏し終わり、客がふたたび動き出してダンスの相手を変えはじめた。メロディがまだリヴィングストン大佐と組んでいるのが目についた。ふたりとも陽気に顔を輝かせている。

その隣では、ミス・ダンカークがさっきより年の近い青年と踊っていた。見るからにうれしそうな様子にジェーンはほほえんだ。

ダンカーク氏がその視線をたどってふりかえった。「ダンスフロアでご一緒していただけませんか、ミス・エルズワース？」

ジェーンはもう一度リヴィングストン大佐と笑っているメロディを見た。「ええ、ありがとうございます。喜んで」

手足が長すぎて上品というよりぎこちなく見えるので普段は踊らなかったが、ダンカーク氏とのダンスは楽しかった。一緒に踊る相手としては優雅で気がきいている。ダンスが進むにつれて、自分の足どりもだんだん自然になるのを感じた。曲が終わると、ダンカーク氏は失礼しますと断って自分の妹と踊りに行き、ジェーンは父のもとに戻ろうとしたが、そこでマッキントッシュ氏に誘われた。老紳士があまり上機嫌だったので、辞退する口実が見つからず、楽しもうと決めてダンスに加わった。唯一その気分に水をさしたのは、メロディがまだリヴィングストン大佐と踊っていることだった。母は大佐が妹だけに注意を払っていることを喜ぶに違いないが、礼儀からいえばほかの若い女性にダンスを申し込むほうがいい。たしかにメロディは舞踏会のどの女性よりはるかに美しい——姿形、優雅さ、若々しい精神が完璧に組み合わさっている。だが、本物の紳士なら、あんなに何度も続けてダンスを独占するほどずうずうしくはないはずだ。

ダンスが始まると、干草の束かなにかのようにマッキントッシュ氏からふりまわされたので、考えにふけっている余裕はなかった。終わるころには家ほどもある髪を広げようとしたかのように息切れしていた。なるべく急いでマッキントッシュ氏に礼を述べ、母とのあいだに父をはさむよう気をつけて近くに逃げ込む。

「ダンスフロアできれいに見えたよ」エルズワース氏は言った。

ジェーンはありがとうと答えてから続けた。「お父さまがメロディとダンスをしたらどうかしら」

「なんですって?」母が問いただした。「どうして?」

「リヴィングストン大佐が違うお嬢さん方とも踊ったほうがよくはない? お気に入りの甥御さんがほかのお客を無視していたら、子爵夫人が喜ぶはずがないでしょう」

この台詞にエルズワース夫人ははっとなってあたりを見まわし、首をひねって子爵夫人を探した。「そう思う? 考えてみなかったけれど、たしかにその通りね。子爵夫人を怒らせるのはまずいわ。チャールズ、行ってあの子と踊っていらっしゃいな。ほら、いますぐメロディとダンスしてくるんですよ」

エルズワース氏はダンスフロアの人混みをかきわけて娘のかたわらにたどりついた。メロディはあきらかにうれしくなさそうだったが、父の望みにおとなしく従うしかなかった。こうしてお気に入りのダンスの相手をとりあげられたリヴィングストン大佐は、手近な代役を探そうと向き直り、ミス・ダンカークに目をとめた。兄の隣に立っており、体を動かしたせいでかわいらしく頰を紅潮させていたのだ。リヴィングストン大佐が頭をさげてダンスを申し込むと、ミス・ダンカークは兄を見て許しを得てからまじめな顔で承諾した。

ダンカーク氏が戻ってきてまたダンスに誘ってくれないかと期待したものの、相手はいちばん近くにいる若い女性のほうを向いて次のダンスの約束をとりつけた。ジェーンはその曲のあいだずっと、メロディがどんなにすてきに見えるかという話題から母の気をそらそうと努力した。

「あらまあ、ごらんなさいな！ ミス・フィッツキャメロンが気を失ったわ。そうなるってお父さまに言ったでしょう。そうじゃなかった？」エルズワース夫人はちょこちょこと前に走っていき、気の毒な娘を取り巻いている人垣に加わった。どのくらい魔術でごまかしていたのか見たがっているに違いない。ジェーンはその場にとどまった。子爵令嬢がめずらしい展示品であるかのようにふるまう隣人たちの下世話な態度に加わる気になれなかったからだ。そんなに長く魔力を使っていれば娘の健康に影響があるに違いないと承知していて、子爵夫人がそんなことを許容しているとは信じがたかった。

見るつもりはなくても、ミス・フィッツキャメロンが気絶した結果に気づかずにはいられなかった。子爵夫人が突進して「リヴィア！」と叫ぶと、いちばん近くにいた紳士ふたりに指示して、具合の悪い娘をダンスフロアの脇に運ぶのを手伝わせた。子爵令嬢が倒れたのは、たまたまダンスの動きでリヴィングストン大佐とダンカーク氏のあいだに入ったときだった。間違いなく、この場でもっとも結婚相手として望ましい独身男性ふたりだろう。

あまりにも手ぎわよくご婦人方から引き離したので、実はわざとなのではないかとジェーンは疑いはじめた。　自分以外にも気づいた人がいるだろうか、それともあれはたんに偶然タイミングが合っただけなのだろうか？　相手を失ったミス・ダンカークがダンスフロアで途方にくれた様子だったので、ジェーンは人混みをすりぬけて父のところへ行き、付き添ってあげてはどうかと提案した。

エルズワース氏はこころよく同意し、ジェーンはメロディと残された。

「あの人を見た、ジェーン？」

「誰？」メロディをダンスフロアの脇にひっぱっていきながらジェーンは問い返したものの、誰のことなのかはよくわかっていた。

「リヴィングストン大佐よ！　あんなに上品ですてきな人、どこにもいやしないわ。慇懃そのものよ。それにあの回転の速さ！　ええ！　すごくおもしろくて、海軍でのお仕事の話にはすっかり心を奪われちゃったわ。拿捕した船の分け前のおかげで一財産手に入れたんですって、しかもあの若さでよ」

「裁縫箱の中にカエルを入れられたときには、そんなこと思わなかったでしょうに」

メロディは声をたてて笑った。「それはね。ダンスしてたときにそのことを言われたわ。ほんとにおもしろい人。あたしがどんなに美人になるか知ってたら、かわりにバラを置いていったのに、なんて言ったのよ」

「それでもカエルを入れたと思うけれどね。あの年ごろの男の子は、女の子とバラを一緒に考えたりしないものよ」

「ひどい言い方ね、ジェーン。あんなに堂々としてて礼儀正しい人なのに」

「そんなに礼儀正しければ、三曲も続けてあなたと踊ったりしなかったでしょうよ。本当にメロディ、もっと分別があると思っていたわ」

メロディは足を止め、瞳を燃やして頭をふりあげた。「そっちこそ見そこなったわ。やきもちなんて似合わないわよ、お姉さま。あの人があたしをきれいだと思ったからって、こっちのせいじゃないもの」

人々の声や楽器の音で騒がしい舞踏会の雑踏の中でさえ、メロディの台詞は雷鳴のようにジェーンの耳にとどろいた。妹がこんなふうに攻撃してきたのははじめてだ。自分の美貌を勲章のようにふりかざしたことは一度もなかった。ジェーンは答えようと口をひらいたが、言葉が出てこなかった。怒りに頬が赤くなり、あとで悔やむようなことを言うよりは立ち去ろうと決めて向きを変える。

だが、まさに妹がそれほど高く評価しているリヴィングストン大佐に行く手をふさがれた。相手はにっこりして、颯爽と一礼してみせた。

「ミス・エルズワース！　今晩お会いできればと思っていました。妹さんがたいそう褒めておられましたし、ここに滞在していた子ども時代の楽しい思い出もありますから」

ジェーンはメロディを苛立たせる誘惑をこらえきれず、片方の眉をあげてみせた。

「楽しい思い出ですの、リヴィングストン大佐？　それはカエルかカタツムリの思い出かしら？」

大佐が頭をそらしてあまり高らかに笑ったので、悪く思い続けることはできなかった。自分をだしにした冗談で笑える人物なのはたしかだ。「いやいや、ミス・エルズワース。あいかわらず頭の回転が速いですね」瞳をきらめかせて腕をさしだす。「よろしければこのダンスを一緒に踊っていただけませんか？」

メロディをちらりと一瞥しただけで、ジェーンはその腕を受け入れて答えた。「はい、ありがとうございます」そして、妹を脇に立たせたまま、すべるようにダンスフロアへ出ていった。

ささやかな勝利感はまもなく苦々しさに変わった。というのも、リヴィングストン大佐がダンスに誘ったのは、メロディのことをもっと聞き出そうとするためだけだと判明したからだ。どの質問も妹の趣味や性格に関してだった。なにを楽しむのか、どんなことに興味があるのか。楽士たちが曲のテンポを遅らせたように思われ、三十分のダンスが永遠に続くように感じられた。ダンカーク氏と組んでいたあいだに少しずつ優雅になった動きも踊っているうちに消え失せ、線画を動かすようにぎくしゃくした動作になってしまった。さっさとほかの紳士と組んだメロディがそばを通りすぎたとき、どの男性も妹の踊っている姿をふりかえることや、音楽が体の一部であるかのように動いている様子が見てとれた。

リヴィングストン大佐と踊ったあと、ジェーンはダンスフロアを離れ、食堂にひっこんだ。ここならまたダンスに誘われる恐れはない。舞踏会の残りはそこで過ごし、ヴィンセント氏の魔術画を鑑賞することに没頭しようとつとめた。創り手は依然としてつかまらず、二回ほど姿を目にしたと思ったものの、ふりむくとその隅には誰もいなかった。見られているという感覚をふりはらうことができない。とうとうジェーンは、人との交わりを求めるあまり幻を創り出しているのだと悟った。

舞踏会は明け方まで延々と続き、その時間になると、婚礼の花束から花が撒き散らされるように娘たち全員がぞろぞろとバンブリー・マナーから出て、待っていた馬車に乗り込んだ。そのあとに続いたジェーンの服は灰の色合いで、バラの装いでもごまかすことはできなかった。

4　隣人と気つけ薬

舞踏会の翌朝、ジェーンが居間に座って絵を描いているかたわらで、母と妹は楽しかった前夜のできごとを細かく分析していた。ふたりが嬉々としてほかの娘たちの服装をけなしていると、家の正面に馬がやってきた音がして会話をさえぎった。

メロディが窓辺に駆け寄って外をのぞいた。「ダンカークさんたちよ！」

エルズワース夫人は叫んだ。「メロディ！　ぽかんと見るのはおやめなさいな。まだ社交界に出ていない子どもみたいに窓からのぞいているところをダンカークさんが見たら、どうお考えになると思うの？　すぐに座りなさい」

「それだけ熱意を見せたらもっと喜ばないかしらね？　あたしがそんなに会いたがってるって思って」

小間使いが扉を叩いてダンカーク氏とミス・ダンカークの訪れを告げたので、その台詞に対する論評はさしひかえられた。

ミス・ダンカークは店で会ったときのように兄の後ろにくっついていたので、まったく社交界に出たことがないのだろうということはたやすく想像がついた。エルズワース一家はふたりを温かく迎え、このところ天気がどんなふうだったか、この先どうなると思うか、といった単純な会話から始めた。それから話の方向を変えて前年はどうだったか話し合い、今回の訪問で天候に恵まれたことがどんなに幸運だったたか、ミス・ダンカークにわかるように現在の状態と比較した。

この流れは当然、田舎で馬に乗るのをどう思うかという質問につながった。

「まだそんなに出歩いてないんですけど、いままでのところはとてもすてきです」ミス・ダンカークは言った。「わたし、乗馬が大好きなんです。どんなに好きか、みなさんには想像もつかないぐらい」

「その通り、ベスはうちの厩にいるどの馬より立派な牝馬に乗っていますよ。ついていくのがやっとでしてね」

「エドマンドったら、あの年寄り馬に乗るのをやめれば、ずっと遠くまで乗りに行けるのに」ミス・ダンカークはジェーンの前ではじめて心から楽しそうに兄を笑い、ふたたび一同をふりかえった。「エドマンドにこの近所の見どころを全部案内してもらうつもりなんです」

ダンカーク氏は笑った。「なるほど、おまえがここにいるあいだはろくに仕事をする暇もないらしいな。帰ったあとは、いまよりこのあたりの地形にくわしくなっていそうだ」

「どこへ出かけたらいいかジェーンに訊いてみてくださいな。この子はいつも絵の道具をかかえて外を出歩いているんですから」エルズワース夫人が言った。

「絵をお描きになるんですか、ミス・エルズワース？　音楽や魔術がお上手だってエドマンドが教えてくれましたけど、絵も描くとは聞いてませんでした」

「知らなかったからだ」兄が口をはさんだ。

エルズワース夫人はジェーンのうまく描けた絵が数枚かかっている壁を示して言った。

「あれは全部ジェーンの作品ですよ」

ミス・ダンカークはぱっと席から立ちあがり、いちばん近くの絵に駆け寄った。それはライムリージスにいるメロディを描いた小さな水彩画だった。その日の陽射しは黄金色の巻き毛を引き立たせるのにぴったりだったのだ。遅い午後の光を受けて、メロディの髪はそよ風と踊っているように見えた。エルズワース氏が居間に絵をかけたとき、ジェーンはたくみな魔術でその効果を高めた。水彩画がどこかに移されたとしても、魔術はその場所に縛られて残り、やがて襞が徐々にほどけてエーテルに還るまで、波と金の髪の幻影が壁ぎわでゆらゆらと動くことになるだろう。休日に家族で訪れた古い大聖堂でそういうものを見たことがあった。だが、いまのところ、絵と魔術はよりあわされ、肖像画にほんのりと生気を添えていた。

ミス・ダンカークはその絵と次の絵をながめながら両手を叩いた。「まあ！　なんてきれいなの！　ちょっと見て、エドマンド、ほんとにすてき！　絵は大好きなんですけど、自分ではぜんぜんうまくないんです」

「それは打ち込んでいないからだろう、ベス。練習すればうまくなるんだ、本当だよ」

ミス・ダンカークのおもてに奇妙な色がよぎり、少女は叱られたかのようにうなだれた。

「努力には時間をかけるだけの価値があるものだ」ダンカーク氏はすたすたと部屋を横切り、ジェーンが驚くほど熱心にそれぞれの絵をながめた。「こうしたたしなみで家庭が居心地よくなるんだよ」

メロディが口を出した。「家庭の居心地がよくなるのは、そこで暮らす人たちがお互いに配慮するからだと思ってました」

「それは事実ですね、ミス・メロディ、ですが、どの家庭にも愛情があるべきだという前提なら、もっとも居心地がいいのは、芸術作品を理解して鑑賞できる力のある人々の家庭でしょう」

メロディは非難されたかのようにぱっと顔を紅潮させた。ダンカーク氏はまだ絵を観察しており、メロディの頬が赤くなったのに気づかなかった。もっとも、気づいたとしたらそのせいでいっそう美しく見えると思ったに違いない。ジェーンは黙っていた。妹にもっと気詰まりな思いをさせたくなかったが、助け舟を出したくもなかったからだ。公平ではないとわかってはいても、妹がここにいるというだけで恨まずにはいられなかった。

母のほうは気兼ねして口をつぐんだりしなかった。「ジェーンの絵なんて魔術の腕に比べたらなんてことはありませんよ。音楽と魔術を織り合わせるのがそれはもう上手なんですから。なにか弾いたらどう、ジェーン？」

母の提案にぎょっとして、ジェーンは反論した。「ダンカークさんも妹さんも、おくつろぎのときにわたしの演奏なんて聴きたくないに決まっているわ」

「あら、そんなことありません、ミス・エルズワース」ミス・ダンカークがくるりとふりむいた。「本当です。お上手だってエドマンドがあれだけ話してたから、わたしもぜひ聴いてみたくて。ここにある絵で才能の片鱗を見せていただいたので、もっと味わいたくてたまらなくなりました」

ジェーンはもう一度辞退しようとしたものの、ダンカーク氏が自分のことを話していたというミス・ダンカークの発言に注意を引かれた。しかし、隣人の話をするのはめずらしくもないだろう。それに、ジェーンの長所といえば魔術しかない以上、当然そのことについて妹に言及するはずだ。

ミス・ダンカークが強く主張したうえ、まもなくダンカーク氏も加わったので、気がつくとジェーンはピアノの前に腰をおろしていた。単純なガボットから弾きはじめる。魔力の襞をそっと引き出し、午後の陽射しの中でファウヌスがひとりたわむれている森の空き地をほのめかす。曲の高音部でその頭上を飛びまわる鳥を何羽かつけたすのは簡単だった。

曲が終わったとき、ミス・ダンカークはうっとりして盛大な拍手を送り、もう一曲とせがんだ。あまり褒められたので、ジェーンはロンドを弾き出し、音楽に合わせてニンフをまわりで踊らせた。演奏しながら即興で動く映像を創り出すのはかなり骨が折れたので、壁を飾っている魔術ほど完成された出来映えではなかったが、それでも目を楽しませた。

曲の終わりで、ダンカーク氏にじっと見つめられていることに気づかずにはいられなかった。妹の椅子の背後に立ったまま、依然として音楽の魅力に夢中になっているようだ。これ以上の称賛はなかった。

部屋がぐらぐらしたように感じたので、あと一曲頼まれても断るか、せめて魔術で彩るのはやめようと決める。さもないとしまいには気を失ってしまうだろう。だが、まわりをニンフで囲んだやり方を説明してほしいとミス・ダンカークに頼まれると、手の込んだ魔術だったのでつい再現してしまい、それがさらに別の魔術へとつながった。気がつくと魔力の襞の創り方を教えることになっており、ふたりとも息が切れて体がほてってきた。

ミス・ダンカークの華奢な体に疲労を読み取ったものの、顔からいくらか憂鬱の色が消えたことにほっとして、ジェーンはたずねた。「またいつでもきてちょうだい、わたしが知っていることでよければ喜んで教えてあげるわ」

「そろそろおいとましなければ、ベス」ダンカーク氏が言った。「エルズワース家のお嬢さん方が午後の用事に戻れるように」言葉を切ってあたりを見る。「ところで、ミス・メロディはどこにおいでなのかな？」

ジェーンは突然、メロディが誰にも気づかれずに部屋から抜け出していたことを悟った。たったいま魔術に精力を使い果たしたことを忘れ、ぱっと立ちあがる。室内がぐるぐるまわって暗くなり、ジェーンは床に崩れ落ちた。

なにかが燃えているにおいがつんと鼻孔を刺激し、くしゃみが出た。ジェーンは目をあけた。ソファに寝ている自分の隣にミス・ダンカークが座っており、鼻の下で気つけ薬の入ったガラスの小瓶をふっていた。家政婦のナンシーがその背後に立ち、両手をもみしぼりながらぺこぺこお辞儀をしている。部屋の反対側では、無理をしたのは母のほうだといわんばかりにエルズワース夫人が椅子にへたりこみ、ダンカーク氏が付き添っていた。

ミス・ダンカークが声をあげる。「目を覚ましたわ！」

この言葉でエルズワース夫人は卒倒から立ち直った。「まあ、ダンカークさん。もしあなたがたがいらっしゃらなかったら、いったいどうなっていたことやら」

急に理解してジェーンは赤くなった。どうやらダンカーク氏がソファまで運んでくれたらしい。また気絶しないようにそろそろと身を起こして座った姿勢になる。「失礼しました、ダンカークさん。ご迷惑をおかけして申し訳ありません」

「とんでもない、ミス・エルズワース。謝るのはこちらのほうです。歓待してくださったことにつけこんで、許されないほど長居をしてしまいました」

ミス・ダンカークは動顛《どうてん》して目をみひらいていた。「ええ、ごめんなさい、ミス・エルズワース。もう一曲お願いしますなんて言わなければよかったんですけど、あんまりすてきな演奏だったから」

「許すことなんてなにもありませんわ。今朝はほかにもいろいろ魔術をかけたのに、どれだけ体力を使ったかすっかり忘れていたんですもの。曲のあとでいきなり立ちあがるなんて馬鹿でした。だから、誰よりも自分に対して腹が立っているんです」

「そうですとも」エルズワース夫人が叫び、ダンカーク氏の手を握りしめた。「悪いのは全部ジェーンですからね。それ以上お気になさってはいけませんよ。本当に」

ダンカーク氏はくちびるをひきしめてジェーンを見た。そのまなざしは押し殺した笑いを伝えてきているようだった。「ええと、ミス・エルズワース、悪いのは誰かという話はともかく、ベスと私が失礼しなければならないのはたしかですね」

ミス・ダンカークは気の進まない様子でソファから立ちあがった。「大丈夫ですか？」

ジェーンはにっこりした。「もちろん。魔術の使いすぎで気絶したことは一度もないの？」

「ああ、わたしは魔術の使い方を知らないんです」少女は首をふり、そのおもてにいくらか暗い雰囲気が戻ってきた。

「なんですって？」エルズワース夫人が声をたてた。「でも、どうしてお母さまはそんなことを許しておくんです？　そういう必要なことを教えないなんて、家庭教師たちはなにをしてるんでしょうねえ？」

ジェーンは割って入った。「お母さま、どうしてみんなピアノを弾かないのかって訊いたらどうなの。魔術が必要なのはその程度のものでしょう。ミス・ダンカークはほかの方面に秀でていらっしゃるのよ」

母の無神経な発言をとりつくろおうとする努力にもかかわらず、ミス・ダンカークはふたたび内気な沈黙にひきこもってしまった。ダンカーク氏が妹の肩に片手をかけて外へ誘導したので、ジェーンは少女の若さを思い出させられた。

一同は別れ、ジェーンは翌日お返しに訪問すると約束した。自分が気を失った騒ぎにまぎれて、みんなメロディのことを忘れていたと気づいたのは、ふたりが出発してからだった。様子を見に二階へあがりかけたものの、そこで思い直し、メロディは感情を抑えることを学ぶ必要があると結論を下した。

姉の手を借りずに学んでもらわなくては。

5　芸術と魔術

ジェーンは麦藁のボンネットのふちを指で叩きながら、緑の絹のリボンにつけたベネチアングラスのサクランボの効果を量った。リボンが葉に見えるといいと願っていたが、色が淡すぎる。そこで、もっと濃い青林檎色のビロードのリボンに替え、サクランボをその上にピンで留めると、満足してうなずいた。外見にそれほど気を配るのはばかげているとしても、ロビンスフォード・アビーをひとりで訪ねたことは一度もないのだ。ミス・ダンカークの訪問のお返しという口実がなければ、いまも出かけていく勇気はなかっただろう。しかし、ダンカーク氏とたまたま顔を合わせる場合に備えて、いちばんきれいに見えるようにしておいても悪くはない。

「それ、すごくいいじゃない」メロディが居間の入口に立った。

「ありがとう」ジェーンはリボンの垂れ具合を調べ、それだけに専念しているふりをした。きのうダンカーク兄妹が訪れてから、メロディは最小限の言葉でしか話しかけてこなかった。仲直りしたいという願いとたんなる自尊心が胸の中でせめぎあう。メロディにそんな侮辱を受けるようなことはなにもしていないが、妹が謝るのを待っていても無駄だとわかっていた。「気分はよくなったの？」

「え？」

「きのうは不機嫌だったから、きっと具合が悪かったんだろうと思って」

「ああ」メロディは指をねじりあわせた。「そう。頭が痛かったの」

ジェーンは針と糸をとりあげた。「なるほどね。さようならも言わずに出ていったのは残念だわ。あなたがいないってダンカークさんが言っていたわよ」

「そうなの？」メロディは部屋を横切ってジェーンの隣に座った。「出ていったのは、あそこにいてもなんの役にも立たなかったからよ。頭の回転も速くないし、芸術の才能もないし。人が認めてくれるのはそういうことだけらしいもの。あたしは顔がいいだけ」こう言っているうちに、その声は自己憐憫を通り越して本気で絶望している響きを帯びた。

ジェーンは頬の内側をかんだ。自分がダンカーク兄妹の訪問を独占したのは本当だ。

「それだけじゃないでしょう。あなたはやさしくて魅力的よ」

「不機嫌じゃないときにはってことでしょ」

ジェーンは笑いながら帽子をおろした。「そうよ、でも、不機嫌なときまでやさしくて魅力的な人なんかお目にかかったことがないわ」

「でも、美しさは衰えるっていうのはダンカークさんが言った通りよ。人工の美しさは別として」メロディは手をのばして繊細なガラスでできたサクランボの表面に触れた。

「ジェーンに魔術を教えてもらえないかと思って」

その望みに意表をつかれて、ジェーンは頼みごとをされたうれしさを隠しきれなかった。メロディの手をとる。「もちろんよ。いつでもあなたの好きなときに」

「ありがとう、ジェーン」メロディは両手でジェーンの手をぎゅっと握った。「すぐに始めるつもりだったんだけど、だって……」手にこめた力をゆるめる。「どうしたの？」

ジェーンは思わず膝に乗せた帽子に視線を落とした。「まあ。今日はミス・ダンカークのところへお邪魔する約束をしたの」妹の顔に落胆の色がよぎるのを見たくなくて目を伏せたままにする。「今日の夕方までのばしてはだめ？」

室内は束の間しんとなり、そのあとメロディはジェーンの膝から帽子をとりあげた。

「もちろんいいわよ。近所付き合いの邪魔をしたりするもんですか」帽子を頭にかぶって部屋の向こうの鏡に近づく。帽子の下の巻き毛を直しつつ、歯を見せて笑顔らしきものを作った。「これをダンカークさんの家にかぶっていくの？」

「そうしようと思っていたわ、ええ。ねえメロディ、よかったら一緒に行きましょう。わたしひとりを招くつもりじゃなかったに決まってるもの」

「あらそう？」メロディは鏡の前でくるりと回転し、あらゆる角度から自分の姿にみとれた。完成していなくてさえ、帽子はとても似合っていた。「それなのに、いままでそのことを話そうとは思わなかったわけね。ふうん！ジェーン、あたしに知らせるつもりなんてなかったんじゃないの。まったく。呼ばれもしてないのにむりやり押しかけたくなんかないわ」無造作に帽子をとり、鏡の下のテーブルに置く。

やたらと大げさな言い方にもかかわらず、ある程度の真実が含まれていたので、痛いところを突かれた。妹の魅力の陰に消えてしまいたくないのは事実だ。うしろめたく感じまいとしてジェーンは言った。「でも、一緒にきてほしいのは本当よ。あなたがあんなに怒ってたから言う暇がなかったの。一緒にきてちょうだい。魔術の練習は今晩できるわ」

メロディはじっとこちらを見つめてからうなずいた。「あたし――そうしたいわ。ありがとう」

まだふたりのあいだに緊張を感じたものの、これ以上妹に愛情を疑わせたりするまいとジェーンは決意した。

メロディが午前中の訪問にふさわしい服装――ぴんとした白いリボンでふちどった淡黄色のキャラコ――に着替え、ジェーンが帽子の飾りつけをすませると、ふたりはロビンスフォード・アビーに出発した。道中ではなにも重要なことを話さず、天気の話をしたり、目についたものについてしゃべったりしただけだった。

中でも目立っていたのは、ロビンスフォード・アビーそのものだった。修道院《アビー》を最初に建てた修道士たちが植えた果樹をぬって、長い私道がうねうねと走っている。節くれだった古木の列は広々とした芝生に代わり、ゆるやかな上り坂が壮麗なゴシック建築のアビーまで続いていた。細長いアーチ形の窓には鉛の枠入りのガラスがはめられ、ひとつひとつの面に別々の角度から景色が映し出されている。建物の古さはあきらかだったが、手入れが行き届いているので、現代の建築物におとらず住み心地がよさそうに見えた。

それでも、玄関に入って執事に名刺を渡すと、ロビンスフォード・アビーの壮大さに自分が小さくなったような気がしたのは否めなかった。メロディのほうはこだまの響く石造りの広間や廊下に気圧された様子はない。美貌のおかげで影響を受けないとでもいうかのようだ。

居間に入るともっと気が楽になった。ふたりを迎えようと待っていたミス・ダンカークが立ちあがり、見るからにうれしそうに部屋を横切ってくる。「まあ！　ようこそいらっしゃいました。エドマンドは用事があって出かけたので、時間をもてあましてたところだったんです」

「なんてひどい！」メロディはミス・ダンカークの手をとって自分の腕にからませ、心遣いを示した。そのままジェーンから離れてソファへ連れていく。「気晴らしもなしに置いていくなんて。まあ！　まったく驚いたわ、ねえ、あなたのお兄さんみたいに頭のいい方が、自分の妹に対してそんなに薄情な仕打ちをするなんて」

「あら、エドマンドはそんな人じゃありません。出かけるときはいつでも、わたしをひとりにしたからってお土産を持ってきてくれるんです」

ジェーンはふたりの後ろについていき、ソファの隣にあるマホガニーでできたシェラトン風の椅子に腰をおろした。居間は図書室と呼んだほうがよさそうだった。一方の壁がほぼ全面本棚になっていたからだ。マホガニー製の家具は男性的な趣味を反映していた。壁の一面には二振りの交差させたサーベルがかかっており、炉棚の上にある紫檀の箱には決闘用のピストルが一組おさめられている。手ぎわのいい魔術で暖炉に火の幻が創られ、くつろいだ雰囲気を添えていた。この幻がなければあまり居心地よく感じられあれだけ魔術を褒めていたのに、ダンカーク氏はそれ以外目につくところにほとんど魔術を使っていなかった。壁にかかっている複製画はおおむね狩猟の場面か建造物のスケッチだったが、それさえなんの誇張もされていない。そのあとは雑談になり、天気について詳細に論じてから、執事が運んできた茶の品質を話し合い、さらに茶が入っている陶器への称賛に移った。デルフトのボーンチャイナの好例だ。そのあいだじゅう、メロディはミス・ダンカークの注意をやすやすと引きつけ、ジェーンは目立たない位置にひきさがった。メロディとミス・ダンカークは二歳しか離れていないのに対し、二十八歳のジェーンは妹より十歳も上だった。若いふたりに山ほど話すことがあったのも当然だろう。

ジェーンは流行や小説のことをしゃべっているふたりにきちんと意識を向けず、話の流れでときどきうなずいたり笑ったりするだけで、窓から広い芝生とその向こうの森をながめて時間をつぶした。

すると、木立から男が出てきた。質素な身なりだったが、背負っているイーゼルからヴィンセント氏だとわかる。一瞬、まっすぐにこちらを見たようだった。その顔に浮かんだ挑戦の色に、ジェーンは椅子にかけたまま身をこわばらせたが、鉛の枠に入ったガラスに光が反射する様子を思い出して力を抜いた。こちらが見えるはずはない。実際、ヴィンセント氏がイーゼルをおろしてカンバスを置いたとき、目的ははっきりした。ミス・ダンカークとメロディに注意を戻して、咳払いをする。「どうやら、わたしたちにみとれている人がいるようよ」

ふたりとも声をあげてジェーンの視線をたどった。「誰？　どこにいるの？　まあ、驚いた！　あれはヴィンセントさん？」

ヴィンセント氏の姿を見ようとソファから飛び立つようにして窓辺に駆け寄る。メロディが窓枠にもたれた。「あたしたちを描いてるの？」

イーゼルの角度は少しこちらからそれており、ジェーンの目には、ヴィンセント氏がこの窓に視線を向けているわけではないように見えた。「違うと思うけれど」

ミス・ダンカークが言った。「エドマンドがロビンスフォード・アビーのスケッチを描いてほしいって頼んだのかしら？」

「それがあなたへの贈り物なのかもね」メロディは目をこらした。「それにしても、なにを描いてるのかわかればいいのに」

「当然この建物でしょう」やはりカンバスを見たかったものの、ジェーンはそう答えた。

メロディは顔をいたずらっぽい喜びで輝かせてくるりとふりむいた。「外に行って見てみない？」

ジェーンはバンブリー・マナーで作品を観察したときのヴィンセント氏の近寄りがたい表情を思い出した。「まあ、だめよ。お邪魔したくないもの。わたしだったら誰かに見られているのはすごくいやだと思うわ」

「もう！　ジェーンったら、人がよすぎるんだから。ダンカークさんたちがきたときには、午後じゅうピアノを弾いたり魔術をかけたりするのを見られてたじゃない。ヴィンセントさんはミス・ダンカークのお宅の芝生にいるのに、あたしたちが行くのをいやがるなんてどうして思うわけ？」

ミス・ダンカークは下唇をかんだ。「ご迷惑でした、ミス・エルズワース？」

「とんでもない」ジェーンは言った。「でも、あれはみんな練習してあって、演奏するつもりでいた曲だわ。ヴィンセントさんはまだ描きはじめたばかりでしょう。だからいま見物に行くのは、わたしが新しい曲を練習しているときに見にくるようなものよ。どんなに才能があっても、未完成の作品を他人に見られるのがうれしいはずはないわ」

メロディは鼻に皺を寄せた。「ジェーンはいつもほかの人がどう感じるかわかるような言い方をするけど、みんなレディ・フィッツキャメロンの舞踏会で未完成の作品を見たじゃない。あのときは別に気にしてないみたいだったわ」

ミス・ダンカークはジェーンの肩を持った。「ミス・エルズワースの言う通りじゃないかと思います」

「ばかばかしい。勝手に推測するより、本人に訊いてみましょうよ」メロディは窓の掛け金を外し、大きくあけはなって身を乗り出した。「ヴィンセントさん！」

相手はぱっと首をめぐらし、けわしく顔をしかめた。ジェーンは窓からあとずさって陰に入り、視界に入るのが自分ではなく、窓から身を乗り出している若い娘ふたりだけでありますようにと祈った。

ヴィンセント氏は一回うなずくと、カンバスに視線を戻した。

「なにを描いてるんですか？」メロディは呼びかけた。

魔術師は反応しなかった。ジェーンは妹の腕に片手をかけた。「ほうっておきなさい、メロディ」

ミス・ダンカークは姉妹を交互に見つめ、心配そうに眉間に皺を寄せた。窓から離れて言う。「ヴィンセントさんを見たら、魔術について訊きたいことがあるのを思い出しました、ミス・エルズワース。ご厚意に甘えてもいいですか？」

気をそらせることにほっとして、ジェーンはメロディを窓ぎわに残し、ミス・ダンカークのあとに続いた。「もちろん」

「エドマンドを驚かせたくて、お宅でやってるみたいに魔術で強調してみたいんです—

――エドマンドが何度そのことを話したか。でも、教えていただいた襞は簡単だったのに、うまくいかなくて」

ダンカーク氏がジェーンの作品について話した？　ジェーンは赤くなった。暖炉の火が魔術によるものでなければ、そのせいだというふりをしていたところだ。「よければ喜んでお手伝いするわ」

窓からふりかえらずにメロディが言った。「たしかにジェーンは魔術がものすごくうまいわ」とてもやさしい声音だったが、苛立っていることはよくわかっていた。

「どういう効果を考えているの？」室内を見まわし、どんなふうに魔術を使えるか評価する。

「どうなんでしょう。うちの両親が――あの、勉強する機会がほとんどなかったので、なにができるかよくわからないんです」ミス・ダンカークは壁の絵をまっすぐに直した。魔術の訓練を受けていないことを気にしすぎているようだ。しかし、本人の責任ではなかった。家庭教師は両親がつけるもので、若い女性にはほとんど選ぶ余地がない。

「どんな襞でうまくいかなかったのか、教えてもらえるかしら？」

ミス・ダンカークは顔を赤らめて絵を指さした――森の空き地にいる牡鹿の油絵だ。

「小さなことから始めたかったので、木を風で動かそうと思ったんです。ミス・メロディの髪でやっていらしたみたいに。兄はあの効果がすごく気に入っていたので」

まさに絵のように窓にふちどられているメロディを見やり、ダンカーク氏はむしろ技術より主題のほうに心を惹かれたのではないかとジェーンは思った。「残念ながら、あの効果は見かけより複雑なの。小さくても、動く幻を創るには細かい襞をたくさん縫い合わせないと」

「まあ」ミス・ダンカークはしょんぼりした顔になった。

ジェーンは自分の最初の授業を思い返した。「たぶん、ただ光を強調するだけで目的を達せるんじゃないかしら？　本の近くはどう？　暖かみを添えるし、縁飾りの金色によく反射すると思うの」それに、簡単な魔術でとくに微妙な操作をする必要がない。メロディはまだ外の光景に目を向けていた。ふたたび室内に注意を引き戻そうと、ジェーンは言った。「メロディ、やってみせるのを手伝ってくれない？」

妹は呼びかけられてあきらかにびっくりした様子でふりかえった。

「あら、ミス・メロディ！」ミス・ダンカークは大喜びで両手を打ち合わせた。「あなたも魔術師だなんて気がつきませんでした」

「姉ほど上手じゃないけど、同じ先生に習ったのはたしかよ」メロディはすべるように書棚に近づいた。やすやすと魔術を扱えるかのような態度と口ぶりだが、実際にそれほどうまくできたところは見たことがない。

「ほら、こうかしら」エーテルから魔力の襞を引き出し、書棚に沿って大きな糸でぎこちなく縫い合わせる。その襞はかさばっていて皺だらけだった。金字の題名を光が斜めに照らす。「どんなに簡単にできるかわかるでしょ」

「本当ね」ジェーンは不器用な出来映えに顔をしかめたくなるのをこらえ、メロディに近づいて隣に立った。「それに、ほんの少し力をそそぐだけで思い通りに襞を明るくしたり暗くしたりできるわ」メロディの縫い目をほどき、皺が消えるよう襞をゆすって広げる。「襞をのばして明るさの度合いを変えられるのがわかるでしょう？　どんな襞でもこういうふうに薄くすれば効果がやわらぐのよ」

「すごく簡単に見えますね」ミス・ダンカークはぼうっと空中を見つめた。魔術に集中していることを示す目つきだ。

「ほら」ジェーンは書棚から襞をつまみあげてミス・ダンカークにさしだした。光が黄金の糸となって滴る。こんな糸を紡げたら物語のルンペルシュティルツキンも鼻高々だろう。「重さが感じられるように持ってごらんなさい、そうすればどうやって薄くするかやってみせてあげるわ」

ミス・ダンカークは目をみひらいてごく薄い光の織物を受け取った。はじめは手の中で皺が寄ってしまい、表面におかしな角度で虹の七色が散った。だが、やさしくうながすと、やがて均一にきらめくよう襞をまっすぐにのばすことができた。

ふたりは声を合わせて笑いながら襞をひっぱったりねじったりして、一枚の魔力の襞にもともと備わっている多くの可能性を追求した。ミス・ダンカークは予想以上の素質を披露した。最終的には、並んだ本をきらきらと光らせる陽射しの効果を生み出すことに成功した。ジェーンほどたくみではないにしろ、魔術を学んだことがない人が創ったとは誰も思わないだろう。

息をはずませ、やや顔を紅潮させたミス・ダンカークは、慎重に最後の縫い目をつけて一歩さがった。

ジェーンはうなずいて褒めた。「とても上手にできたわ」

ミス・ダンカークは書棚からふりかえって言った。「ミス・メロディ、どう……まあ」

その口調から、ジェーンは妹がまたもやこっそり部屋から抜け出したことを覚悟したが、たしかにその点では正しかった。

予期していなかったのは、窓越しの光景だった。そこではメロディがヴィンセント氏となごやかに話していたのだ。いや、むしろメロディが話し、相手は絵を描いている。

ヴィンセント氏はイーゼルから体をそむけて大ぶりの革の写生帳をとりあげていた。視線の向きからして、おそらくメロディをスケッチしているのだろう。完全にふたりきりだ。ジェーンは唇を引き結んだ。メロディは礼儀作法の範囲というものを決して覚えないのだろうか？

「ミス・ダンカーク、そろそろ失礼していいかしら？　わたしたち、夕食までに家へ帰らないといけないのよ」

「もちろんです」少女の顔が蒼ざめているのが気になったが、心配する必要があるほど魔術を使ってはいないはずだ。「こんなに長くお引き留めしてしまって」

最低限の挨拶を交わし、またすぐ会おうと約束してから、ジェーンはロビンスフォード・アビーを出て、メロディがヴィンセント氏の絵を描く光景を見守っている建物の脇へまわっていった。

きちんと刈り込まれた芝生を横切って歩いていくと、そよ風がメロディの声を運んできた。「ああ、ほらね。姉があたしの子守りとお目付け役をしにきたわ。くるって言ったでしょ」手をふって声を高める。「ジェーン！　ヴィンセントさんがなにを描いてるか見てよ」

妹が紹介しようというそぶりも見せず、そんなことはしそうにないと見てとって、ジェーンはふたりの前で足を止めた。「残念だけれど、夕食に帰らなければならないわ」

ヴィンセント氏は薄い革の写生帳を閉じて立ち、メロディが紹介するのを待った。瞳は暖かな茶色だったが、感情の気配も見せずにこちらを観察している——その顔には同情も軽蔑も、見下すような色も浮かんではいない。正直なところ、ジェーンを見ているときより、ロビンスフォード・アビーを描いているときのほうが興味深げな表情だった。

メロディは鼻に皺を寄せた。「もう、馬鹿なことを言わないでよ、ジェーン、うちが野暮ったいほど早い時間に食事をすると思われちゃうじゃない」

「ヴィンセントさんはきっとわかってくださると思うわ、わたしはまだお目にかかっていないけれど」

「もう！　目の前に立ってるでしょ。知らないふりなんかしないでよ」メロディはヴィンセント氏に身を寄せて声を低めた。「あなたがここにいるのを最初に見つけたのはジェーンなのよ。なにを描いてるのかものすごく知りたがってたんだから。お作法を心配してるのなんか気にしないで。姉はときどき几帳面すぎるの」

ジェーンは怒りと恥ずかしさでいっぱいになった。体を動かさずにじっとしていなければ、メロディをこの男とふたりきりで残して歩み去ろうという衝動を抑えられそうになかった。

「ミス・エルズワース、どうやらこれが紹介ということになりそうだ」胸の底から響いてきた声は低めのバリトンで、そういえばまだ聞いたことがなかった、とジェーンはそのとき気づいた。「俺の作品のどんなことを知りたがっていた？」

「なにも知りたがったりしていないとうけあいますわ。ここにいらっしゃるのに気づいて口にしたのを、妹が普通以上の興味と誤解しただけです。イーゼルの角度とごらんになっている方向から推測すれば、ロビンスフォード・アビーを描いていらっしゃるのでしょうけれど。それ以上の好奇心は、絵を見せていただける状態になるまで控えますわ」

「そう言うが、バンブリー・マナーでは俺の魔術画を平気で見ていただろう」

「鑑賞しませんかとお招きいただいたからです。承諾したときにはまだ未完成だと知りようがありませんでしたもの」

「そのあと戻ってきたときには？」

ジェーンは唇をひきしめて顎をもたげた。「たしかにその行動は間違っていましたわ。よろしければ、メロディとわたしは失礼しなければなりませんので」

「ひきとめるつもりは毛頭ない」ヴィンセント氏はごくわずか頭をさげてから、すでに別れたかのようにカンバスに注意を戻した。

メロディがついてきているかどうか確かめもせず、ジェーンはスカートを引き寄せ、芝生を横切ってロング・パークミードの方角へ向かった。背後でさらに少し会話が聞こえ、それからメロディが息を切らして笑いながら横に追いついてきた。

「ジェーンとヴィンセントさんみたいな組み合わせって見たことがないわ」

ジェーンは道に視線をすえたまま、ボンネットで表情を隠した。顔をあげたら、メデューサも顔負けな憤怒の形相だっただろう。「楽しんでもらえてよかったわ」

メロディはまた笑い出し、ジェーンの機嫌はいっこうに直らなかった。

6　イチゴとボンネット

イチゴ摘みの会は天候のせいで一回、リヴィングストン大佐が所用で街に出かけたためにもう一回延期されたが、ようやく天気もよくなったので、一行はピクニックを楽しみにしてロング・パークミードに集まった。

ミス・ダンカークはたったひとりで馬に乗って到着した。馬からおりた少女の顔は薔薇色で喜びに輝いていた。

「ねえ、ミス・エルズワース、今日は朝焼けが信じられないほどきれいだったんですよ。日の出前に起きて、こんな朝は二度と見られないだろうって思ったぐらい。それでエドマンドに乗馬に連れていってってねだったんです」

「でも、ダンカークさんはどちら？」

「ああ、乗ってる馬がすごく遅くて」ミス・ダンカークがゆったりと背後に手をふると、ダンカーク氏が道に現われた。「あそこです。ね？　やっといまきました。一日じゅうロビンスフォード・アビーにいそうだったのを、わたしが外にひっぱりだしたんです。空の色があんまりすてきで。きっと信じてもらえないような色でした」

「それなら、わたしも想像できるように全部話してくれないとね」ジェーンはにっこりして若い友人の手をとった。ふたりは近ごろずいぶん長く一緒に過ごしていた。少女は機会があるたびに訪問した。ときには兄に連れられることなく馬でやってきて午後を過ごし、繊細な魔術をジェーンに習った。あるいは地所をぶらぶらと歩きまわり、ありとあらゆることをとりとめもなく話して午後を過ごすこともあった。十年以上年が離れていたものの、ミス・ダンカークの若さにあふれた活気としっかりした態度にジェーンは惹きつけられた。それに、最近メロディに苛立つことが多く、ミス・ダンカークのおかげで気がまぎれていたことも認めなければならない。

まもなく、レディ・フィッツキャメロンの四頭立ての馬車が着いた。あの音は間違いようがない。子爵夫人と令嬢にリヴィングストン大佐が同行しているのは少しも意外ではなかったが、一緒にやってきたもうひとりの紳士にはかなり驚いた。

「ヴィンセントさんも連れてきたことをお気になさらないといいのですけれど」子爵夫人の笑顔は、もちろん自分の勝手なふるまいを気にするはずがないだろう、とほのめかしていた。「あの人はもうずいぶん長いこと、こちらの丘からのながめを見たいと言っておりましたのよ」

「まあ、レディ・フィッツキャメロン」エルズワース夫人が声をあげた。「お伝えくださるだけでよろしかったんですよ。ヴィンセントさんならいつでも大歓迎ですとも。ただそうと知らせていただければ、それはもう喜んでお望み通りにいたしますから」

「まあ、ご親切に」子爵夫人は早くも会話に興味を失ってつぶやいた。

ヴィンセント氏は短く一礼すると、居間の壁ぎわに陣取り、途方もなくしゃちほこばって居心地が悪そうに立った。ジェーンは部屋の反対側に行き、さっと駆けつけたエルズワース夫人がヴィンセント氏を会話にひきこもうとするのにまかせた。とはいえ、ミス・フィッツキャメロンやミス・ダンカークと話しながら、もう少しで母に同情するところだった。相手の答えが不作法すれすれにそっけなかったからだ。エルズワース夫人はヴィンセント氏の出身をたずね、家族について――具体的には、どのヴィンセント家と関係があるのか確かめようとしたが、ロンドン出身だ、というぞんざいな答えしかもらえなかった。

あとでエルズワース夫人が夫に告げたように、親戚がヴィンセント雑貨店なのかヴィンセント下院議員なのか知るすべはまったくなかった。大いに苛立った夫人は、機会がありしだい次第、もっと情報をくださいと子爵夫人に訴えることを決意した。

それから夫人は絵画の話題に移った。「うちの風景画をごらんになりました？　上の娘が描いたんですよ」

ジェーンは床に沈み込んでしまいたくなった。だが表面上は、馬上で目にした雲のあえかな真珠色について語るミス・ダンカークに注意を集中しつづけた。

ヴィンセント氏はいちばん近い絵に向き直り、片眉をあげて言った。「なるほど」褒めているわけでもけなしているわけでもなく、たんに事実を認めているだけだ。ありがたく思うべきなのだろう。

話を引き出そうという試みに失敗したエルズワース夫人は、仲のよい友人のマーチャンド夫妻が到着し、これ以上ヴィンセント氏と話さずにすむことになったので、胸をなでおろした。ジェーンのほうは母よりほっとした。そんなことが可能ならという話だが。

こうして全員が集合し、ボンネットをかぶって籠をとりあげると、相当な数の籐細工がぞろぞろと居間を抜けて外の植え込みのほうへ出ていくことになった。エルズワース夫人は当然のことながらロング・パークミードの南側の植え込みを自慢に思っていたので、イチゴ畑への最短経路ではないにもかかわらずそこを抜けていった。ミス・ダンカークと並んで歩いたジェーンは、必然的にダンカーク氏と会話することになり、その結果を喜んだ。メロディはリヴィングストン大佐とミス・フィッツキャメロンと歩き、三人で笑いながら気のきいた台詞を言おうと競い合った。

折りたたんだイーゼルを背負ってその前方を進んでいるのはヴィンセント氏だった。すぐに一行から離れ、植え込みのかどをまわって姿を消す。残りのみんながもっとゆっくりそのかどをまがったときには、植え込みと木立にはさまれた芝生を半分ほど横切ったところだった。イチゴ畑は木立の反対側で、いちばん陽あたりのいい場所にあるのだ。ヴィンセント氏はくつろいだ様子で、居間でのしゃちほこばった態度から、戸外がいちばん快適な人物特有のゆったりとした歩き方になっていた。

「ヴィンセントさんはイチゴ畑に行きたくてたまらないようですわ」ジェーンは意見を述べた。

「居間では落ちつかないことが多いのですよ、経歴を考えれば無理もありません」ダンカーク氏が答えた。

「あら、それじゃ、あの人の経歴をご存じなんですの？　うちの母に言わないでくださいね、さもないと三十分も質問攻めにされますから。母はあの人のことが知りたくてたまらないんです」

「警告してくださってありがとうございます」相手はまじめな顔を作ったが、かすかな笑みに唇がぴくぴくしていた。「知っていますよ。雇う前に経歴を調べたので」

「エドマンド！　話さないって言ったのに」

ダンカーク氏は妹に向かって片方の眉をあげてみせた。「話していないよ、ベス。もっとも、おまえのせいで話さざるを得ない状況に追い込まれそうだが。ミス・エルズワースが加われない会話をするのは不作法だからね」

ミス・ダンカークは恥じ入ってうなだれた。ジェーンはボンネットをひっぱり、わざとらしく無邪気な表情でダンカーク氏を見やった。「ごめんなさい。自分の名前は耳に入ったんですけれど、ボンネットのせいでほかのことはなにも聞こえないんです。話しかけてくださいました？」

ダンカーク氏は笑った。腹の底からわきあがった本物の笑い声だった。もう一度笑わせたい、いつでもあんなにうれしそうにこちらを見てほしい、という強い願いがわきあがる。ミス・ダンカークも一緒に笑い、ジェーンは束の間、家族の一員になった気がした。

「ミス・エルズワース、エドマンドに話さないでって頼んだのは、驚かせたかったからなんです。でも白状しますね。兄はわたしに魔術を教えてくれるようにヴィンセントさんを雇ったんです。ものすごくわくわくしません？」ミス・ダンカークはジェーンと腕をからませ、身を寄せて打ち明けた。

「エドマンドがあんまりミス・エルズワースの魔

術に感心してたから、わたしはうらやましくて、兄が承知してくれるまで習いたいってせがんだんです」

ジェーンはちらりと目をやったが、ダンカーク氏はすでに会話に興味を失って周囲の風景をながめていた。このままジェーンにミス・ダンカークの魔術の指南をまかせるのではなく、ヴィンセント氏を雇ったのなら、それほどこちらの才能に感心しているわけではないだろう。もっとも、実際のところ、ヴィンセント氏ほど腕のいい人物に教えてもらえるのはうらやましかった。あの態度について自分がどう感じていようと、ミス・ダンカークにとってはそれがいちばんだろう。「ヴィンセントさんはとても才能がありますものね」

ミス・ダンカークは鼻に皺を寄せた。「でも、すごく変わってます。信じられないぐらいおもしろい人にもなれるんですよ。言葉なんかどうでもいいほど視覚芸術が好きみたいで。授業でないときに、一度に五つ以上の単語でわたしに話しかけてきたことはないと思います。ただ、絵や魔術のことを話すときには詩的にもなれるんです」笑いながら頭をふる。「ほんとに、おもしろい人」

三人はまだらな影を投げかける木立の下を通りすぎ、小高いイチゴ畑にやってきた。ふいに涼しくなったので、みんなほっとしてしばらく会話が途切れたが、木立から抜け出すとふたたび話しはじめた。どの集団もイチゴ畑を目にして歓声をあげた。遠くからでもつややかな葉のあいだに赤い実がずっしりと生っているのが見えたからだ。エルズワース氏は庭師に指示して、自然の風景の一部に見えるようにイチゴを植えさせていた。畑はいくつもの低い塚をめぐり、趣のある遺跡を巧妙に模した石垣に沿ってうねうねと続いている。その石垣がイチゴの苗を持ちあげているおかげで、身をかがめなくても実を摘めるようになっていた。

丘の上では、ヴィンセント氏が弓なりにまがった古い月桂樹の下にイーゼルと絵の具を広げているところだった。

エルズワース氏は急に足を止め、仰天して向き直った。「召使いはどこだ？ あの月桂樹の下に昼食を用意するようにとはっきり言いつけておいたんだが。ヴァージニア——」と夫人をふりかえる。「——別の場所へ行けと言ったのかね？」

「いいえ、チャールズ、言っていませんよ」エルズワース夫人は丘を見あげ、眉を寄せた。「丘の上には見あたらないけれど。きっとほかのところにいるに違いないわ」

「ここにいなければ、ほかの場所にいるのはあきらかだとも。問題はどこかということだ」

ダンカーク氏が口をひらいた。「ひょっとして、丘の反対側にいるのでは？」

「ああ。すばらしい思いつきだ。そちらを捜してこよう。そのあいだ、ぜひみなさんイチゴをお楽しみいただきたい」エルズワース氏は丘を登りはじめ、一同は熱心にイチゴを摘みにかかった。

みんな甘く汁気たっぷりのイチゴに気をとられていたので、会話は単純でどうでもいい内容になった。レディ・フィッツキャメロンは甥に舞踏会での行動について釘をさしたらしい。リヴィングストン大佐はご婦人方全員に対して平等に配慮し、エルズワース夫人のパラソルまで褒めたほどだった。あの舞踏会のあとだけに、メロディは大佐の気遣いを独占できると考えていたに違いないが、期待外れだったため、ダンカーク氏に注意を向け、少したつと塚からイチゴを摘むあいだ籠を運んでもらっていた。

マーチャンド夫人はイチゴに夢中になった。ひとつ見つけるたびに、これほど大きい粒を目にしたのははじめてだといわんばかりに声をあげ――「こんなのお目にかかったこともないわ！」――誰もその主張の正しさを確認できないうちに平らげてしまう。夫が冗談を言った。「いやはや、おまえがイチゴを手でさわっているのか、茎から直接食べているのかわからないよ」

マーチャンド夫人はこれを聞いて笑い、ぽっと頬を染めたが、夫にそう論評されてもイチゴへの熱意は冷めなかった。

まもなくエルズワース氏が戻ってきた。丘を登っておりてきたせいでイチゴさながらに顔を赤くし、楽しげに目を細めて笑っている。「ヴィンセント君がどんなに気のきいたことをやってのけたか、話しても信じられんだろうな」

ジェーンは丘を見あげたが、ヴィンセント氏はいなかった。「こんなに早く絵を仕上げたのかしら？」

エルズワース氏はくっくっと笑い、かぶりをふった。「まだ描いていると思うが。教えてほしいかね、それともあててみるかね？」

リヴィングストン大佐が言った。「国王陛下のご注文を受けたのでは」

「違う。皇太子殿下でもない」エルズワース氏はベストに両手をかけた。「ヴィンセント君は召使いと自分の姿を消したのさ、景色の邪魔になるからという理由でな」

「ええ？」「本当に？」「なんて利口な！」人々はイチゴのことなどすっかり忘れた。めいめいが丘を見あげ、召使いの位置を示すしるしがあちらにある、そちらにあると主張した。ジェーンは丘を観察し、こんなに短い時間であれだけ大きく複雑な襞を創り出したことに対しても、視界をエーテルに合わせてさえ襞自体が見えなくなることがありうるという事実にも仰天した。もちろん舞踏会のとき魔力の襞を使って楽士を隠す大広間はたくさんあるが、そのためにはたえず注意を向けている必要があるし、人がいない場合と同じ光景を創るにはおそろしく細かく織る必要がある。エルズワース氏は笑いながら頭をふった。「誰ひとり正しい場所を見とらんよ。そら、お見せしよう」

イチゴは完全に忘れ去られ、一同はヴィンセント氏の利口さや魔術の腕前について話しつつ、ひとかたまりになってぞろぞろと丘を登っていった。丘のてっぺんに近づいてもまだヴィンセント氏も召使いもはっきり所在がわからなかったので、リヴィングストン大佐が意見を述べた。「海軍でこういう技術は使えますね」

「海ではだめだ」野太い声が宣言したかと思うと、ヴィンセント氏がいきなり目の前に出現した。イーゼルを立て、丘の下の景色を薄い線でざっと描いている。上着を脱いでシャツの襟もとをはだけていたが、その不作法さを気にかけず、集まった人々をほとんど無視して絵を描き続けた。悠然として自信に満ちた顔つきだ。これほど大がかりな幻を創っていれば気をはりつめていそうなものだが、そんな気配は微塵も感じられなかった。ジェーンはカンバスから目を転じて、無意識にどの襞を使ったのか確かめようとして、いま解けた魔術の痕跡を探した。

「しかし、ナポレオンから味方の艦隊を隠すのにこれを使ったらどうだ?」リヴィングストン大佐が言った。「そんなに体力を使うはずがない。でなければ絵を描きながら続けたりできないだろう」

ヴィンセント氏は無表情だったが、ちらりとミス・ダンカークを見やった。教わったことを思い出すようながしているのだ。

ジェーンは口をつぐんだまま、少女が知識をつなぎあわせて答えを出すのを見守った。

「それはできないんです。だって襞が縛ってあるから。縛った襞は固定されますけど、海は動いてるでしょう」

「その通りだ」ヴィンセント氏はイーゼルに向き直り、また絵筆をとりあげた。

メロディが言った。「でも、召使いはどこにいるの？」

ヴィンセント氏は筆の先で示しただけで、ほかにはなんの返答もしなかった。

ジェーンは視線を向けたが、召使いを隠している襞は依然として視えなかった。苛立ってヴィンセント氏の脇を通りすぎたとたん、召使いたちが現われたので息をのむ。

「ジェーン！」メロディが背後で叫んだ。

召使いのほうも突然現われたジェーンにぎょっとして顔をあげた。しかし、まわりの景色ははっきりと見える。姿を隠す魔術のせいでぼやけて見えるだろうと予想していたにもかかわらずだ。これまでに隠蔽の魔術をかけた経験からいえば、中心にいても幻は見えるはずだった。ジェーンはふりかえったが、ヴィンセント氏と残りの人々はまた消え失せていた。驚きの声は聞こえるのに姿が目に映らないというのは、なんとも奇妙だった。

すると、ミス・ダンカークがそこにいた。風景にさざなみひとつたてず、一瞬のうちに現われたのだ。相手も驚愕して息をのんでいる。幻はまったく途切れずに続いており、ミス・ダンカークが通り抜けてもエーテルには裂け目ひとつできなかった。みんなの目にヴィンセント氏が見えたとき魔術を解いたのだと思っていたが、実際にはもっと興味深い状態になっているらしい。

「ヴィンセントさんがこれをどんなふうにやっているかわかる、ミス・ダンカーク？」

少女は首をふった。「まだ基本の色や形を習っているところなんです。ミス・エルズワースに教えていただけるんじゃないかって期待してたんですけど」

「わたしにもわからないの。知っている消去の術はどれももっと面倒だし、エーテルに跡が残るわ。本当に不思議」ジェーンは手近の毛布に座り込み、ミス・ダンカークが現われた場所を観察した。現実の視界を消し、魔術に意識を集中する。最初はなにも視えなかったが、ミス・フィッツキャメロンとリヴィングストン大佐が出てきたとき、かすかなゆらめきが目についた。そこに焦点を合わせ、ほかの人々が入ってくるにつれて視界を深くしていく。ひとり入るごとに魔術の性質について手がかりが得られたものの、襞は透明に近いほど薄かった。

最後に現われたのはヴィンセント氏だった。

すぐにこちらがなにをしているか見てとり、この技巧を理解できるものかといわんばかりににやにや笑う。そんな態度を許しておくつもりはなかった。めずらしく自尊心を発揮し、この口数の少ない傲慢な男と互角にはりあえることを証明しようと決意する。いまでは襞が視えていた――地面まで広がって一同を包み込んでいる、透けるような魔術の布。

ヴィンセント氏は光そのものを操っているのだ。

始まりがどうなっているのか把握するため、逆にたどっていく。襞はほんの少しだけよじれていた。ヴィンセント氏のやり方がわかったと思ったとき、ジェーンは純粋な光の魔力を手のひらですくい、襞を一枚縛って、日の光をはじくちっぽけな球を創ってみた。それから、注意深くその光をひきのばして薄く織りあげ、自分の体をくるみこむ。いちばん意外だったのは、のばす前に襞を縛ったため、ごく小さな襞を扱うほどの力しかいらなかったことだ。陽射しははじかれたまま体をよけて通った。ずっと観察していても光の向きが変わったことは見分けられないだろう。おそろしいほど巧妙な幻だった。

「あら、うまいわ、ミス・エルズワース、すごい！」ミス・ダンカークが手を叩いた。

「ミス・エルズワースならわかるって思ってました。絶対わかるって」

人に見られる心配のない球の中で、ジェーンはこっそり会心の笑みを洩らした。あの男はこつを理解することなどできないと思っていたのではないだろうか？　だが、視界が現実に戻ると、自分がやってのけたことへの喜びがやや薄れた。みんなが拍手している一方、ヴィンセント氏の顔に不快そうな色が浮かんでいたからだ。ほかの人々の面前でヴィンセント氏の技に対抗しようとしたところで、虚栄心を満足させる以上の意味があるだろうか？　座り込んで真似をすれば誰でもできるように見せるより、ヴィンセント氏に勝利を譲っておいたほうがよかったのに。不躾なことをしてしまった。

ジェーンは球の結び目をほどき、息を切らしているふりをして、実際より骨が折れたように見せかけた。「うまくできなかったようですわ、ヴィンセントさん」

むしろごまかしたことでいっそう気にさわったらしい。「そんなことはない」と言い捨てるなり、ヴィンセント氏は一同に背を向けてすたすたと自分の球に入り、また絵を描くために姿を消してしまった。なおも周囲が感嘆しているなか、ジェーンは当惑しきってそちらを見つめた。

みんなに視線を戻すと、ダンカーク氏がこちらをまじまじと見ていた。束の間、その表情は無防備だったが、消え去る前にそこに見たものをどう解釈すべきかよくわからなかった。なにも見なかったのだと結論を出したときには、すでに相手は向きを変え、子爵令嬢と会話を始めていた。

そのあとはミス・ダンカークに気をとられた。どうやって消したのか細かいことまで全部知りたがっていたからだ。召使いが用意した食事を味わいつつ単純な楽しみにふけっているうちに、午後はたちまち過ぎ去った。ヴィンセント氏はその後一回だけ、唐突に姿を現わした。みんなを隠している襞の結び目を解いたときだ。上着を身につけ、絵の具の箱とイーゼルをまとめている。

「あら、ヴィンセントさん、行ってしまうわけではないでしょうね？」子爵夫人が毛布の上の席から声をかけた。「こちらにきてくれればと思っていたのですよ」

ヴィンセント氏はためらった。雇い主から気遣いを要求され、肩にいくらか緊張が戻ってくる。「もちろん、レディ・フィッツキャメロン」

「まあ、よかった」自分の力をしっかり心得ている相手はにっこりした。「今日のすてきな午後のしめくくりにほしいのは、活人画なのですけれどね」

マーチャンド夫人がイチゴから顔をあげた。「なんていいお考えでしょう、レディ・フィッツキャメロン」

エルズワース氏がリヴィングストン大佐に話しかけた口調は、馬がどんなによく走るか論じ合っているようだった。「ジェーンは実に活人画が得意でね」

「たしかにそうでしたね。しかもあれからどれだけお上手になったか想像がつきますよ」

リヴィングストン大佐とエルズワース夫人のあいだに座っていたメロディが口を出した。「あら！　ふたりで一緒に活人画を演じるべきよ」

家族と隣人から思いがけずそんなことを言われて、ジェーンは礼儀正しく断る手立てを見つけようとした。なにか交わりがあるたびにあの男を怒らせるだけだったのだ。ふたりを結びつけているのは活人画で組むのを避けたいという願いだけに違いない。「わたしなんて、ヴィンセントさんの努力をお邪魔するだけですわ」

「馬鹿な」ヴィンセント氏はメロディに頭をさげた。ジェーンが心底驚いたことに、こう続ける。「妹さんは名案を出したと思うが」

7　丘の上のニンフ

狼狽と驚愕を隠そうとして、ジェーンは立ちあがり、絵の道具の脇に立っているヴィンセント氏に近づいた。すると相手は目にも止まらぬ早業で魔力の襞を持ちあげてひきのばした。まだ一同が見えていたので、最初はなにをしたのかよくわからなかったものの、みんなの反応からこちらが見えていないのがあきらかになった。続いて、ヴィンセント氏がふたりのまわりに別の襞を投げかけると、人々の音が消えた。どちらの技もそれ自体驚くべきものだったが、手早さと手ぎわのよさはさらに驚異的だった。たとえどうやって周囲の音を消したか理解できても、あの速度にはとうていかなわないだろう。

「申し訳ありませんけれど、ヴィンセントさん、わたし――」

「ほかの連中にこちらの話は聞こえない、ミス・エルズワース」ヴィンセント氏は上着の下で肩をすくめた。「礼儀正しくふるまう必要はない」

ジェーンはあぜんとして話すのをやめ、相手を見つめた。「おっしゃる意味がわかりませんわ」

ヴィンセント氏は歯を食いしばってなにか言おうとしたようだったが、その瞬間は過ぎ去り、怒りの色が引いた。「どんな活人画にする？」

「だめです。あんなふうに話し出しておいて、言わなかったふりをするなんて。わたしのなにが気にさわったのか話してくださいな、謝りますから」そう言いながらも、ロビンスフォード・アビーの芝生でのぶっきらぼうな会話を思い出した。「この前お会いしたとき、絵を見せていただく時間をとらなくてごめんなさい」

ヴィンセント氏は鼻を鳴らして首をふった。「見られなくてありがたかったが、今日のあんたの行動からすると、あれが普段の態度というわけではないらしいな」

「わたしの行動！」

「俺は魔術師だ、ミス・エルズワース。幻を創り出すときには見物人を別の世界に連れていこうと努力する。だから、その幻がどうやってできているか暴露されることは好まない。俺のしたことを調べようとする相手がひとり増えるごとに、作品は俺から離れていく」

「でも、あなたはミス・ダンカークを教えているでしょう。どうして人に教えているのに自分の秘密を知られたからって文句が言えるんです？」

驚いたことに、ヴィンセント氏は手をあげて鼻梁を押し、ぎゅっと目をつぶった。

「あんたは誤解している。俺は考えていることを口にしないよう学ぶべきだな、めったに自分の言いたいことを説明しないからには」溜息をつく。「俺が守っているのは魔の知識じゃない。それによって表現される芸術だ。幻というのは、どうやって創られたか舞台裏をのぞかなくとも人を惹きつける力を持つべきだろう。仕掛けがむきだしになった劇を見て楽しいか？ 俺にとっては似たようなものだ。幻は完全なままであってほしい。どうやって創ったのかと誰かが考えるなら、芸術としては失敗したということだ」

ようやくジェーンはヴィンセント氏の言っている意味をつかんだ。舞踏会でも、そしてここでも、どんなに失礼な真似をしたか悟る。だが、自分自身の主義は違った。「わたしは前から、知識のある観客のほうが、絵を創り出す努力をもっと充分に評価できると思っていましたけれど」

「努力についてはその通りだが、俺は観客を別の場所に連れていきたいんだ。努力だの技術だののことを考えてほしくはない」

ジェーンは沈黙した。同じ意見ではないとはいえ、相手がどう感じているか知った以上、これからは気にさわる行動を避けようと決意する。「わたしはどちらも楽しめますわ、ヴィンセントさん。あなたの作品は間違いなく人の心をつかみますもの。それでも、いってみれば内幕をのぞいたことをお詫びします」

ヴィンセント氏はしばしこちらをながめ、それから無表情に視線をそらした。謝罪を受け入れないまま口をひらく。「なぜ活人画の準備にこれほど時間がかかっているのか、向こうで不思議がっているだろう」

ジェーンははっとした。はたから見ればふたりきりでこの男と立っている理由をすっかり忘れていたのだ。音をたてない人々を見やると、こちらに向かってなにやら身ぶりをしはじめていた。「なにか用意なさった？　お手伝いしているふりもできますし、そうでなければ――」

ヴィンセント氏はにやにやした。「あんたはとても腕がいい、ミス・エルズワース。自分で活人画の準備ができるに決まっている」

「それにあなたはわたしより魔術をかけるのが早いから、こちらに合わせられる」ジェーンは相手の言いたいことを把握した。「わたしがダフネになったら、アポロを創れますか？」

ヴィンセント氏は頭上に弧を描いている月桂樹を見あげて言った。「的確な選択だ」ふたりはさっと概要を打ち合わせた。それからジェーンはすばやく襞をたぐりよせてかぶり、ダフネの仮面と、優美なニンフが太陽の神から逃げたときにまとっていたようなふんわりした衣を創った。こんなに速く作業ができるとはついぞ知らなかった。さらに、活人画のしめくくりで観客を驚かせようと、一組の襞を引き結びにしておく。向こうはもっと手早いかもしれないが、こちらも魔術師として優秀だと証明してみせる。

ヴィンセント氏がアポロを創り出しているとき、かたわらでエーテルが振動するのを感じた。すべて用意が整うと、ヴィンセント氏はふたりを隠していた襞をほどいた。

ダフネが視界に現われたとたん、見物人は大喜びで息をのんだ。友人たちがちらちらとメロディに目をやりだしたとき、ジェーンははじめて、急ぐあまり妹をモデルにしてこの姿を創りあげたことに気づいた。ダフネの黄金の髪は同じ巻き毛となってこぼれおちていたし、濃い青の瞳が不安に大きくみひらかれ、ひとつひとつの要素が魔術で純化されていたにもかかわらず、土台となっているのはまぎれもなくメロディの外見だった。アポロに扮したヴィンセント氏は実際より背が高く、日の光で輝いているように見え、おびえたニンフに手をのばしていた。観客がうっとりと活人画にみとれているあいだに、ジェーンは押さえていた引き結びをほどいた。隠れていた襞が体を包み込み、月桂樹の木に変わる。見ている人々が驚きと喜びに息をのむ音にほっとした。細かい魔術をこんなにすらすらと変化させるのは簡単なことではない。

するとアポロが膝をついて月桂樹をかきいだき、真に迫った様子で涙を流した。意表をつかれたジェーンは、あやうく自分を木の内側に隠している襞を放しそうになった。だが、そうすればこの思いがけない接近ぶりがよけい目立ってしまう。そこで、拍手が響いて活人画を終わらせるきっかけができるまでがまんした。

ヴィンセント氏は立ちあがって本来の姿に戻った。動きながら襞を見せかけるには努力が必要で、広い胸が上下している。ジェーンは自分を月桂樹に見せかけていた襞を手放しながら、手がふるえて息がはずんでいるのは魔術のせいだというふりをした。もっとも、頰が紅潮しているのは言い訳できない。

みんなが残ってくれるようせがみ、午後がつまらなくなってしまうからと頼み込んだにもかかわらず、ヴィンセント氏は筆を洗わなければならないからと断り、できるかぎりすみやかに立ち去った。子爵夫人は一同の頼みには加わらなかった。どこまで命令できるか正確に心得ているらしく、バンブリー・マナーへ戻りたいと真剣に言われると、手をふって認めた。ヴィンセント氏はエルズワース夫人と子爵夫人に軽く一礼して別れを告げ、丘を下っていった。

一同は日が沈みかけるまで月桂樹の陰にとどまり、そのあとめいめいイチゴを入れた籠を持ってぶらぶらと建物に戻っていった。

リヴィングストン大佐とミス・ダンカークの隣を歩くことになったジェーンは、小間使い以上にお目付け役になった気分だった。気のいい大佐は両方の籠をとりあげ、どちらにも運ばせようとしなかった。イチゴを摘んでいるあいだはふたりとも自分で持っていたのだが。ジェーンは籠から手を放しながら言った。「あなたは両手のふさがっているときがいちばん安全だったのを思い出すわ」

大佐は笑い声をあげて答えた。「そして僕がいちばん安全だったのは、あなたが指貫を持っていないときでしたね」

「指貫？　どういう意味かしら？」

「あなたの手に届くところに行くと、いつでも頭をごつんとやられたという意味です。まだ叩かれたあとにこぶが残っていますよ」ミス・ダンカークに向かって頭をかたむけてみせる。「ほら、あるでしょう」

「ミス・エルズワースに頭を叩かれたんだったら、きっとそれだけのことをしたんでしょうね」

「おや！　誤解ですよ。僕がそんな疑惑を招くようななにをしたというんです？」

「あなたを疑ってるわけじゃなくて、こんなに上品で信頼できるミス・エルズワースなら、ふさわしくない行動なんかとるはずがないってことです。だから、指貫で頭を叩いたのもきちんと理由があったに決まってるわ」

「僕はこのうえなくやさしい子どもだったんですよ」うけあいます。なにしろ最高の権威のお墨付きですからね。どんなに親切で思いやりのある子だったか、エリース伯母に訊いてみてください」大佐はふりかえってレディ・フィッツキャメロンを探したが、木立に入っていたので、ほかの一行は見えなくなっていた。「ともかく、ここから出たら教えてくれるでしょう。絶対ですよ」

ジェーンは笑った。「リヴィングストン大佐、あなたはいまでも昔と変わらないいたずらっ子みたいだけれど、やり方が変わったわ」

「ひどいな！　なんという屈辱だ。なんというみじめな――」ふいに背後で苦痛の声があがり、その言葉はさえぎられた。

妹の声だとわかり、不安に心臓が喉もとまではねあがった。ジェーンは大急ぎで引き返し、まがりくねった道をなるべく速く進んだが、まもなくリヴィングストン大佐に追い越された。

木立の向こうで母が「なにがあったの？」と呼びかけてきた。ほかのみんなも大声で問いかけてくる。一本の木をまわると、ちょうどリヴィングストン大佐とダンカーク氏がメロディを地面から持ちあげているのが目に入った。ふたりで腕を組み合わせ、即席の輿《こし》にしている。メロディはそのあいだにもたれかかり、死人のように蒼ざめていた。靴が地面に転がっている。

ミス・ダンカークが追いついてきて、ジェーンの腕をつかんだ。「どうしたんですか？」

兄が答える。「ミス・メロディが木の根につまずいたんだよ。くるぶしをひどくひねったようだ。走っていってエルズワースさんにお伝えしなさい、ベス」

ジェーンは木立を抜けるまで三人のそばに付き添っていった。注意していても、メロディの足はときたま枝にぶつかり、唇からうめき声が洩れた。木立から出ると、ジェーンは草地を横切って家の裏へ案内した。植え込みを避けて朝食の間から入るのがいちばん早いとわかっていたからだ。植え込みのくねくねした道を通れば、もっと痛い思いをさせることになるだろう。

草地を半分横切ったところで、エルズワース氏がはあはあえぎながら合流した。急いで相談したあと、父は先に家に行ってあれこれ手配することになった。

中に入ると、ふたりはメロディを廊下から居間に運び込み、ソファに寝かせた。おろされるとメロディはかすかにうめき、睫をふるわせた。

娘の状態を目にしたエルズワース夫人はたちまち椅子にへたりこんだ。意識を保っておくには気つけ薬を嗅がせて風にあてなければならなかった。ジェーンはふたりの病人をかかえずにすむよう、寝台で休んできたらと母に勧めた。ダンカーク氏が馬で医者を呼んでくると申し出たが、ほとんど腫れていなかったのでエルズワース氏は辞退した。一行は解散し、誰もが明日メロディの様子を見にくると約束した。

8　花束と小説

翌日、リヴィングストン大佐は約束通り良識が許すかぎり早く訪問した。携えてきたボタンの花束は、レディ・フィッツキャメロンの庭で女主人が手ずから摘んだものだった。子爵夫人は、お大事に、すっかりよくなることを祈っていますよ、とやさしくことづけてよこした。

メロディは居間のソファに背をもたせかけ、包帯を巻いたくるぶしを枕で支えていた。束ねていない髪が肩に乱れかかっている。さいわい腫れはほとんどなかった。ソファにとどまっているのは、母が繰り返し主張したからというだけだ。そうでなければ、足をひきずりながらほかの家族と一緒に朝食の席についていただろう。痛みはないと言いつつも、メロディは怪我した足にちょっとでもさわられると息をのんだ。

リヴィングストン大佐が花束を持って到着したとき、ジェーンはクーパーの作品から妹に読んでやっているところだった。サイドテーブルに本を置いて挨拶する。大佐はきわめて慇懃だったが、注意を向けているのがメロディひとりだということは歴然としていた。

「今朝は怪我の状態はいかがですか？」と、ふたりの向かいの椅子に座ってたずねる。

「とてもいいんです、ありがとうございます。ただ、きのうあんなにご迷惑をおかけしたのが恥ずかしくて」メロディはかわいらしく頬を染め、膝の上の花を見おろした。

「お気遣いいただいたうえに、こんなにきれいな花を届けてくださるなんて、子爵夫人はなんてご親切なのかしら。ねえジェーン、これを生けてきてくれない？　枯らしたくないの」

「もちろんよ」ジェーンはメロディから花を受け取った。妹のすぐ近くにある鈴は見ないようにする。必要なものがあればナンシーを呼べるように置いてあるのだが。

メロディがリヴィングストン大佐としばらくふたりきりになりたがっているのは明白で、その願いを叶えてやることに異存はなかった。ダンカーク氏ほど洗練されてはいないが、大佐の若さと快活な性質のほうがメロディには合っているようだ。ジェーンは花束を部屋から持ち出して花瓶を見つけ、時間をかけて生けてから居間に戻った。部屋に入るときには充分な音をたて、ふたりに知らせるように気をつけた。リヴィングストン大佐はまだ椅子に腰かけていたが、メロディの頬はジェーンが居間を出たときよりやや赤くなっていた。

「どこに置いたらいい？」

メロディはソファの端にある補助テーブルを示して言った。「そこにお願い。ながめるのが楽だし、持ってきてくれた人のやさしさを思い返してうれしくなるもの」

ジェーンは花を置いて椅子に戻り、クーパーの本をもう一度とりあげた。三人はとりとめもなく前日のことを話し合った。さまざまなできごとをふりかえり、楽しかった瞬間のひとつひとつを細かく吟味していっそう満足する。扉を叩く音がしたかと思うと、すぐにナンシーがダンカーク氏を案内して入ってきた。

リヴィングストン大佐を目にして、ダンカーク氏は口をひらいた。「ふたりとも似たような用件でやってきたようですね」さっそくポケットから薄い三分冊になったラドクリフ夫人の『イタリア人』をとりだす。「怪我が治るまでになにか読むものをお望みではないかと妹が考えまして」

メロディの顔は喜びに輝いた。「ラドクリフ！　ラドクリフ夫人の作品は大好きなんです！」

「それでは、新しく楽しめる作品を持ってこなかったかもしれせんね」

「そんなことありません、『イタリア人』は持ってませんから。『ユードルフォの謎』

しか読んだことがないんです。あれはすごく心を奪われる作品で、本当におもしろかったわ。そう思いませんか、リヴィングストン大佐?」

「残念ながら。ラドクリフ夫人の作品はひとつも読んだことがないんですよ。船に乗っていると本を読む時間はないんです、とくにあの怪物ナポレオンの海軍に立ち向かっているとね」リヴィングストン大佐はそう言いながら背筋を正した。ちらりと見下すような視線を投げられたダンカーク氏は、なにをほのめかされているか承知しているが、少しも気にならないと言いたげに片眉をあげてみせた。

「それは残念ですね。読書は大いに精神を高めると思いますが」たいそう慇懃に微笑すると、メロディのほうを向き、事実上リヴィングストン大佐を会話から締め出したので、ジェーンは笑うまいと必死でこらえた。「お訊きしてよろしければ、くるぶしの具合はいかがですか?」

「ずっとよくなりました、ありがとうございます。立とうとすると母が大騒ぎするので、ここに横になってるだけなんです」

「それは当然ですよ、これほど短いあいだに同じ足首を二回ひねったのですから。今回は完治するまで気をつけないといけませんね」とダンカーク氏。

メロディは無言の訴えをこめてジェーンに視線を投げ、それからダンカーク氏に戻した。気をつけます、とうけあう。だが、ジェーンは訴えかけた瞬間を目にしていたし、あれはただの懇願ではなかった。目つきだけなら、ダンカーク氏を追いかけていったとき、足首をくじいていなかったことを暴露しないでほしい、と頼んでいたのかもしれない。だが、妹の顔が蒼ざめたかと思うと紅潮した様子は、もっとなにかあると物語っていた。

昨夜くるぶしが腫れていなかったことを思い出す。

怪我をしたというのは嘘で、メロディはきのう足をくじいてなどいなかったのだというおそろしい確信が湧いた。その考えが頭をめぐっているあいだ、どちらの紳士も自分を見ていないことに感謝した。どうやっても表情を抑えられる自信がなかったからだ。感情があらわになったジェーンの顔つきを目にして、メロディはいっそう顔色を失った。

妹を直接問いつめられるようにふたりとも帰ってくれないかとジェーンは願った。そんなはずはない――ダンカーク氏に気遣ってもらうためにメロディが嘘をついたなどということはありえない。あの怪我はどこまで偽りだったのだろう？　本当につまずいたのか、あるいはそれさえダンカーク氏をひきこもうとする妹のお芝居の一部だったのだろうか。観客はリヴィングストン大佐ではなくダンカーク氏だったはずだ。そうでなければ大佐と一緒にいるときに演じただろうから。

ジェーンはその疑念を紳士たちに隠そうとつとめ、苦しい思いで午前中を過ごした。

一方、メロディは懸命に客をひきとめようとした。

ふたりとも、メロディのためにあれほど自慢したり見せびらかしたりするとは、信じられない。

ダンカーク氏が狩猟馬に言及すれば、大佐も自分の馬の話や、どんなに高い柵を越えられるかという自慢をせずにはいられず、するとダンカーク氏は、以前の狩猟での興味深いできごとを語ることになった。

こうして堂々めぐりが続き、ジェーンは聞くふりをした。メロディは紳士たちの努力に有頂天になっているようだったが、妹が狩猟を嫌っているのをジェーンは知っていた。メロディが姉とふたりきりになりたくないと思っているのははっきりしており、できるだけ長く滞在するようにと紳士たちに勧めた。

一度、今日はとてもいい天気ですね、とリヴィングストン大佐が口にしたとき、メロディは言った。「ああ。外に行けたらいいのに。でも、あしたも同じぐらい晴れてるように期待するわ」

すると、ふたりとも外に出るのを手伝うといって聞かなかった。メロディを椅子に座らせ、それぞれ両脇の肘掛けを持って外の芝生に運んでいく。ジェーンは付き添い役としてついていきながら、母か父が顔を出してくれれば自分はひっこんでしまえるのに、と願っていた。

妹の縁談がうまくいくよう協力すべきだとわかってはいたものの、メロディのやっている駆け引きには耐えられなかった。ようやくナンシーが出てきて、お茶の用意ができましたと知らせると、紳士たちはメロディを中に運び込んで暇《いとま》を告げた。ダンカーク氏は家に帰って乗馬に連れていくとベスに約束していたし、リヴィングストン大佐には子爵夫人の用事があった。

玄関の扉が閉まり、ふたりが無事いなくなると、ジェーンはメロディをふりむいた。妹を問いただすのにどうすればいちばんいいか、午後のあいだに決めていた。もし間違っていたら代償は高くついただろうが、計画を実行する機会はなかった。向き直ったとたん、メロディが両足を床につけて座り直し、目に涙を溜めているのが見えたからだ。

「ああ、ジェーン、許して」妹が両手で顔を覆って泣き出したので、ジェーンは衝撃を受けた。「そんなつもりじゃ――どうしてあんなことしたのか――でも、いったん嘘をついちゃったら、どうやって取り消せばいいかわからなかったの。最低だってわかってるけど、言わないで」苦悩に目を赤くして顔をあげる。「お願い、言わないで」

考える時間をとるため、ジェーンは部屋を横切ってメロディの向かい側に腰をおろした。「それは、きのう足首を怪我したりしていないってことなの？」

「二週間前と同じ状態ってことよ。やきもちを焼いただけ」メロディはまたソファに身を投げ出した。

「やきもち？　怪我をしているふりをするほど、なにに、いえ誰にやきもちを焼いたの？」

「ジェーンよ！　どうやったらジェーンのすごい才能とはりあえるの？　あの活人画がどんなに感心されたか見ちゃったもの。それにみんな、あたしになにができるのか考えてるみたいにこっちをながめるし。なんにも、が答えよ。ダンカークさんみたいな人に尊敬されることなんかひとつもできやしないわ。だから、つまずいて靴が脱げたとき、ダンカークさんが――」ここでメロディは吐息を洩らし、また顔を手で覆った。「あっと思ったらそばにいて、たちまち助け起こしてくれたの。その瞬間をひきのばしたかったから、もっと手を貸してもらう必要があるふりをして、そしたらリヴィングストン大佐まで助けにきてくれて……！　間違ってたわ。よくないことだったたって知ってる。でも、怪我なんかしてないって言うのは無理だったの。わかってくれなくちゃ」

妹が自分にやきもちを焼いたという事実に度肝を抜かれて、ジェーンは頭をふった。この自分に！　父が持参金としてとっておいてくれた分がなければ、結婚できる見込みなど皆無だというのに。だが、妹の告白で驚いた以上に落胆していた。「思ったほどの怪我じゃなかったって最初に説明できたはずよ。びっくりしたせいでもっとひどいような気がしたって。メロディったら、なにを考えてたの？」

「考えてなかったのよ！　感情のままに動いてただけ！　それに、そんなに悪いこと？　傷ついたのはあたしだけだし、あの人は今日きてくれたじゃない？」メロディは手をもみしぼって懇願した。「お願い。誰にも言わないで。あの人に知られたら死んじゃうわ」

〝あの人〟がダンカーク氏なのかリヴィングストン大佐なのか定かではなかったが、どちらにしろ問題ではないという気がした。メロディをきちんと叱ることはできそうにない。良識ではどう考えても父に知らせるべきなのに、ふたりだけの秘密にしてくれと頼み込まれたのはあまりにも負担が重かった。無駄だとうすうすわかってはいたが、妹がしたことの重大さを気づかせようとする。「ええ、あの人はきてくれたわ。嘘に応じてね。メロディ、嘘は言葉だけのものじゃないって理解しなくちゃだめよ。行動でも——」

「お説教してくれなくても、自分がなにをしたかぐらい承知してるわ、お姉さま」自分で主張した怪我の気配も見せず、メロディはいきなり立ちあがった。「あたしが本当に苦しんでるのをわかってくれるだろうって期待して打ち明けたけど、その信頼をはねつけたわけね。気が楽になるって信じたのに裏切られたのよ。ジェーンを信じられないなら、誰を頼ったらいいの？」反応を待たずにすたすたと居間を横切る。戸口で立ち止まり、用心深く足をひきずりながらゆっくりと居間を出ていった。まだ世間に対して嘘をつきつづけているのだ。

ジェーンは無言で座ったまま、冷静になろうと奮闘した。正しい行動とはどんなものか妹の考えを改めたいなら、まず仲直りする手段を見つけなければならない。

9 迷路の強壮剤

ジェーンの言葉にはいくらか効果があったらしい。メロディは偽りの怪我からすみやかに回復しようとつとめていた。翌日にはすっかり元気になったと宣言し、はじめ考えたほど大怪我ではなかったと説明したものだ。ダンカーク兄妹が訪ねてきたとき、ジェーンは自分の言葉が繰り返されるのを耳にした。「転んでびっくりしたせいで、もっとひどいような気がしたんです」

ダンカーク氏があきらかに疑わしげだったので、メロディはちゃんと歩けることを証明するのに植え込みの中を散策しようと提案した。それは賢明でしょうか、とダンカーク氏にたずねられ、外に出ようといっそう固く決意する。「植え込みの通路は平らで石も敷いてあるんですよ。怪我する心配なんかありません」

ダンカーク氏はジェーンに問いかけた。「本当に安全だとお思いですか？」

その脇で、メロディの顔には無言の訴えが浮かんでいた。

「妹が大丈夫と言っているのなら、もちろん歩けると思いますわ」ジェーンは答えた。

四人は植え込み全体を探索しようと出かけた。ミス・ダンカークはまだ散歩道しか行ったことがなかったからだ。背の高いイチイの木のおかげで、ふたりずつに分かれる機会はたっぷりあった。やきもちを焼く必要はないと示すには、自分がひきさがって妹とダンカーク氏だけで歩かせるのがいちばんだと気づいたジェーンは、ミス・ダンカークを植え込みのまがりくねった通路の奥に導き、さらに中央の迷路へ入っていった。

ミス・ダンカークは迷路のことを知って大喜びし、すぐに中心を探したがった。ふたりは散歩道をゆったりと進んでいるダンカーク氏とメロディを残して出発した。ジェーンは数歩さがってミス・ダンカークについていき、微笑を隠して次々とかどをまがった。行き止まりになるとよく心得ていたからだ。迷路の道順を暗記してからもうずいぶんになるが、子どものころ道がわかったときの満足感を憶えている。いまでは誰を連れていくときにも、そうした謎解きのおもしろさを味わえるよう、まっすぐ迷路の中心に導くのではなく、自力でたどりつかせることにしていた。

ひときわ複雑な魔術を理解したり、言葉当て遊びの答えをうまく導き出したりしたときにも、ジェーンは同じ満足感をおぼえた。謎解きならどんな種類のものでも心を惹きつけられるのだ。

ふたりは楽しくさまよったあと、迷路の真ん中にあるバラの花壇へやってきた。だんだん減ってきてはいたが、まだピンクや赤、白の重たげな花が茎にぶらさがってゆれている。

「まあ！　なんてきれい！」ミス・ダンカークは手近の茂みに駆け寄ってほのかな香りを吸い込んだ。「ラドクリフ夫人の小説に出てくる恋人同士が、この花の中を歩いて愛と永遠の情熱を誓っている様子を想像しちゃいますね」

「そんな想像をするのは難しいわ！　わたしが思い出すのは、ここで家庭教師の先生から隠れていたときのことよ」

「本当に隠れたんですか？　きっといい生徒でいらしたと思ってました」

「たいていはね、でも、うちの先生は何カ月か、わたしたちにものすごくまずい強壮剤を飲ませるのに凝っていたの。飲むときになるといつも、今回こそ逃れられると期待して隠れたものよ。最後には必ず見つかってしまったけれどね。だからいまは、かどをまがるたびに秘密の通路のことや、強壮剤から逃げていたことを思い出すの」

ミス・ダンカークの顔がぱっと明るくなった。「秘密の通路があるんですか？」

「正式には違うけれど、植え込みの木が抜けていて、枝を整えて隙間を覆っている箇所があるの」昔の記憶がどっとよみがえってきて、ジェーンは笑い声をたてた。「前にへンリーが――いまのリヴィングストン大佐よ――伯母さまのところに滞在していたとき、あの人をどんなにいらいらさせたかすっかり忘れていたわ。レディ・フィッツキャメロンが遊びにこさせていたんだけれど、あの人が考える遊びったら、蛇だのヒキガエルだのを持ってわたしたちを追いかけるってことだったのよ」

「そうなんですか！　そんなに悪い子だったなんて想像がつきません」ミス・ダンカークは手を打って体を寄せ、楽しげに顔を輝かせた。「ね、教えてください。あの人はどんな子だったんですか？」

「腕白小僧よ。男の子はみんなそうだと思うけど、当時年が近かったのはあの人だけだったの。わたしたちに悲鳴をあげさせるのがなにより好きでね。だから、向こうがあちこち捜しまわっているとき、迷路に駆け込んで隠れていたの。小柄な女の子なら隙間をすりぬけるのは簡単だったから。いちばん難しかったのは、そばを走っていったときに笑い声を抑えることだったわ。もう何年も植え込みの隙間を抜けたりしてないし、たぶんもうそんなことができるほど小さくないでしょうね」ジェーンはバラの花びらに触れ、バラ模様を着てほしいという父の頼みを思い出した。あの舞踏会では、壁を抜けられるものなら喜んでそうしたかった。「わたしの記憶よりあなたの想像のほうが好きだわ。ここは恋人の場所であるべきよ」

「ヴィンセント先生が気に入ると思います。なにが好きでなにが嫌いなのか判断するのはすごく難しいんですけど、ひとりでいるのがお気に入りみたいだから、隠された庭には興味を持つんじゃないかしら。そう思いませんか？」

「そうかもね。わたしはあの人のことをほとんど知らないから」ジェーンは丘の活人画のことを思い出して身をすくめた。「残念だけれど、わたしは好かれていないみたい」

「あら、でもそんなことありません！　ミス・エルズワースのことはとても気に入ってるんですよ」

ジェーンは意表をつかれて問い返した。「本当？　そうとは思えないけれど。あの人がなにを言ったせいでそう思うの？」

「わたしがミス・エルズワースはとても才能があるって言ったとき、違うって言わなかったからです――たいしたことじゃないとお思いかもしれませんけど、ヴィンセント先生を知ってたら、わたしに賛成したのがはっきりわかります。でなければ否定するはずだから。ね、先生はそんなふうにすごくおもしろいんですよ。考えていることは目つきや視線にしか出さないんですけど、知っている相手にとっては、先生がいろいろ話したようなものなんです」

ミス・ダンカークがヴィンセント氏をよく知っているとあまりに自慢しているので、

ジェーンは首をひねった。家族同様に親しいと言いたいかのようだ。「あなたの判断に従うしかないわね、わたしはろくに知らないし、あなたはあの人に魔術を習っているんですもの」

「ヴィンセント先生はとってもいい先生です。本当ですよ。もっとも、わたしにミス・エルズワースほど才能があったらと思いますけど」ミス・ダンカークは溜息をつき、バラに囲まれたベンチに腰かけた。「先生はうちの兄と似てます。ふたりとも魔術が最高の教養だと思ってて、その技術がない人のことを見下してるんです」

メロディに魔術の才がないことをダンカーク氏が知ったら、というかすかな希望が胸に宿ったが、ジェーンは断乎として抑えつけた。きのうの件があったので、メロディの嘘を暴露しても許されるという気はしたものの、ダンカーク氏に関しては立派なふるまいしかするつもりはなかった――それ以外できないのだ、少しでも希望を持とうとするなら。

そこで思考を抑えつける。いや。そんな希望は持てない。冷静になって、ダンカーク氏の妹の雑談に誘惑されないようにしなければ。結局のところ、ミス・ダンカークはまだ若くて空想に走りがちなのだから。

「あら、いまの台詞はどう考えても間違いよ。お兄さまはあなたのことをとても大切にしていらっしゃるわ」

「だって、そうする義務があるんですもの！　ヴィンセント先生にそんな義務はありませんけど、最初のときほど不機嫌じゃないから、わたしのことをいくらか気に入ってくれてるんじゃないかって気がしてきました。一、二回、きちんとできたときに、にっこりしかけたのを見たんです」

「なるほど。〝にっこりしかけた〟というのは、まさに努力する価値がある反応ね」

「そうやってからかいますけど、ヴィンセント先生はめったに褒めないから、よけい貴重なんですよ」ミス・ダンカークのまなざしは内心に向けられ、表情が翳った。「すぐ褒める先生は信用できません」

ジェーンはその様子をながめ、ときおりこれほど暗い顔をするのはどんな過去のせいなのだろう、といぶかった。知り合うにつれてこうした雰囲気はめずらしくなっていたが、たまたま出た言葉や表現で、まだ落ち込むことがあったのだ。もう一度さっきのように笑わせたかったので、ジェーンは口をひらいた。「わたしは前から、いちばん信用できないのは強壮剤を持っている先生だと思っていたわ」

ミス・ダンカークは思わずといったように笑い、陽気な顔つきに戻った。「強壮剤を持っている先生に会ったことがなくて本当に助かりました」

この時点でようやくダンカーク氏とメロディが迷路の中心にやってきた。「ああ、いましたね。笑い声は聞こえていましたが、見つけられなかったんですよ。ともかく私には無理でした。ミス・メロディはきっと迷路の道筋を正確に知っているでしょうが」

「あんまり早く真ん中に着いたらおもしろくないわ、ダンカークさん」メロディは目を伏せ、睫の下から相手を見やった。「遅かれ早かれ道を見つけてくださるってわかってましたもの」

ミス・ダンカークはメロディの誘うような態度に気づかず、すぐに兄の隣へ走っていった。「ねえ、エドマンド。ロビンスフォード・アビーに迷路つきの植え込みを作らなくちゃ。こんなにすてきなものって思いつかないわ。作るって言って。ねえ、お願いだから」

ダンカーク氏はまるで妹がまだ幼い子どもであるかのように、愛情をこめて髪をくしゃっとなでた。「それで、そのお願いはどこからきたのかな？　これまで迷路を好きだと言ったのは聞いたためしがないが」

「だって、こんなにすてきでロマンチックなんだもの。もっとも、ミス・エルズワースはそう思わないみたいだけど、わたしにとってはそうよ。ね、作るって約束して」

「ほう？」ダンカーク氏はさらなる懇願を無視し、こちらに片眉をあげてみせた。ふたりが入ってきたとき、ジェーンはベンチに残っていたのだ。「では、迷路についてどうお考えなのですか？」

ジェーンとミス・ダンカークは、強壮剤を持っていた家庭教師のことを話して聞かせた。メロディがその話に加わり、ジェーンがすっかり忘れていた詳細を語った。迷路から出るとき、ジェーンは少しずつ会話から身を引いた。メロディはいきいきと笑い、その魅力でダンカーク兄妹の注意を引きつけていた。そういうわけで、家から出てきた男性を最初に見たのは、話に耳をかたむける気がしなかったジェーンだった。

驚いたことに、ヴィンセント氏がやってきたのだ。

10　壊れた橋

一同を目にしたヴィンセント氏は、家の中に消え失せるか、お決まりのぶっきらぼうな態度で切り抜けたいと思っているように見えたが、一拍おいてから、ミス・ダンカークに意外なほどやさしく声をかけ、残りの三人にもそれなりに愛想よく挨拶した。ミス・ダンカークはすぐさま迷路に案内したがったが、なにか用があってきたのかもしれないからまず向こうの話を聞こう、と兄に諭された。こう言われたヴィンセント氏は、口ごもってブーツで地面をこすり、いかにも居心地が悪そうな態度になったので、ジェーンは居間に行ってはどうかと提案した。そのあいだに考えをまとめられるのではないかと思ったからだが、その判断は実に的確だったらしい。居間に入るころにはいつもの寡黙な人物に戻っていた。

一同が席につき、ジェーンが茶菓を用意してもらうために鈴を鳴らすと、ヴィンセント氏は気力を奮い起こしたようだった。「レディ・フィッツキャメロンから頼まれてきた。療養中のミス・メロディに楽しんでもらえるのではないかということで」メロディの怪我は治ったらしく、この訪問が無駄になったと思っていただろうが、口には出さなかった。

「なんてご親切に、ヴィンセントさん！　ごらんの通り、とても元気ですけど、子爵夫人の寛大なお気遣いは本当にうれしいです」それが嘘によって手に入れた気遣いだと知っているジェーンは、メロディの熱心な口ぶりに耐えられなかった。

「よろしければわたしはこれで」と断る。「母の様子を見てこないと。今朝体調がよくなかったのに、ずっと外に出ていたものですから」部屋を出ながら、自分の台詞をふりかえる。正確な事実ではあるが、実際にはメロディの嘘におとらず偽りなのだ。エルズワース夫人がその朝具合が悪かったとしても、本気で母のことを心配しているわけではない。妹の行動の結果を見ていなくてすむよう、この場を離れたかっただけだ。

ジェーンは二階の母の寝室へ行き、十五分ほどエルズワース夫人を手伝って枕を直したり毛布を整えたりして過ごした。枕は最初ふくらませ方が足りず、次に高く盛りあげすぎていると愚痴をこぼされたし、毛布のほうは暑すぎるかと思えば寒すぎた。そのあと、玄関の扉が閉まる音が聞こえた。

「あれは誰かしらね？」エルズワース夫人が問いかけた。

「ぜんぜんわからないわ。ダンカークさんたちが帰ったのかもしれないし、ヴィンセントさんかもしれないし」

「じゃあ、すぐに見てきてちょうだい。わからないなんてがまんできませんよ」

ジェーンは窓ぎわに行き、家の正面から馬に乗って遠ざかっていく人影を見て言った。

「ダンカークさんたちがロビンスフォード・アビーに戻るところよ」それはつまり、メロディがいまヴィンセント氏とふたりきりだということだ。まあ、その状況から救出する必要はない。ヴィンセント氏なら、メロディも沈黙とそっけない性格に困りこそすれ、不適切な行動に走る気にはならないだろう。そこでジェーンは母のそばにとどまり、居心地よくなるようあれこれ直して苛立ちをなだめてやった。ちょうどウィリアム・マインホルトの『魔女シドニア――ポメラニア公の一族を滅ぼしたとされる人物』を読みはじめたとき、玄関の扉が開閉した音がかすかに聞こえ、朗読をさえぎった。

「あれは誰?」エルズワース夫人が問いただした。

「ヴィンセントさんが帰るところでしょうね」ジェーンは答えた。

母はいらいらと毛布をむしり、うまく動かせば外が見えるといわんばかりに窓のほうへ首をのばした。ジェーンはもう一度頼まれないうちに本を脇に置いた。ヴィンセント氏が芝生を大股に横切っていることを予想して窓の外をながめたが、誰もいなかった。

の？」

「それで？」寝台から母が不満げに問いかけた。「誰なの？　ヴィンセントさんだった

「いいえ。誰かがきたみたいだけど、誰なのかわからないわ」ジェーンはシドニアが危険な熊に遭遇した読みかけの箇所から再開しようと決意して本に戻ったが、母は話題を中断したがらなかった。

「まあ、レディ・フィッツキャメロンじゃないといいけれどねえ。そうだったときに備えて身支度をしたほうがいいかもしれないわ。寝たままお会いするわけにはいきませんよ。ほら、これがマーチャンドさんだったらまったく話は違うけれどね。ジョイはいつも本当に心が広くて、わたしの神経痛のことをよくわかってくれているもの。こんな状態でも喜んで会ってくれるでしょうよ、とくにかわいそうなメロディのことでぎょっとさせられたあとだから」

「第一に、お母さま、子爵夫人じゃないのはたしかよ、玄関に馬車がきていないもの。第二に、もうかわいそうなメロディのことを心配する必要はまったくないわ。今朝みんなで植え込みに散歩に行ったときには、どう見てもすっかりよくなっていたもの」

「まあ！　どうして相談してくれなかったの。どんなことがあっても散歩になんか行ってはいけませんと言いつけたのに。あんなふうに転んだら、あとになってなんの前触れ

もなく深刻なことになりかねないんだから。いいこと、あの子はこの先一生健康の問題につきまとわれることになりますよ」

それは事実ではないかとジェーンはあやぶんだ。もっとも、母が口にしたような理由からではなかったが。メロディが人の注意を惹こうとして、エルズワース夫人のような半病人になる姿が目に浮かぶ。母の場合もそういうふうに始まったのだろうか。どれが本物の痛みでどれが想像上のものなのか、もはや自分でもわかっていないのではないかという気がした。メロディの苦痛のうめきが真に迫っていたのはたしかだ。それでも、妹は元気だと精一杯保証し、『魔女シドニア』を読み続けたほうがいいかとたずねた。

「とんでもない！　下に誰がいるかわからないかぎり集中できませんよ。お願いだから誰がきたのか見に行ってちょうだいな。重要な人ならご挨拶しなければなりませんからね」

重要な人ならナンシーがただちにカードを持ってきたはずだと言ってもよかったが、反論したところで、最終的には母の心をなだめるために下へ行くことになると承知していた。「もちろんよ。お母さまのために喜んで確かめてくるわ」

ジェーンはもう一度本を置いて一階へおりていった。居間の中からどっと笑い声が響いてきたので、戸口で足を止める。扉を細くあけてのぞき、目に入った光景に仰天した。

メロディがリヴィングストン大佐の隣でソファに腰かけている。さっき到着したのは大佐だったに違いない。ふたりの向かいでは、ヴィンセント氏が目の前のサイドテーブルの上に小さな絵を創り出していた。ジェーンのいるところからはどんな幻かほとんど見分けがつかなかったので、もっとよく見ようと部屋の奥へこっそり入っていく。ヴィンセント氏の感情に配慮して、操っている魔力の襞を観察するのではなく、ちっぽけな人物に集中しようとつとめた。それでも相手の技倆には感嘆した。あの幻を創るには途方もなく小さな襞を扱わなければならないはずだ。背景は縛ってあるが、それ以上視るのは気が進まなかった。場面をそのまま楽しむようにしてみよう。

ヴィンセント氏は背景として木立を創っており、それが一種の舞台としての役目を果たしていた。宝石めいた木の葉が宙できらめくさまはステンドグラスの理想的な美を思わせる。人物は色のない精巧な影絵で、魔術の織物から作られた命ある影のようだった。旅人がひとり、多くの障害に出くわしたあと、ある橋に近づいていく。職人がその橋をつるはしで打ち壊そうとしている。ジェーンはすぐにそれがフランスの影絵芝居の『壊れた橋』だと気づいた。川の渡り方を職人に教えてもらおうとした旅人は、どんどん不作法になっていく返事をひとしきり受けたあと、小舟を見つけて川を渡った。

粗野な物語で結末も知っていたが、旅人が背後から職人に近づいて川に蹴り落としたとき、ジェーンもほかのみんなにおとらず大笑いした。

ヴィンセント氏はつかんでいた襞を放し、影絵芝居のせいでまだ少し呼吸をはずませながら立ちあがった。一拍おいて、常に礼儀正しいリヴィングストン大佐がさっと立ったが、メロディは座ったままで、無心に喜んでいる表情を作っていた。

大佐はすばやく一礼して言った。「ミス・エルズワース、おいでにならないかとお待ちしていました。ヴィンセントさんがご親切にもすばらしい才能で楽しませてくれていたんですよ。どうかご一緒に」

「ごめんなさい、お邪魔するつもりはありませんでしたの。どなたがいらしたのか母が知りたがったのできただけなんです。戻って安心させないと。今日は母の体調がすぐれないもので」

「もちろんです。どうかよろしくお伝えください。すぐ回復されるといいのですが」リヴィングストン大佐は答えた。このうえなく鄭重ではあったが、大佐の頭の中ではすでにジェーンが部屋を出ているかのように聞こえた。

「影絵芝居を楽しく拝見しました、ヴィンセントさん」ジェーンは声をかけた。

「そうかな?」ヴィンセント氏の赤らんだ顔は、その言葉を疑っているようだった。

「『壊れた橋』を楽しめたことはめったにないのですけれど、いまの演出では大声で笑ってしまいましたわ。ただの影絵なのに、職人が川に転がり落ちたときの顔が充分想像できますもの」

「まあ！　ジェーンったら、そうやって際限なく分析されると、なんにもおもしろくなくなっちゃうわ」メロディがサイドテーブルから扇子をとりあげ、ぱっとひらいた。扇子の立てた鋭い音のほうが、やさしい口調よりはるかに妹の苛立ちを表わしていた。

「あなたの楽しみを減らすつもりはさらさらないわ」ジェーンはむりやり微笑を浮かべた。「それじゃ、失礼します」

居間から逃げ出したものの、母のもとへ戻るのは耐えられなかった。廊下でナンシーを見つけると、エルズワース夫人に訪問者が誰だったか教え、あとで行くからと伝えてほしいと頼む。

そして、いくらか心の安らぎが得られるのではないかと期待して、迷路で過ごそうと家を出た。

何週間かたつうちに、リヴィングストン大佐はますます定期的に訪問するようになり、やがてあたりまえの存在になったように思われた。自分の身内ではない一家にこれほど甥が傾倒していることをレディ・フィッツキャメロンは喜んでいるのだろうか、とジェーンはあやぶんだ。以前よりたびたび出かける理由が必要になり、若いミス・ダンカークと友人になったことがいっそうありがたかった。年が離れていても、少女とは考え方が似ているという気がした。一緒にいることが増えたので、お互いへの愛情を示すしるしとして名前で呼び合うようになるのはごく自然ななりゆきだった。

ダンカーク氏と接する機会が増えすぎたものの、ジェーンはしばしばベスとロビンスフォード・アビーで過ごした。女性の友人がいなくてベスが淋しがっているのはたやすく見てとれた。ジェーンのほうでは、言葉でも行動でも目つきでも、心に抱いている芽吹きはじめた感情を表わさないように心がけた。ダンカーク氏が用事で出かけている日にはそれがずっと楽だったので、気がつくと留守に合わせて訪問するようになっていた。

そんなある日の午後、ジェーンはベスが本を朗読しているかたわらで縫い物をしていた。

とくに感情に訴える一節のあと、ベスは読むのを中断して言った。「ねえジェーン、恋したことってある?」

意表をつかれたジェーンはびくっとして指に針を刺してしまい、溜息かなにかで秘密がばれてしまったのだろうかと考えた。目をあげると、ベスは窓の外をながめていた。そのまなざしには物悲しさと同時に憧れの色があった。妹や、ふとした瞬間に自分自身の顔にも見かけたことのある表情だ。「どんな女の子にもあると思うけれど、そういう感情はすぐ消えるわ」

「本当に好きならそんなことないはずよ」ベスはわれに返ったようだった。本に目を戻して口ごもる。「とにかく、本ではみんなそう書いてあるもの」

「小説家を信じてはだめよ、ベス。あの人たちは自分の都合に合わせて世界を創って、登場人物の感情をあおりたてるんだから」ジェーンは縫い物に視線を戻したが、目の端でベスを観察しつづけた。「どうしてそんなことを考えたの？　いま楽しんでいたその本のせい？」

「まあそうだけど、それとヴィンセント先生がこの前芸術について話したときに言ってたことのせいなの。本当に大切なのは芸術だけで、一生芸術の女神以外に心を捧げる余地はないんですって。だからわたしは『ええっ、本当ですか？』って訊いたの。だって昔から芸術家は情熱的だと思ってたのに、先生はいつでもあんなに冷静なんだもの」

「そう言ったらヴィンセントさんはどう返事したの？」

「冷静なわけじゃなくて、集中してるだけだって。情熱的すぎて失礼な態度をとってしまうから口をひらく自信がないって言ってたわ」

イチゴ摘みの会でなにがあったか思い出し、ジェーンは声をたてて笑った。「そうい外をながめつづけた。「ヴィンセント氏が絵を描いている場所を見ているのだとジェーンは気づいた。「先生のいう芸術の女神って、現実にいる人じゃないかしら。周囲の事情のせいで、一緒にはいられない人。知ってた……?」身を乗り出し、声をひそめてささやく。「知ってた、ヴィンセントが本名じゃないってこと? 本当はなんていうのか知らないけど、先生の過去になにか秘密があるのはわかってるの。わたしの先生として雇う前に調査を頼んだ人と兄が話してるのを立ち聞きしちゃったから。それってものすごくロマンチックじゃない? きっとそれで先生はあんなにいつでもむっつり考え込んでるんだわ、その芸術の女神のせいで」

「ヴィンセントさんが考え込んでいるのは、無愛想にふるまうのを楽しんでいるからだと思うけれど」ジェーンはベスが笑うのを待ったが、期待した反応はなかった。ふいに、別の理由で恋や女神に思いをめぐらしているのではないかという厄介な考えがよぎった。ふざけてからかっていると受け取られるように注意しながら、ベスの内心を引き出そうとして言ってみる。「それで、あなたはどうしてむっつり考え込んでいるの? あなたにも芸術の女神がいるのかしら?」

この台詞にはベスも笑い声をあげ、頰を赤らめて顔をそむけた。「ヴィンセント先生じゃないわ、もしそう考えてるんだったら」

ふたりのあいだにはしばらく沈黙が落ち、やがてベスはなにごともなかったように本をとりあげて朗読を再開した。女主人公の窮境を追うどころではなかったジェーンのほうも、そんな会話はなかったというふりをするのに異存はなかった。針仕事は続けたものの、ベスが心に秘密をかかえているという事実を意識していた。

居間の扉がひらいたと思うと、風に乱れた髪のダンカーク氏が戸口の枠にふちどられ、息をはずませて立っていた。「ミス・エルズワース、お目にかかれてうれしいですよ。この前お会いしてからずいぶんになるような気がしますね」

ジェーンは縫い物を脇に置き、立ちあがって挨拶した。「ダンカークさん、あんまりたびたびご用でお出かけなものですから、もうここに住んでおられないかと思っていましたわ」

「そこまで頻繁に留守にしてはいませんよ」相手は乗馬用の手袋を外してすたすたと部屋に入ってきた。「妹とふたりで私をのけ者にしようとたくらんでいるのではないかと思いはじめていたところです」

ジェーンは赤くなり、口ごもりながらそんなことはないと言ったが、われながらお粗末な反論だと痛切に感じていた。

「エドマンド！　本当のことだってわかってるでしょ。いつもいないんだから」ベスが口を出した。「ねえジェーン、エドマンドが家にいたらって思ってるのに、ロンドンに行ってることが何度あったと思う？　しかも絶対に一緒に連れていってくれないし」

「ロンドンはおまえには合わないよ、ベス」ダンカーク氏は手招きした。「だが、ひょっとすると今回持ってきたものは気に入るかもしれない。ここしばらく頭にあった贈物なんだが、今日出かけたことを許してもらえるのではないかな」

「ほらね！　見たでしょ、この屋敷に招いたくせに無視してるのを許してもらおうとして、兄がどんなふうにわたしを買収してるか」ベスは椅子に座ったまま兄を拒絶するかのように背を向けたが、頬がほころんだ様子を見れば、からかって楽しんでいるのはあきらかだった。

「だったら私の顔を立てて見においで」

ベスの表情はなにを持ってきたのか知りたくてたまらないと雄弁に語っており、廊下へひっぱりだすのにさほどなだめすかす必要はなかった。こんなふうにダンカーク氏から溺愛されるのはどんな気分だろう、と考えつつ、ジェーンはふたりのあとを追った。

アビーの正面玄関はあけっぱなしで、流れ込んだ陽射しが細かい塵を金色に染めていた。申し分なく牧歌的な風景を背にして扉の外に立っていたのは、糟毛《かすげ》の牝馬だった。ジェーンの慣れない目にもこのうえなく優美な獣に見える。たてがみがそよ風になびき、すらりと長い首があらわになっていた。

ベスはたまたま戸口の外ではなく玄関の中を見まわしていたので、この優雅な生き物が目に入らなかった。ダンカーク氏は玄関のホールで妹を止めた。「ベス、ちょっと待ちなさい。なにも気に入ったものが見えないかな?」

ジェーンは息を殺してベスが牝馬を見る瞬間を待ち受けた。少女は当惑に眉をひそめ、小包かなにかちょっとした贈り物を探して、少しずつ向きを変えながら玄関を見渡した。ほぼひとまわりしてから、ようやく扉に顔を向ける。

「まあ」瞳の奥底に光がともった。なおも牝馬に目を奪われたまま、ベスはゆっくりと兄をふりかえった。「あの子……?」

「おまえのだよ」ダンカーク氏は妹の手に自分の手を重ね、愛情深い家族特有のやさしさをこめて握りしめた。

その絵の外に立ったジェーンは、牝馬とダンカーク兄妹を囲む昂奮に加わらないでいても満足していたが、これほど自分のことを理解してくれる相手が家族の中にいたらと願った。ダンカーク兄妹は一緒に歩き出した。ダンカーク氏は牝馬の血統や調教に関する事柄をくわしく説明し、体高や足並みについて話したが、ジェーンの耳に入ったのは妹への愛情だけだった。

敷居ぎわでベスはこちらをふりむいた。「ジェーン、一緒にこない?」

「そうですよ! ぜひきてください。帰ってきたときに名刺を拝見したので、もう一頭牝馬を用意させましたから」ダンカーク氏は妹の腕をとったままだったが、ジェーンのほうに体を向けた。「一緒にきていただければこんなにうれしいことはありません」

「わたし――わたしは乗馬が得意ではなくて。乗る楽しみを邪魔してしまうだけじゃないかしら」馬上ではぎくしゃくした身のこなしがいっそう目立つのだ。

「でも、本当にきてくれなくちゃ。どうせゆっくり走らせたいとしか思わないから」ベスは兄の腕から手を離して訴えるように手をのばしてきた。「一緒にきてくれないなら行きたくないわ」

「それなら喜んでお伴するわ」服装は乗馬用ではなかったが、だめにしたくないようなものでもなかった。実のところ、ダンカーク兄妹のためなら、お気に入りの服をずたずたにしてもそんなに後悔しないだろう。

ジェーンはふたりに続いて正面の石段に出た。扉の脇には別の馬丁がもう二頭馬を連れて立っていた。ダンカーク氏は妹が無事新しい牝馬に乗ったのを見届けると、温和な灰色の馬のところへジェーンと歩いていった。おとなしいとわかっていても大きさしか目に入らず、ジェーンは馬に乗るたびに経験する昂奮まじりの不安を思い出した。おびえた記憶に圧倒される前に、ダンカーク氏が馬に乗せてくれ、鞍に座るのを手伝ってくれた。その手は力強く、動きもたしかだった。

手綱を渡しながら、ジェーンが背筋をのばした様子に不安を感じ取ったらしい。「この馬の名前はデイジーです。私の馬についてくるでしょうから、ゆっくり行くように気をつけますよ。ベスは約束を忘れて新しい牝馬を走らせたがるかもしれませんが、私はご一緒します」

「いいえ、それはいけませんわ。妹さんについていらっしゃらなくては」

ダンカーク氏はかぶりをふって視線を落とし、片手をデイジーの首筋に乗せた。「本当に早駆けが大好きだと断言されるのでないかぎり、反論してはいけませんよ。正直におっしゃってください、ミス・エルズワース」

ジェーンは口を閉じて溜息をついた。「いいえ、並足がいちばん好きです。本当ですわ」

「では、お互いにわかりあえましたね」ダンカーク氏は背の高い青毛の去勢馬の鞍にとびのった。「行きましょうか?」

ダンカーク氏が予言したように、ベスは十五分ほど並足を楽しんでから、新しい牝馬を思い切り走らせたいという欲求に屈した。「そうしないと名前をつけられないの。絶対に無理。この子にぴったりの名前をつけなくちゃならないし」鼻に皺を寄せる。「ベーコン？　誰が華奢な牝馬にそんな名前をつけるの？」

「おそらく足首からだろうな。糟毛が白にまじっているあたりは、たしかにベーコンの脂身の模様に似ている」

「まあ。わたしの馬はベーコンなんて名前にしないわ。なんてばかげてるのかしら。この子はとってもきれいで優雅だけど、名前を知るにはどういうふうに走るかわからないと。走りたがってしかたがないのか、もっと臆病なたちか知らないとだめなの」

ダンカーク氏はほら、というように横目遣いでジェーンを見た。それから、前方の生垣まで往復し、戻ってきてからもっと落ちついた速度で合流してはどうかと妹に勧めた。ベスはすぐさま同意した。

即座に牝馬を前進させ、たちまちふたりとの距離を広げる。ジェーンにはまるで自分の馬が後退しはじめたように思えた。

ダンカーク氏は嘆息した。「あの牝馬であんなに元気になったのを見てうれしいですよ。留守のあいだ淋しがっているのではないかと心配しているのです。妹に示してくださったご親切にはお礼の言葉もありません」

「ベスと過ごす時間を楽しんでいると信じてくださらなくては」

「あの子はいい子です」相手はふたたび吐息を洩らし、遠くにいる妹を見つめた。「町にいる友人をここに招待することもできます。そうしたほうがいいとお思いですか？」

「ひょっとしたら……あるいは、町にお出かけのとき、ベスを一緒に連れていってもよろしいかもしれませんわ」

ベスが馬を駆って戻ってきた。ダンカーク氏とふたりきりで会話できる距離も時間もみるみる減っていく。

「それも一案ですね。ベスの友人の家族が誰かきっと町にいるでしょうから。もっとも、うちの母はロンドン式の盛大なやり方で社交界に出せないと大騒ぎするでしょうが。そうするにはベスがかよわすぎると私は思っているのです」

なぜベスがかよわいと思うのか訊きたくてたまらなかったものの、ジェーンはこう言っただけだった。「町にいるからといって社交界に出なければならないわけではありませんわ。そんなことは重要ではないと思う立派な人たちはたくさんいますもの」

「本当ですか？」ダンカーク氏は問い返した。「〝出ている〟か〝出ていない〟かを細かく気にしないお嬢さんにはお目にかかったことがない気がしますね。女性が話すのはそのことだけかと思っていました」

「ええ、そうですとも、もちろん。間違いなく。男性全員が猟犬にしか関心を持っていないのと同じようにね。本当に、ダンカークさん、驚きましたわ。飼い犬の目印になる特徴をこんなに長く話さずにいられたなんて」

ダンカーク氏は笑った。低くてすばらしく愉快そうな響きだった。「いや、ミス・エルズワース。あなたがベスにあれほどいい影響を与えてくださったのは当然ですね」

そのとき、蹄の音をとどろかせて戻ってきたベスがうらやましいほど楽々と手綱を引いて馬を止めたので、ジェーンは返事をしそびれた。

「ラムレイ！　この子の名前はラムレイよ、アーサー王の牝馬からとって！　最高の馬だわ。生垣に着いたとき跳び越えたがってるのを感じたけど、やめておいたの。わたしも跳びたかったけど。ねえ、エドマンド。この子ったらなんてすごいの。これ以上すてきな馬なんていないわ」

ダンカーク氏は眉をひそめるふりをした。「ベス、気の毒に、デイジーが傷つくぞ」

「ばかばかしい！　デイジーは子守りよ、馬じゃないわ」ベスははっと口を押さえた。

「まあ、ジェーン、わたしは別に……」

ジェーンは笑い声をあげ、なんとか片手を手綱から離してデイジーの首をぽんと叩いた。「子守りこそまさしくわたしのための馬よ。あなたみたいに乗馬が上手じゃないんだから」

「戻ったほうがいい？」あらためて友人が馬上で不安を感じていることに気づき、ベスは安心させようと躍起になった。

「いいえ、まだいいお天気だもの。それに、自分でも驚いているけれど、馬に乗っていて楽しいの。わたしの子守りはとてもよく面倒を見てくれているわ」

「本当に？」

ジェーンは本当だと答えた。ダンカーク氏が生垣に沿って歩くように馬の方向を変える。三人はしばらくのんびりと馬を進め、気持ちのいい日に思いつくような楽しい話題をとりとめもなくしゃべった。

生垣がまがったとき、その向こうの陰になった位置でヴィンセント氏がスケッチしているのが見えた。ジェーンはさっと不安がよぎるのを感じた。まさにいちばん邪魔されたくない作業をしているところへやってきてしまったのだ。

ダンカーク氏が呼びかけると、驚いたことに、魔術師はこちらに気づいて笑顔になった。〝笑顔〟といっても、歯を見せたり満面の笑みを浮かべたりしたわけではないが、かすかに唇をほころばせたせいで顔つきがやわらぎ、三人の存在を心から喜んでいることが充分に伝わってきた。

いや、喜んでいるのはダンカーク兄妹の存在だけだろう。ジェーンを目にしたとき、顎がわずかにひきしまったのがわかったからだ。きっとメロディと会いたかったに違いない。それでもヴィンセント氏は礼儀正しく一礼し、ほかに不機嫌な気配は見せなかった。

ベスが言った。「絵を描くにはなんていい日なのかしら。きっと光の具合に大喜びしてらっしゃるでしょうね。本当に、今日がだいなしになるようなことはなにも思いつかないわ」

「虫だの暑さだのを考慮しなければ、まあたしかにいい日だ」ヴィンセント氏は写生帳に視線を戻し、三人がすぐ立ち去ると思っているかのように描き続けた。

ベスが笑いながら言った。「先生は天国にいても、なにか文句を言うことを見つけるわ」

「俺は欠陥のことで文句を言ったりはしない。たんに目にとめるだけだ」一瞬写生帳から視線をあげてジェーンを見る。「それはどんな芸術家にも備わっている特徴だと思う。そう思わないか、ミス・エルズワース？」

その挑戦的なまなざしに、どういうわけか胸がどきどきした。「ある意味では。それってヴィンセントさんの言い分を証明することになるんじゃないかしら。芸術家にとって、改善しようと考えずになにかをながめることは難しいとわたしは思いますわ」

ダンカーク氏が口をはさんだ。「では、あなたも天国に欠点を見つけるわけですか?」

「わかりません。天国というのは、本質からいって完璧さを体現していなければならないものでしょう。つまり、欠陥が見つかるなら天国ではないはずですわ。でも、わたしはよく、完璧なものと欠陥を並べることこそ、完璧さを正当に評価する唯一の方法だと思っていましたの」

ヴィンセント氏はうなずいたが、なにも言わなかった。鉛筆が紙の上を動き続けている。ジェーンはなにがそんなに関心を引いているのだろうとあたりを見まわした。向こうに節くれだったリンゴの木が立っている。実に趣のある形にねじれていて、天国の庭師がいい恰好に枝を刈り込んだかのようだった。

ベスが鼻に皺を寄せた。「ヴィンセント先生、虫や暑さのおかげで今日という日を楽しんでらっしゃるとは思えませんけど」

ヴィンセント氏は鼻を鳴らして答えた。「暑さのおかげで、心地がいいだけの気候より涼しい風が楽しめる」

「すると、自分の作品にわざと欠陥を作るのかな?」ダンカーク氏は生垣に馬を寄せ、ヴィンセント氏の描いているものを見ようとするかのように身を乗り出した。

「いや」

「違う？　それは驚きだ」ダンカーク氏はジェーンのほうを向いた。「あなたはどうですか、ミス・エルズワース？」

「そういうことはしませんわ。完璧さを達成できることがあるとしたら、ヴィンセントさんとは違う意見になるかもしれませんけれど、それは仮説で、試す機会はありそうもないですし」

「あら、でもジェーン、あなたの描いたミス・メロディの肖像画は完璧にそっくりよ。どんな点から見てもそのままにとらえてるもの。絵にかけた魔術さえ、ぴったりの感じで髪を動かしてるし。ね、ヴィンセント先生、あの肖像画を見たことがあります？　そう思いませんか？」

ヴィンセント氏は鉛筆を紙の上に浮かせたまま、長いあいだ動きを止めた。それから舌で唇を湿らせる。「完璧さというのは、見る者それぞれに異なる。あの肖像画がきわめてよく似ているということには同意しよう」

「でも、完璧じゃないんですか？」

ジェーンはこれ以上がまんできなかった。「褒めてくれてうれしいけれど、ベス、あれは完璧じゃないわ。これ以上ヴィンセントさんを悩ませないで。どんな欠陥があるかっていう説明はいくつも思いつくもの。もうずいぶん長いこと絵を描くお邪魔をしているし」

ヴィンセント氏は写生帳を閉じた。「そんなことはない。刺激的な会話だった」

ダンカーク氏が反応して頭をさげた。「たしかに。ここでの作業が終わったのなら、一緒にロビンスフォード・アビーへきて、残りを続けてはどうかな？」

「ありがたい。そうしよう」

ヴィンセント氏が生垣をよじ登っているとき、ジェーンは手綱をねじった。「残念ですけれど、わたしはご遠慮しないと。家で待っているはずですの。母をずっとひとりでほうっておいてしまいましたから」

ダンカーク兄妹に抗議されたものの、あと一分でも才能あるヴィンセント氏と比較されるのはまっぴらだった。それでも表情はおだやかに保ち、母が心配なのだと自分に言い聞かせる。ヴィンセント氏は、兄妹がロング・パークミードへジェーンを送っていってから会うことに同意した。

三人はヴィンセント氏を生垣の脇に残して、ロング・パークミードへ馬を向かわせた。ふたつの地所をどんなに速く移動できたかということにジェーンは感心した。家に帰りたいと宣言してから正面の広い芝生に到着するまでは、あっという間だったように感じられた。

ダンカーク氏は馬からおりて、ジェーンがデイジーからおりるのを手伝った。鞍からなかば持ちあげられて地面におろされると、子どものように軽くなった気がした。ひとりで立つと、体が重くこわばっている気がした。

「お困りになってはいないでしょうね」ダンカーク氏はジェーンの手を握って声を低めた。「妹はときどき率直すぎるものですから」

「お気遣いいただく必要はありませんわ」耳の中で鼓動が鳴り響いていた。ダンカーク氏の近さに圧倒されないよう、ベスをふりむく。「あしたお訪ねしてもいいかしら？」

いつでも歓迎すると双方から保証されたあと、ジェーンは別れを告げて家に入った。

11　晩餐会の招待

　数週間後、ジェーンが散歩から戻ると家の中が大騒ぎになっていた。エルズワース一家は、レディ・フィッツキャメロンから食堂にある魔術画の完成を祝う晩餐会の招待状を受け取ったのだ。

エルズワース夫人は、ただちに晩餐会用の新しい服を注文しに行かなければならないと夫を説得しようとしていたが、エルズワース氏は答えた。「友人や隣人がまだうちの娘たちの才能と美貌を理解しとらんのなら、新しい服で評価があがることはないだろうよ」

「でも、リヴィングストン大佐はどうなんです？」エルズワース夫人は言った。「判断できるほど会ってから時間がたってないじゃありませんか。あの人にいい印象を与えなくてはね」ここでメロディを見る。ジェーンが平静な表情を保っていられたのは、長年の習慣のおかげだった。

エルズワース氏は応じた。「リヴィングストン大佐には、おまえたちの衣装戸棚にさがっている数えきれないほどの服を目にする機会がなかったはずだ。どうせ見たことがないのだから、新しい服のほうがいい印象を与えるかどうかは疑問だな。だいたい、仕立屋には全員に服を用意する暇などないだろう」

その言い分は認めざるを得なかったので、エルズワース夫人は話題を変え、自分とメロディがどの服を着るかと論じはじめた。ジェーンも会話に入っていたが、参加者というより相談相手としてだった。エルズワース夫人が熱意を燃やしているのは、主としてメロディにリヴィングストン大佐の注意を引くことだったからだ。

エルズワース氏は立ちあがると、ジェーンを会話から引き離して部屋の脇へ連れていった。窓の外をながめ、話し出す前に何度か溜息をつく。そしてようやく言った。「一緒に散歩しないかね、ジェーン？」

ジェーンは父について外に出たが、同行を求められたことに驚いていた。エルズワース氏が勇気をふるって口をひらいたのは、散歩道を数分間進んでからだった。そのときにも、わざわざふたりだけで歩いて話すような内容ではないように思われた。

「あの白い服を着てくれないかね？　あのかわいらしい――」正確な表現を見つけようとしてむなしく胸もとで両手をふる。「――あのかわいらしい緑のやつだ」

淡い緑のサッシュがついた白い小枝模様のシュミーズドレスのことだ。以前ダンカーク氏に春を思わせると言われたことがあった。フィッツキャメロン家の晩餐会に着るのにふさわしいだろう。「もちろんよ。そんなにわたしの服装に興味を持っていたなんて知らなかったわ、お父さま」

エルズワース氏はくっくっと笑い、指をベストにひっかけた。「わしは娘たちの幸福に興味を持っているのさ」そう言って、散歩道を歩きながらしばらく口をつぐむ。父はなにをそんなに悩んでいるのだろうとジェーンは考えた。とうとうエルズワース氏は続けた。「おまえの判断を信じるつもりだが、ジェーン、しかし、まともな考えを持つ父親として気がかりではある。だから、不適切かもしれんがたずねよう。メロディの好きな相手が変わったように見えないかね？　はっきり言えば、あの子とリヴィングストン大佐のあいだに愛情が育ちつつあると思うかね」

不意をつかれたジェーンは、何歩か進んでからようやく答えられる状態になった。「なんて答えたらいいのかわからないわ、お父さま。メロディは心を打ち明けてくれていないもの。それに、もし聞いていたら、秘密を守らなければと感じるでしょうし」

父はうなずいた。「だが、あの子がダンカーク氏を慕っていると思ったときには教えてくれただろう？　今回の質問も、妹の幸福のためにはそれにおとらず重要ではないかね？　答える必要はない、ただ考えてみてくれ。黙っていることが妹の助けになるのか、それとも結局は害になるのかと」

「リヴィングストン大佐が害を与えるってお父さまが思うなんて、信じられないわ」とはいえ、ダンカーク氏への好意を暴露した動機は、妹の身を案じたからというより、ふたりを引き離したかったからではないだろうか。ジェーンがその関係を望ましく思う理由などひとつもないのだから。「この質問をしたのにはわけがあるの？」

「たんに大佐が以前より頻繁に訪問していることに気づいたというだけだが。それに、メロディとおまえの母親は晩餐会の準備で昂奮して、リヴィングストン大佐のことしか話していなかった」エルズワース氏は歩みを止め、考える助けになるといわんばかりに植え込みの枝をいじった。「おまえはリヴィングストン大佐の話をしないな」

その強調のしかたでなにを言わんとしているかは明白だったし、次の台詞で疑問の余地はなくなった。「おまえが話題にするか、そうしたいと思う相手はいるのかね？」

ジェーンはダンカーク氏のことを思った。遠くから見ていたときと同様、あらゆる点で立派な人柄だと近くで判断することができたのは、ベスと過ごした楽しい時間のおかげだった。これまでは希望を持つことを控えていたが、もしメロディの愛情が本当にリヴィングストン大佐へ移ったのなら、いちばん近い障害がとりのぞかれる。あいかわらず顔立ちは地味だし、身のこなしもぎこちないが、ダンカーク氏のような男性なら、才能のほうを重視してそういう事柄は見逃してくれるのではないだろうか？

だが、それは根拠のない空想にすぎない。内心で考えることさえふさわしくないし、ましてどんなに気遣いをありがたく思っても、父に言うべきではなかった。ジェーンはただこう答えた。「そういう人はいないわ」

父は植え込みの観察を打ち切ってこちらを向いた。本当のことしか言っていないと知っていたので、じっと見られてもジェーンは落ちつきを保った。心の中のささやかな希望は、口にできるようなものではない。


子爵夫人の晩餐会の夜、エルズワース氏は娘たちと妻のそれぞれに迷路の中心のバラ園でみずから摘んだ花束を渡した。茂みからもぎとった不揃いな花々をきちんと仕上げるにはナンシーの手を借りる必要があったが、最終的な出来映えはみごとなもので、ふたりの娘とエルズワース夫人はすぐさまその晩の服装に花束を加えた。

ジェーンは自分の部屋で鏡の前に立ち、父が贈ってくれた淡いピンクの花束がいちばん映える配置を見つけようとしていた。母と妹は隣の部屋で大騒ぎしながら身ごしらえしており、しばらくひとりになったので、いままで一度も考慮したことのない試みをしてみた。

自分自身にちょっとした魔術をかけたのだ。

ごくささやかな実験だが、急に、こんなに鼻が高くなかったらどんな顔に見えるだろうと好奇心にかられたのだった。ジェーンは鼻をねじったりまげたりして、実際より顔に合うように見せかけた。ほんの少し呼吸をはずませながら、鼻の上で襞を整えている糸をきっちりと押さえ、魔術の効果を調べようと首をかたむける。目立つ鼻がないと、瞳は普段よりやさしく見えた。顎はまだとがっていたものの、もはや誰かに突き刺さりそうには見えなかった。

いきなりメロディがまた入ってきたので、あわてて襞を手放す。

「ジェーン！　なにをしてるの？」

ジェーンは赤くなってせかせかとバラをなでつけた。「ちょっとひとりで楽しんでいただけよ」

「見たわよ」メロディは部屋を横切った。「もう一度やってみて」

「いやよ。ただ暇つぶしに遊んでいただけですもの」

メロディが信じていないのはあきらかだった。「ふうん。もっと遊ぶといいんじゃない」

心ない態度にあやうく冷静さを失いそうになった。ふいに熱く涙がにじんだのを隠そうとして、ジェーンは顔をそむけたが、動揺したところを見られてしまった。「ああジェーン、違うの。ごめんなさい。ただすごく上手だって言いたかっただけ。それに、ほら、ミス・フィッツキャメロンがやってるんなら悪くはないはずでしょ。似合う服を選んだり、首が長く見える髪形にしたりするのとそんなに違うことなの?」

一瞬、ジェーンはその言葉に惹かれた。自分の健康は別として、誰に不都合があるというのだろう? だが、そう考えると良心がうずいた。「もしわたしの鼻がもっと低いと信じている人と実際に結婚したらどう? そのあとで魔術をやめなければならない日がきたら? 突然妻の顔が変わったら、相手はさぞぎょっとするでしょうね。高い鼻にだんだん慣れていくのとは段違いでしょう」頭をふって誘惑を退ける。「もうしないわ。あれはたんなる一時の気まぐれよ」

メロディは眉根を寄せてこちらをながめ、ジェーンの台詞を検討した。「ときどき思うわ、ジェーンはそんなに立派な意見を持たないほうが自分のためになるのにって」返事をする前にエルズワース夫人がせかせかと入ってきた。バラの花をどこにつけるかで頭がいっぱいの母は、メロディとジェーンのあいだに漂うひややかな空気に気づかなかった。エルズワース夫人が満足すると、三人は馬車までおりていき、バンブリー・

マナーへ向かった。

レディ・フィッツキャメロンは上品な食卓を自慢にしているが、もてなすことにはなんの喜びも感じないという事実で知られていた。エルズワース一家を食事に呼んだときには、常にこのうえなく優雅に迎えたものの、態度はよそよそしかった。隣人への義務は心得ており、喜んでつとめを果たしたが、それ以上深いものではなく、自分のことしか気にしていないように見えた。もっとも、リヴィングストン大佐に対しては気遣っているといえるほどやさしく、まだミス・フィッツキャメロンと若い大佐との縁組が頭にあるのだろうかとジェーンは思わずにはいられなかった。

居間に入るとすぐベスに声をかけられた。そこでマーチャンド夫妻に挨拶を済ませると、晩餐に呼ばれるまで一緒に過ごした。ふたりともヴィンセント氏の完成した魔術画に強く心を惹かれており、興味津々だった。

「あのね、先生は今週、夜も昼も作業してたのよ。授業をしにうちにはきたけど、座ったとたん寝ちゃって。もちろん眠らせてあげたわ。そしたら、起きてもほとんどしゃべらなかったの。ほんの数秒目を閉じただけだって思わせておいたんだけど、たっぷり三十分は寝てたんじゃないかしら。先生がいびきをかくって知ってた？　まるでちっちゃな猫みたいな、本当に小さくてかわいいいびきなの」

「猫がいびきをかくなんて想像できないわ」とジェーン。

「あら、そうね。昔飼ってた子猫は、いつも前足の下に頭を逆さまにつっこんで寝てたの。ヴィンセント先生のいびきはちょうどその猫みたいな感じよ。熊みたいに大きな男の人からあんなかすかな音が出てくるんだもの、もうおかしくて」そう言いながら、ベスの視線は別の相手に気をとられている様子で室内を動きまわった。どの人物にも長くとどまることはなかったが、リヴィングストン大佐を見ているのではないかという気がしてきた。大佐はダンカーク氏と並んでいたので、兄がどこにいるか不安になっているだけかもしれない。ジェーンとは気楽につきあっていたが、ベスは人混みにいるとひどく神経質になることが多かった。ここにいる客は全員知り合いなのに、さほど安心できないらしい。

ふたりが立って話をしていると、見るからに疲れた風情のヴィンセント氏が部屋に入ってきて、女主人から鄭重に迎えられた。頬はこけ、髪はくしゃくしゃで、顔から健康的な赤みが消えている。その変わりように衝撃を隠しきれなかったのは、ジェーンひとりではなかった。ヴィンセント氏は気づかないふりをした。そうした驚愕のまなざしには慣れているに違いない。子爵夫人に低く腰をかがめて言ったからだ。「お好きなときにどうぞ」

この台詞で、居間に足を踏み入れた瞬間まで作業していたに違いないとジェーンは気づいた。魔術画が仕上がるかどうかわからないのに晩餐会の予定を組んだレディ・フィッツキャメロンの冷静さと度胸に驚く。子爵夫人はそんなことをおくびにも出さず、紳士たちがそれぞれひとりずつ女性に付き添うよう割り当てた。ベスを連れにきたマーチャンド氏は、時代遅れの慇懃な態度であやうく少女をおびえさせるところだった。それから、ジェーンがそんなに長くひとりで立っていないうちに、子爵夫人がリヴィングストン大佐の友人を紹介してくれ、そのバフィントン氏と組んで食卓へ向かうことになった。

バフィントン氏は背が低く、道楽者らしい赤ら顔だったが、ジェーンに頭をさげた動作は優雅だった。いやお美しい、リヴィングストン大佐からあれほどいろいろ聞いていたので、お会いできて実に光栄です、とまくしたてる。ジェーンは聞いたというのが自分のことなのか、それともメロディのことなのかと疑問に思わずにはいられなかった。それでも礼儀正しくその腕を受け入れ、食堂までついていった。

前にいるふたり組は敷居ぎわで立ち止まって息をのんだ。それから、感嘆しきって首をめぐらしつつ、ゆっくりと戸口を抜けていく。バフィントン氏は室内のすばらしさになんの感銘も受けなかったようだが、ジェーンのほうは食堂に入ったとたん、驚きのあまりひっくり返りそうになった。舞踏会で未完成の部屋を見たときにも、幻の芸術性と優美さに驚嘆したものだが、完成するとどんなに完璧なものになるか思いもつかなかったのだ。

部屋は消え失せていた。壁はアーチを描く木々にすっかりとってかわられ、天井は星々と月がきらめく空になっている。魔術で創られた風が木々をざわめかせ、ジャスミンと気持ちのいい土の香りを運んできた。舞踏会であれほど心惹かれた小川はあいかわらずさらさらと流れていたが、いまでは木の枝にとまったナイチンゲールも加わり、集まりの邪魔にならない程度の音で歌っている。

歩いている床はやわらかな草で、どんな魔術でも不可能なほどふんわりと足を支えているように思われた。

この木立に囲まれた空き地の真ん中に、鍵爪をかたどった脚つきのマホガニー製テーブルがすえられていた。四十人の晩餐会に必要な皿や銀器を満載していても、ちぐはぐな印象を与えるどころか、魔法の物語から出てきたようだ。クリスタルガラスと銀が魔術に光り、幾何学的な輪郭が木々の野趣あふれる美しさと対比されてなんとも優雅に見えた。

空から考えれば夜だったが、室内は暗くなかった。テーブルにたくさんの蠟燭が並び、銀器とガラスに光が反射していたからだ。バフィントン氏はジェーンを席に導きながら、本物の森でないのは残念だ、こんな森ならきっといい狩猟ができるのに、とぺらぺらしゃべった。畏敬の念にあふれて沈黙しているのを、自分の狩猟馬に興味を持ったしるしだと解釈したらしい。

いまやヴィンセント氏の疲労ぶりがよく理解できた。初期の段階の魔術画を舞踏会で見て、もうやることはほとんど残っていないだろうと思っていたが、どれほど完璧な作品を創るつもりだったかわかっていなかったのだ。ダンカーク氏はすでに食卓のところにおり、ジェーンの隣の椅子の後ろに立って、ご婦人方全員が腰をおろすのを待っていた。ダンカーク氏に連れてこられたエルズワース夫人は、バフィントン氏と同様、周囲の景色に相反する感情を抱いて話しかけているらしい。母のことで謝りたかったものの、一段落するまではバフィントン氏に注意を向けなければならない。気の毒なダンカーク氏は母の陳腐な会話の相手をするしかなかった。

ジェーンは部屋にみとれ、幻の表面を掘り下げて調べたいという誘惑に抵抗した。心なごむ雰囲気だったので、どうやって創られたのかと悩むことなく身をまかせる。裏を探ろうとしないで芸術を味わうようにというヴィンセント氏の助言を受け入れると、思いがけないことに、作品を目にした衝撃が憧れに変わった。この部屋の生命力は、たんなる魔術の成果というにとどまらず、手で触れられそうな感情として迫ってくる。これほどいきいきとした景色を創り出すことなど想像もできない。

ダンカーク氏とバフィントン氏にはさまれた席に座ると、ジェーンはテーブル越しにメロディを見やった。妹はバンブリーで聖職録を受けている老牧師に付き添われ、マーチャンド氏の隣に腰かけていた。礼儀正しく牧師に注意を向けているのは立派だ。もっとも、そのまなざしはリヴィングストン大佐が主人役をつとめているテーブルの端のほうへさまよっている。大佐は自分の相手に注意を集中しつつ、なんとかミス・フィッツキャメロンも会話に引き入れていた。こんなふうに会話を独占しているのを子爵令嬢の相手がどう受け止めているのかまでは見えない。だが、大佐の天性の魅力のおかげで、ないがしろにされているとは感じていないのではないかという気がした。

全員が席につくと、子爵夫人は今晩の主賓として右に座ったヴィンセント氏に向かってグラスを持ちあげた。「みなさん、ここにある作品が証明しているように、この方は並ぶもののない魔術師ですわ。ヴィンセントさんの作品と健康を祝って乾杯しましょう」

みんな熱心にグラスを掲げ、バフィントン氏でさえこれほどのものは見たことがないと認めた。ヴィンセント氏は立って一礼すると、喝采が鳴りやむ前に腕をのばし、一回手をひねって鳩の群れを解き放った。鳩たちは舞いあがって夜空に消え、星屑となってふりそそいだ。

これには万雷の拍手が湧き、ヴィンセント氏はふたたび腰をおろした。ワイングラスにのばした手はふるえていた。どうやってその幻を創ったのか知りたくてたまらなかったものの、ジェーンは約束を守って舞台裏をのぞかなかった。ヴィンセント氏のいる側からきっぱりと視線を外し、バフィントン氏に向き直る。

はじめの三つの料理のあいだじゅう相手の会話に耐え、必要なときににっこりし、狩猟馬だの猟犬だの雉だのについてのとめどないおしゃべりに集中したおかげで、困ったことに話す意欲をあおってしまった。さいわい、「あらまあ」だの「そうなんですの?」という反応ぐらいしかいらなかったので、ヴィンセント氏が創りあげた魔術の風景をゆっくりと観賞できた。

とりわけじっくりと観察した箇所は、バフィントン氏の肩の向こうにあった。ほっそりした月桂樹の木立が微風にそよいでいる。影絵芝居の背景よりはるかに精巧ではあったが、それでも幹の優美な輪郭にヴィンセント氏らしさがうかがえた。ロング・パークミードのイチゴ畑の上にあった月桂樹から思いついたことはあきらかだったが、ひとつとしてもとの木をそのまま真似しているものはなかった。

四番目の料理が出てきて一段落すると、ようやく左側の相手から解放されて右側に話しかけられるようになった。ダンカーク氏も周囲に広がる森の空き地に負けずおとらず興味を持っているだろうから、話すのはさぞ楽しいだろう。しきたり通りに社交的な挨拶を交わすと、ダンカーク氏は眉をあげて問いかけた。「ヴィンセント氏の作品に対するご意見をおうかがいしてもよろしいですか？」

「あれほど細部に気を配って精巧に創られたものは見たことがありませんわ」芸術的な価値というより技術的な面について話したことに気づいて、ジェーンは唇をかんだ。「まるで外でくつろいでいるような気分になります。晩餐会でこんなにほっとできるなんて思ってもみませんでした」

ジェーンの左側にいる相手はちらりとも見ずにダンカーク氏は言った。「ときには疲れる会話もありますからね」

「本当に。ヴィンセントさんはうちの母とどうしているかしら」ダンカーク氏の向こうに目をやると、魔術師は退屈しきった表情で母をながめていた。エルズワース夫人の後頭部を見れば、活発になにかを論じていることはあきらかだ。「母とどんなことを話しました？　天気の話とか、それとも絹の値段かしら？」

「どちらでもありませんよ。ずっとお宅にある絵のことを話していて、時間があるかぎりたくさんの作品について教えていただいたのです。ちょうど居間の南側の壁が終わったところで一段落したと思います。ですから西側の壁になにがあるか拝見するためにお訪ねしなければなりませんね。楽しみにしていますよ」

ジェーンは頬を赤らめた。「居間に新しい絵は増えておりませんから、いらしても前にごらんになったものしかありませんけれど」

「きっと以前見せていただいたものを新たに理解できるでしょう。目にしてはいても周囲の状況で見過ごしているというのは、よくあることです」ダンカーク氏はワインを飲んだ。「お母上はご親切に、あした私と妹をお茶に招いてくださったのですよ」

「まあ、すばらしいわ」魔術の涼しい風にもかかわらず、急に室内が暑すぎるような気がしてきた。「でも、美術について話すのでしたら、議論する価値のある事柄にしましょう。そちらはこの部屋についてどうお考えですの？」

「実に驚きました。ベスの最初の教師は才能ある男でしたが、これほどの作品はまずできなかったでしょう」

「ベスはここにくる前に魔術を習ったことがなかったと思っておりましたわ」

ダンカーク氏は目をみひらいた。あわてて下を向いて正面の料理をながめ、一度に三つも別のことを言い出そうとして口ごもる。どうやらなんの気なしに不愉快な話を切り出してしまったらしい。居心地の悪さをやわらげようと、ジェーンはナプキンを落としたふりをして話題を変えた。

ダンカーク氏は猶予を与えられてほっとした様子でナプキンを拾ったが、ジェーンはなおもこの一件について頭をめぐらした。その謎に包まれた最初の教師というのが、ベスの暗い雰囲気や芸術の女神に思い焦がれている態度の鍵なのだろうか？　本人は違うと言うが、どういうわけかヴィンセント氏を思い出させた女神への？

話題を変えたあと、食事が終わってご婦人方が席を立つときまで、ジェーンとダンカーク氏は趣味や芸術についてたいそうなごやかに語らうことができた。

ダンカーク氏との会話を続けられないのは残念だったが、ジェーンは明日の訪問のことを考えて自分をなぐさめた。居間で女性たちはいくつかのかたまりに分かれ、食事の詳細、とりわけ出席していた独身男性の長所や短所をあれこれ論じはじめた。

ミス・エミリー・マーチャンドがピアノの前に行って空中で演奏を始め、食堂の景色を思わせる色でその上の空間をほのかに彩った。ジェーンはうまくカード賭博を避け、そういう遊びはバフィントン氏と子爵夫人にまかせて、バンブリー・マナーの庭園を見渡せるガラス扉の脇にいたベスに合流した。マーチャンド氏との会話をどう切り抜けたか知りたいとは思っていたが、別の動機があることも認めざるを得ない。ダンカーク氏が入ってきたら妹のところへくるだろう。

だが、ベスは元気がなかった。晩餐の前の熱心な態度は憂いの色にかき消されてしまったようだ。

「大丈夫？」ジェーンは問いかけた。

「ええ、ありがとう」ベスは吐息を洩らしたが、会話は続けたがらなかった。ジェーンは黙ってそばに立ち、ロビンスフォード・アビーでの様子を思い出していた。沈黙の中で、さっき中断したダンカーク氏との会話に頭が向く。謎めいたベスの最初の教師についてのやりとりだ。ひょっとしたら魔術の使いすぎで死に、ヴィンセント氏の登場でその悲劇を思い出したのかもしれない。もっとロマンチックに考えれば、許されない関係を持ったのかもしれないが、ベスの若さを考えればばかげた思いつきだ。

ジェーンは空想を払いのけると、ベスに失礼と断って隣を離れ、ミス・エミリー・マーチャンドに今度は自分がピアノを弾いてもいいかとたずねた。

曲と魔術に没頭するとそんな考えはほぼ頭から消えたが、それでもふとした拍子に浮かんできた。ちょうどベートーベンの『ピアノソナタ第十四番』の第二楽章を弾きはじめたとき、居間の扉がひらいて紳士たちがやってきた。

ダンカーク氏は予想通り妹のそばに行った。ジェーンは弾きながら、自分の腕を見せびらかさずに曲の真価を発揮できるよう試みた。まわりにめぐらした襞は色と光だけの単純なもので、曲をそっくり描写するというより、その原理を表現していた。食堂でヴィンセント氏の作品を見たあとでは、写実性から遠ざかるほど聴衆を満足させられるだろうと感じたからだ。

曲の終わりで顔をあげると、ヴィンセント氏がピアノの脇に立ち、正面からこちらを見つめていた。なにを言えばいいかわからなかったので、ジェーンは指をなんとなく鍵盤に走らせ、相手が口をひらくのを待った。ヴィンセント氏はとうとう言った。「どう思った？」

「美しい作品でしたわ」その陳腐な褒め言葉にひるむ。「どこにいるか忘れてしまうほどでした」

相手は目を細めた。「彼女を見たか？」

ジェーンはピアノから手をあげた。「彼女？　なんのことかわかりませんけれど」

「もう一度見てみるといい」説明してください、と頼む間もなく、ヴィンセント氏は一礼してピアノのそばを離れた。

ジェーンは好奇心をそそられて立ちあがり、ミス・エミリー・マーチャンドにピアノの前の位置を返した。それから、そっと居間を抜けて食堂に入った。すでに召使いたちが仕事をすませ、皿や銀器やナプキン類を食卓から片付けたあとだった。森の空き地に見える空間の真ん中には、大きな木のテーブルが残っているだけだ。

ジェーンは壁に沿ってぐるりと室内を歩き、魔術画の木立や花々の中に〝彼女〟を探した。二度目に観察しているとき、ふいにある木の表面に顔を発見し、〝彼女〟が誰なのかわかった。その木は月桂樹で、みずからを取り巻く樹皮にまぎれかけている顔は、活人画で演じてみせたダフネだった。別の言い方をすれば、ヴィンセント氏がメロディを魔術の森にひきこんだのだ。その婉曲な讃辞にくぎづけになって立ち止まる。もっとも、それが自分への讃辞なのか妹へのものなのかは判断がつかなかった。樹皮の顔をじっと見つめ、安堵と不安のいりまじる表情に、いまにも目をあけて視線を返してきそうだと感じる。ヴィンセント氏が吹かせた風に木がそよぎ、ニンフが呼吸しているという錯覚をおぼえた。居間で不在を気づかれるのではないかと心配になるまでながめつづけた。

居間の入口で、ジェーンは自分の名前を耳にして足を止めた。バフィントン氏が笑いながら言っている。「平凡なジェーン？　平凡なだけならむしろ運がいいと思うね！」聞き手がどっと笑い声をあげた。戸口に近すぎてこっそり入るのは不可能だ。頬が燃え、目に涙があふれた。メロディの忠告を聞いて魔術をかけていれば、あんなことは言われなかっただろう。気にする必要はない。くだらないことだとわかっている。それでも、入っていってあの会話をごまかそうとする人々と向き合う気になれなかった。ジェーンは涙にぼやけた視界でよろよろと引き返し、食堂に逃げ込んだ。

12　野獣と美女

ジェーンは見栄っ張りだと自分を叱り、懸命に感情を抑えようとした。バフィントン氏に平凡以下と思われたところでどうでもいい。好意を寄せてほしい男性ではないのだから、こちらに対してどんな意見を持とうが関係ないのだ。

しかし、バフィントン氏の意見や、ジェーンをあざ笑った品の悪い態度をどれだけ見下そうとも、心の一部は、本当のことだと主張した。あんなふうに考えているのはバフィントン氏ひとりではないに違いない。ダンカーク氏も〝平凡なだけ〟なら運がいいと考えているのではないだろうか。ジェーン自身、虚栄心に身をまかせて魔術で鼻を低くしてみたのではなかったか？　しょっちゅう同じ真似をしているミス・フィッツキャメロンは求婚者たちの目になにも悪く映らないのに、この自分、平凡なジェーンは、正直であるがゆえに、自分ではどうしようもない偶然の生まれつきによって嘲笑されるのだ。

足音が響き、誰かが食堂に近づいてきた。頬に流れた熱い涙を見られたら、動揺していることがはっきりわかってしまう。ジェーンはその場で向きを変え、別の出口を探したが、ヴィンセント氏の魔術でほかの扉は隠れていた。

激しい感情をあらわにした姿を見られるよりはと、ジェーンは食堂の隅に戻った。そこに体を押しつけると、室内の光を使い、ヴィンセント氏がやってみせた方法で周囲に魔術の球を吹きつける。

見つかるのではないかとふるえながら、できるだけ体を動かさず、呼吸を落ちつかせようとつとめた。隠れる能力を与えてくれたヴィンセント氏に内心で感謝する。

最初に入ってきたのはベスで、リヴィングストン大佐が続いた。大佐は戸口を通り抜けながら背後を見やり、扉を閉めた。

そこでジェーンはじっとしていられなくなるところだった。リヴィングストン大佐が恋人同士でしかありえない態度でベスに片腕をまわしたのだ。「さあ、いい子だから、なにを悩んでいるんだい?」

ベスは体をふりほどこうとした。「どうして知らないふりなんかできるの? あんなにミス・フィッツキャメロンをちやほやしてるところを見てどんなにつらいか、わかってるはずでしょう」

大佐は笑った。「それだけかい? あの子は僕の従妹だよ。しかも食事中隣の席だったんだから、気を遣わないわけにはいかないだろう」

「でも、そのあとわたしのことを無視したも同然だったじゃない！」

リヴィングストン大佐は言った。「なあ、伯母に気づかれないためには、ほかの女性にも注意を払う必要があるのをわかってくれないと。きみを傷つけたくはないが、うちの伯母はいい人とはいえやきもち焼きでね。僕をリヴィアと婚約させるつもりでいるんだよ」

「どうしてわたしと婚約してるって伯母さまに言えないの？」

ベスの言葉に、ジェーンは衝撃の声を洩らすまいと両手で口を押さえた。

「金がないからさ。伯母に気に入られていると確信が持てるまで、仲たがいする危険は冒せないんだよ。だからその話は慎重に切り出さないといけないいんだ。信じてくれないか、いい子だから。こっちが必要だと思うようにやらせてくれ。もしなんとかできるものなら……」

「わかってるわ、本当にわかってるの」ベスは目を落とした。「でも、待つのはつらくて」

「僕にとってもさ。だが、いまは僕らがいないことに気づかれないようにあっちへ戻ろう」大佐は上着のポケットを叩いて顔をしかめた。「バフィントンは僕がカード遊びの次の回に参加すると思ってるんだ。財布をとってくるって言ったんだが、寝室は東の棟にある。ひょっとして……」

「ああ！　もちろんよ」ベスはレティキュール《ハンドバッグ》をあけて札束をひっぱりだした。「お父さまがちょうどお小遣いを送ってくれたの、だからすごくお金持ちの気分よ」札束を大佐の手に押しつける。「先に行ってて。わたしは少し気を落ちつける時間がほしいから。それに、ふたりで一緒にいるのを見られたらまずいでしょ」こちらに背を向けていたので表情は見えなかったが、その声には決意がこもっていた。

リヴィングストン大佐は微笑してベスの頭のてっぺんにキスした。「助かるよ」それ以上なにも言わずにそっと部屋から出ていく。

ジェーンは壁にぴったりと身を寄せたまま、どうしたものかと途方にくれた。いまの会話を立ち聞きするつもりはなかったが、ここにいたことを説明するとよけいまずいだろうか。それとも、隠すほうがよくないのだろうか？　ベスとリヴィングストン大佐が婚約しているのはたしかだ。しかし、秘密にしなければならず、ほかの女性に愛想よくしてごまかす必要のある婚約とはいったいどんなものだろう？

森の空き地の中心にひとりたたずんだベスは、ひどくはかなげに見えた。翌日顔を合わせて、奇妙な婚約のことなどなにも知らないというふりをするのは耐えられなかった。

いますぐ姿を現わすのがいちばんだ。

少女が背中を向けていることに感謝しつつ、隠れ家の球を保っていた襞を手放す。

「ベス？」

ベスは猟師の銃声が響いたかのようにとびあがり、ぱっとふりかえった。瞳をみひらいてこちらを見つめる。「まあ！　ジェーン！　入ってきたのが聞こえなかったわ。ああ、本当にびっくりした。わたし、ヴィンセント先生のみごとな作品をまた見にきたの。うっとりしちゃって」広々とした部屋の木立や草むらを見まわすにつれて、ゆっくりと表情が変化した。ほかの戸口が見えないことに気づいたのだ。「でも、どこからきたの？」

話し出す前から声が喉につかえた。口から言葉が出てこない。

ベスは眉をひそめた。「大丈夫？」

ジェーンは唾をのみこんでふたたび試みた。わざと盗み聞きしたのではないとわかってもらえれば、ふたりの逢瀬に侵入したこともすぐ許してもらえるかもしれない。「さっきちょっと動揺させられたことがあって、落ちつこうとしてここにきたの」

先を続ける前に、ベスが心から気遣わしげに近寄ってきた。「まあ、かわいそう。よかったら教えて、どんなことで動揺したのか」

ジェーンは気にしないようにと手をふった。自分が恥ずかしい思いをしたことはこのさい関係ない。恋人たちの会話を立ち聞きするきっかけになったというだけだ。「それは問題じゃないの、そんなにはね。ただ、少し気が転倒していたから、逃げ出して――」

「だめ。だめよ、動揺させられたって言っておきながら、相手が誰で、なにがあったのか話さないなんて」

「でも、そのことはどうでもいいのよ」

「わたしにはどうでもよくないもの」ベスはジェーンの手をとった。「大好きなジェーン、誰があなたを困らせたの？　教えて、そうしたらその話を続けていいわ」

少女の好奇心を満足させなければこれ以上先に進めないとわかり、ジェーンは譲歩した。「もう一度魔術画を見にいって居間に戻ってきたとき、男の人たちがかたまって話しているのが聞こえたの。そのうちのひとりの言ったことが――」

「なんて言ったの？」

その台詞はいまでも胸に焼きついていた。「〝平凡なジェーン？　平凡なだけならむしろ運がいいと思うね〟」ジェーンは一瞬口ごもり、あの言葉にまだ影響されていることに腹を立てた。

ベスのこめかみで血管が脈打った。「誰がそんなこと言ったの?」

「話していた人は見ていないわ」本当のことだ。もっとも、バフィントン氏の声だとわかったのは事実だが。しかし、そんなささやかな侮辱のことでベスの気を散らしたくなかった。「それはもういいの。大切なのは、わたしが気を静めようとして食堂に入ったことで――」

「ああ! それで、ひとりになりたかったのに、わたしを見つけちゃったのね」

「あなたがわたしを見つけたっていうべきじゃないかしら。そのことを謝らなくちゃいけないのよ。あのね、わたしが先にここにいて、取り乱していたから誰にも会いたくなかったの。だから話し声が聞こえたとき、思わずヴィンセントさんの魔術の球を創って隠れたのよ。信じてちょうだい、内緒の話なんて聞くつもりは毛頭なかったわ。でもいったん――」

「それって、ここに――ここにわたしが入ってきたときからいたってこと?」いきなり理解したらしく、ベスの声がゆれた。

ジェーンはうなずいた。

「それであなた……?」

「全部聞いたわ。ええ。ごめんなさい。あなたが食堂に入ってきたとき、びっくりして口がきけなかったの。そのあとは声をかけるきっかけが見つからなくて。でも、わたしが聞いたことを伝えておいたほうがいいと思ったから」

ベスはジェーンのそばを離れると、昂奮して室内を歩きまわった。華奢な骨がくっきりと浮き出すほど手をもみしぼる。「なんて言ったらいいかわからないわ。腹が立ってがっかりしてるけど、ある意味では同じぐらいほっとしてるの。だっていままで心を打ち明けられる人がいなかったんですもの。でも不安でもあるわ。ああ、ミス・エルズワース、お願いです。誰にも言わないで。言ったらどんな結果になるかあなたは知らないのよ」

「でも、ご家族に賛成してもらえないようなおつきあいを始めたりしないでしょうに」

ベスは実際の年齢よりはるかに大人びた苦々しさをこめて笑った。「うちの家族はヘンリーを認めてくれるでしょうけど、婚約を公表しないでいるのは兄の道義心が許さないもの。でも、婚約を続けるならヘンリーのために秘密にしておかなくちゃいけないのよ。お願い。誰にも言わないで。約束してちょうだい。ねえジェーン、約束して。誰かに知られたらどうしたらいいかわからないわ」

ベスの態度からせっぱつまっていることがうかがえ、ジェーンは少女の瞳にときおり見かける淋しげな色を思い出した。聞くべきではなかった会話とはいえ、ベスとリヴィングストン大佐の婚約を隠しておくのに手を貸すことは不安だった。

食堂の外から声が近づいてきた。ベスは戸口のほうを向いた。「兄だわ。約束してくれなくちゃ。お願い、ジェーン、そうでなければわたしたちはおしまいよ」必死の力で手を握りしめられ、ジェーンはつい口走ってしまった。「言わないわ」

たちまちベスは心が軽くなったらしく、感心するほど冷静に兄を迎えた。ジェーンにはそれほど気楽な態度がとれなかった。こんなに続けざまに心をかき乱されて、神経がぎりぎりまですりへってしまったのだ。

魔術画の中に配置した技法について活発に議論しながら、ダンカーク氏とヴィンセント氏が入ってきた。ダンカーク氏だけがジェーンの動揺を感じ取り、片眉をあげた。「なにか気になることでもありましたか？」

その隣でベスの瞳が訴えるように大きくなったが、ジェーンは約束を守った。「いいえ、ありがとうございます」それでも、ひどく声がふるえたのでヴィンセント氏でさえその状態に気づき、同じことを問いかけてきた。

ジェーンは懸命に自制しようとつとめた。「本当に、大丈夫です。ただ居間が混み合っていたので一息つきたくて」顔をそむけて木立をながめ、落ちつきを取り戻そうとする。「あなたの作品は、とてもとても心が休まりますわ」

「それはよかった」ヴィンセント氏は部屋を見渡して言った。「彼女を見たか？」

ジェーンは口ごもってから、それが例の木の精《ドリュアス》のことで、ベスではないと気づいた。ニンフの木はすぐ近くにあった。「ええ、見つけました。すばらしく巧妙ですわ。誇らしく思われて当然です。もっとも、ご自宅の食堂にうちの妹への敬意のしるしがあるのを、レディ・フィッツキャメロンがお喜びになるかどうかわかりませんけれど」

「え？　なんの敬意のしるしですって？」まるで頭を悩ませるものはヴィンセント氏から示された謎しかないというかのように、ベスがくるりと向きを変えた。

ヴィンセント氏が顔をしかめると、やつれた様子がいっそう際立った。「よく見てみろ。俺が気晴らしでやったものが見つかるだろう。レディ・フィッツキャメロンについてだが、本人が気づくかどうか疑問だな——もっと目がたしかでなければわからないはずだ。どうせこの前の活人画に感心していたから、そういう好みを尊重したふりをすればいい」

「そうじゃないんですの？」

ヴィンセント氏がふりかえってドリュアスを見つめると、そんなにやさしい表情ができるとは思ってもみなかったほど顔つきがやわらいだ。「違う」

もっと観察眼のない人物なら、その変化を見逃したかもしれない。あるいはジェーンの才能に対する敬意だと誤解したかもしれないが、実際にはヴィンセント氏が心をかたむけている芸術そのものに対する敬意に違いない。妹の姿に体現されている芸術だ。

「ああ！　やっと見えたわ」ベスがドリュアスに駆け寄って声をあげた。「見て、エドマンド。このニンフを入れるなんて、ヴィンセント先生は本当に頭がいいのね。イチゴ摘みの会を思い出してうれしくなるわ。なんてすてきなの」

ほかのみんなが感心してドリュアスをながめているとき、ジェーンはこの場から逃れたくてたまらなかった。家へ帰ればよく考えて冷静になれるだろう。だがそれはできなかったので、うっかり口をすべらせないよう、ベスと一緒に紳士たちの後ろを歩きながら居間へ戻った。少なくともダンカーク兄妹は、どんなにささやかだろうと自分のことを評価してくれている。四人が入っていくと子爵夫人が顔をあげて手招きした。この時点でヴィンセント氏はジェーンをダンカーク氏にまかせてそばを離れた。なによりもうれしいことのはずなのに、ジェーンは会話に身を入れることができなかった。

「考えていたのですが、ひょっとして——」ダンカーク氏の問いかけは途中で切れた。室内の雑談をさえぎって叫び声があがったのだ。

リヴィングストン大佐が顔を真っ赤にして手札を投げつけた。その脇ではバフィントン氏がずるそうな笑みを浮かべて椅子にふんぞり返っている。

「はったりではないと言っただろう」

リヴィングストン大佐は顔をしかめて、ついさっきミス・ダンカークからからもらった札束をひっぱりだした。

その瞬間、ヴィンセント氏がジェーンの隣にやってきた。深刻な顔つきで、なにか抑えた感情に唇を引き結んでいる。「レディ・フィッツキャメロンがきてほしいと言っている」

ジェーンは当惑しながらあとについて子爵夫人のもとに行き、声をかけられるのを待った。子爵夫人はすでにこちらの反応を確信しているかのようにほほえんで言った。
「ヴィンセントさんとの活人画はたいそうすばらしかったわ。今回のお祝いの理由を考慮して、また今晩も楽しませていただけないかしらと思ったのですけれど」

丘の上で活人画を演じるのも気が進まなかったのに、自分の取るに足りない技倆が隣の天才の作品と比較される状況などなおさら避けたかった。そのうえ〝平凡なジェーン〟という論評を立ち聞きしたり、ベスの秘密の婚約を知ってしまったりした動揺もある。ジェーンがまたもや断りはじめたのも当然だった。

だが、子爵夫人は耳を貸そうとしなかった。「ばかばかしい。猫かぶりはおやめなさいな、あなたがどれだけの才能の持ち主かみんな知っていますよ」会話を聞こうとまわりにつめかけた人々のほうをふりかえる。「みなさん、ミス・エルズワースほどの手腕があれば、こんなささやかなお願いを聞き入れてくれるのはたやすいことだとお伝えしてくださいな」

こうして訴えられれば、居並ぶ紳士淑女はジェーンの才能を褒めたたえるしかなかった。しかし、それでもジェーンが困惑していたので、ダンカーク氏が口を出した。「レディ・フィッツキャメロン、ミス・エルズワースには準備する時間がありませんでしたから、どんなに能力があっても不安に思うのは当然です。ことによると、ヴィンセントさんとどこかの部屋に行って練習すれば気が楽になるのではありませんか？」

ジェーンはこの勘違いがいちばんの逃げ道だと見てとった。「準備する機会があればずっと気が楽になりますわ。でも、もしふたりとも出来映えに少しでも満足できなかったら、辞退してもよろしいですか、レディ・フィッツキャメロン？　ぱっとしない作品でご期待に添えないぐらいなら、むしろお目にかけたくないと思いますの」

子爵夫人はほとんど異議を唱えずに同意した。もっとも――きっと気のせいだろうが――一方が失敗するのを心待ちにしているような態度だった。しかし、どちらなのかはよくわからなかった。

ふたりは付き添い役としてジェーンの母を伴い、図書室に案内されて構想を練った。

いくつかの思いつきをつまらない、ありきたりだ、品がなさすぎると論じ合ったのち、ヴィンセント氏が提案した。『美女と野獣』はどうだ？」

相手がなぜ薦めたかはわかったものの、それでバフィントン氏や友人たちの嘲笑の的になると思うと自尊心が傷ついた。美女を演じている魔術を解かなければならないのは残念だ、と言っている様子がいまから想像できる。だが、そのとき妙案が浮かんだ。これならきっと観客に受けるに違いない。「いい考えですわ、でも、役割を交換したらどうでしょう？　あなたが美女になっても体面が傷つかないとお考えでしたら、わたしが野獣になるというのは？」

母がぽかんと口をあけて言った。「ジェーン！　ご近所の方々にどう思われるか。あなたが野獣？　絶対にだめですよ。旦那さまを見つけようとするなら、やさしさと気立てのよさを示さなくちゃ」そんな調子で話し続けたが、まるで無視される。ヴィンセント氏はゆっくりとうなずいた。

「そうだな。それに美女をミス・フィッツキャメロンの姿にしよう。むろん歯は修正して」

意見が一致すると、あとは物語のどの場面にするか、活人画でどういう姿勢をとるかを決めればいいだけだった。充分に検討したのち、美女が最初に野獣を見た瞬間がもっとも劇的だということで落ちついた。

ヴィンセント氏はまず子爵令嬢の幻を創ったが、ほんの少しのあいだしか保っておかなかった。それほど短い時間だったのに、襞を放したときには息苦しそうで手がふるえていた。ジェーンは目で問いかけたが、相手は首をふった。

「できればちょっと座りたい、それで充分だ」

「本当に大丈夫ですの？」

「当然だ」ヴィンセント氏は歯をむきだしてぴしゃりと返した。その無愛想な反応のあとではそれ以上たずねる気になれなかった。自分の限界ぐらい心得ているだろう。

ジェーンは襞を体に巻きつけ、配置に満足するまで操った。この計画で巧妙なのは、観客が野獣の容貌に慣れたあとなら、ジェーンの顔もそれほどどきつく見えないだろうという点だった。

途中でエルズワース夫人が言った。「まあ、もう一分だってこの部屋にはいられませんよ。あなた、こわすぎるわ、ジェーン。本当におそろしいこと。その怪物を目にしたら、かよわいご婦人の中にはすっかりおびえてしまう方もいるかもしれませんよ」

ジェーンは母の不安を笑い飛ばし、しばらくはさっきの動揺を忘れることができた。

ヴィンセント氏が言った。「俺が夢見ているのは、人の力で襞がほどけないように押さえておかなくとも、ある場所から別の場所へ映像を動かすことができる日がくることだ。それが可能なら、美術館を創ることができる。こういった魔術が金持ちだけのものではなくなり、なによりもはかないこの芸術を見て、誰もが教養を高められるかもしれない」

「魔術は本当にいちばんはかないのかしら？　音楽がその地位を競えると思いますわ。なぜって音は生まれたとたんに消えてしまいますもの。どの響きもいましか存在していません。それに対して、あなたがレディ・フィッツキャメロンのために創ったような魔術画はずっと存続するものですわ」

「そうかもしれないが、音楽の曲を魔術の襞に記録することは可能だ。魔術の襞や糸の使い方を記録する方法はあるか？　紙に記した論文はあるが、絵画を言葉で記述するように無味乾燥だ。作品の力も再現する方法も、サー・ジョシュアが空を青く塗った、と言うほどにしか示されていない。いいか、いつの日か魔術を複写することが可能になり、そこから花ひらく無数の可能性が魔術を新たな高みに導くだろう。俺が想像しているのは、ある場所で創った映像を瞬時に別の場所で見ることができる日だ」

ヴィンセント氏が自分の芸術に関してだけ情熱的になるというベスの発言を思い出したジェーンは、これほどの熱意があれば、人間を芸術の女神としてあおぐ必要はないと考えた。そんなことを頭に浮かべながら、ヴィンセント氏や母と連れ立って居間に戻る。子爵夫人のそばに行くと、相手はまるでさっきの頼みを忘れたような顔つきだった。ジェーンはこの重荷から解放されるかもしれないと安堵する一方、気遣いのない子爵夫人のためだけに練習させられたという憤りも同時に感じた。それ以上考える暇がないうちに、子爵夫人が口をひらいた。「まあ、ありがとう」

活人画の用意をするあいだ大扉をカーテン代わりに使おうと計画して、ヴィンセント氏と居間の戸口に陣取りながら、ジェーンはベスとリヴィングストン大佐を捜してあたりを見まわした。

ベスはダンカーク氏と会話しているところだった。部屋の反対側ではリヴィングストン大佐がカードの勝負に注意を集中している。あとで考えようと、ジェーンはふたりの関係を心の中から押し出した。まずは人前での見世物という試練を乗り越えなければならない。

まわりに襞を引き寄せ、自分の体をくるみこんで見あげるような獣を創り出す。ボーモン夫人の物語で描かれる迫力をすべてその姿にこめた。隣ではヴィンセント氏が美女に昔の服装をさせ、片手にバラを持たせせた。準備が整うと、召使いのひとりが大扉をひらき、さっとその場からひきさがった。

エルズワース夫人が予測した通り、獣を見たとたん金切り声をあげた女性が、夫人自身を含めてひとりふたりいた。エルズワース氏は、椅子の背にもたれて顔をあおいでいる妻の手を上の空で叩いた。少なくとも母はもう獣に慣れていてもいいはずだったが。ジェーンは獣の魔術で表情がわかりにくくなっていることに感謝した。おかげで母のばかげたふるまいをこっそり笑うことができる。

そのときだった。二度目の悲鳴が響き渡り、続いて昂奮のうねりが室内に広がった。ダンカーク氏が隣に駆け寄ってくる。その顔は懸念に翳り、視線はそばの床にくぎづけになっていた。横を向いたジェーンは襞を取り落とした。

ヴィンセント氏が体をぴくぴくとひきつらせて床にのびていた。

13 倒れた獣

ヴィンセント氏が卒倒したことで室内は混乱の渦となった。魔術で創り出された獣を見たときにおびえたふりをしたご婦人方は、いまやヴィンセント氏が死にかけていると思い込んで卒倒している。レディ・フィッツキャメロンはヴィンセント氏におとらず蒼白な顔で椅子にへたりこみ、恐怖に口もきけない様子だった。

ダンカーク氏は倒れた魔術師の脇に膝をつき、両肩をぐっとつかんで全身のふるえを止めようとした。顔をあげてジェーンを見つける。「どうしたらいいでしょうか?」

その言葉に、近くの人々がこちらを向いた。この室内で自分がもっとも経験を積んだ魔術師なのだと気づいて、ジェーンはぎょっとした。「医者を。誰か医者を呼んでこないと」

すぐさまリヴィングストン大佐が馬を用意しろと叫びながら部屋を出ていった。

いちばん近いスマイス医師が往診に出ていれば、戻ってくるまでに何時間もかかるかもしれない。そのあいだになにかしておかなければ。だが、自家製の薬をのませるのはあまりにばかばかしい。「体を冷やさないと」ジェーンはエーテルから魔力の糢を引き出し、ヴィンセント氏に冷却の呪文を巻きつけた。糢を扱いながら深々と息を吸い込むと、肋骨がコルセットに押しつけられる。ヴィンセント氏から目をそらさずにたずねた。

「冷やし屋はいますか？」

こういう家なら必ずいるはずだ。

まもなく冷やし屋が呼ばれた。ヴィンセント氏を客用寝室に運んでいくあいだ、ふたりで協力して冷気の糢をやりとりする。寝台に体を横たえたあと、ジェーンは糢の操作を相手にそっくりまかせ、冷やし屋が絶妙な操り方で病人のまわりに冷気の層を創るのをながめた。その冷たい空気に手をあて、温度をさげてヴィンセント氏の体内で荒れ狂っている熱を抑えるように、だが害を与えるほど冷たくしてはいけないと指示する。それがすむと冷やし屋は糢を縛った。ジェーン自身は布を水に浸してヴィンセント氏の口もとにしずくをたらした。高熱についで危険なのは脱水状態になることだと知っていたからだ。

自分ではこれほど魔術で体を酷使したことはなかったが、教師に聞いた教訓話にふるえあがったことはよく憶えている。全力で長い距離を走りすぎた馬のように、きちんと体温をさげなければ心臓が破裂してしまうだろう。

冷やし屋の技術を使ったおかげでヴィンセント氏の痙攣はいくぶんおさまったものの、まだ呼吸は乱れており、脈も速すぎた。医者はいつまでもやってこないように思われた。ようやく到着すると、スマイス医師は外套を脱ぎもせずにそのまま部屋に入ってきた。ヴィンセント氏の脈をとって深刻なおももちになる。体に巻きつけた冷気の襞を調べ、おそらくこれで命が救われただろうが、意識を取り戻すかどうかは判断できないと言った。そのあと、シャツを脱がせてヒルに血を吸わせることに決めたので、ジェーンは部屋から出ざるを得なかった。

外に出ると、ヴィンセント氏の看病という最前の緊張に加え、自分の心配ごとも体に効いてきた。壁に片手をあてて支えなければ廊下を歩いていけないほどだった。気絶したりしてこれ以上医師の負担を増やすものか。ヴィンセント氏もまだ若く人生の盛りなのに、こんなつまらないことで死に直面するはめになるとは。あの幻ぐらいやすやすとできてもいいはずだが、子爵夫人の魔術画を完成させるのに力を使いすぎたのは歴然としている。あんなに短い時間、幻を創っただけで手がふるえているのを目にしたとき、もっと強く活人画を演じないよう説得するべきだった。

居間にたどりつくと、客の多くが残っており、ヴィンセント氏の容態を知りたがっていた。みんなの表情から、ヴィンセント氏のことを心配している人がいる一方で、噂話にしか興味のない面々もいることが見てとれた。すぐにダンカーク氏が近づいてくると、腕をとって椅子に案内してくれた。「お父上はエルズワース夫人を連れて帰らなければならなかったのですよ。あなたをロング・パークミードへお送りするようにと頼まれました」

ダンカーク氏は全員の頭に浮かんでいるに違いない質問を口にせず、ジェーンに落ちつきを取り戻させてくれた。

子爵夫人はそれほど辛抱強くなかった。

「医者がきたのを見ましたよ。ヴィンセントさんの具合はどうだと言っていました？」瞳に宿った冷たいきらめきがその言葉を裏切っていた。ヴィンセント氏が死ねば魔術画の価値があがるので喜ぶのではないかと思うほどだ。

ジェーンは椅子にかけたまま背筋をのばし、どういう状況だったかすべて話した。意識が戻らないかもしれないと説明したとき、ベスがわっと泣き出し、なぐさめてもらおうと兄にすがった。ダンカーク氏は強い感情に圧倒されそうに見えた。

その後、一同はこの一件でどんなにぞっとしたか話し合わずにはいられなかった。ヴィンセント氏の弱り具合はあきらかだったから、二週間は魔術を使わないようにと忠告すべきだったと悔やむ者もいれば、調子が悪いとはまったくわからなかったと断言する者もいた。誰かが――誰なのか思い出せなかった――コーディアルのグラスを渡してくれ、ジェーンは反射的に飲んだ。人が次から次へと寄ってきて、ヴィンセント氏の失神についてなにかしら話してくれないかとたずねてくる。とうとうダンカーク氏が言った。「ここでヴィンセント氏にしてあげられることはなにもありませんよ。お宅へ送らせてください、あしたの朝になったらどうなったか訊きましょう」

まだ危険な状態を脱していないのに立ち去りたくはなかったが、賢明な申し出だと認めざるを得なかった。家まで馬車に乗っていくあいだ、どんなに動揺したかくどくどと話すベスの相手をする気力はなかった。その言葉を耳にしていると、ヴィンセント氏が床に倒れているところを最初に見た瞬間がよみがえり、魔術で繰り返しているかのように延々と心の中で再生した。床を打ち続ける踵、体がのけぞるたび、苦しげな息とともに吐き出される低いうなり声。ひんやりしたガラスの感触を求めて馬車の窓に顔を押しつけたが、その光景はどうしても脳裏から消えなかった。

ダンカーク氏が口を出した。「黙りなさい、ベス。気が転倒しているのはみんな一緒だ」

割って入ってくれたことに感謝して、ジェーンは身を起こした。「ええ、でもおふたりはわたしよりあの人と親しくしていらっしゃるでしょう」

「しかし、この件にはあなたのほうが深く関わったはずだ。なにも感じていないはずはありませんよ」

そう保証されても、たいして乱れた心をなだめる役には立たなかった。

そのあとまもなく、エルズワース氏とメロディが玄関で三人を迎えた。蒼ざめた顔がメロディの緊張を物語っていた。「あの人の具合はどうなの？」

ダンカーク氏が答えた。「医者によれば、お姉さんが力をつくされたおかげでヴィンセント氏の命が助かった可能性が高いそうです。無事に意識を取り戻すかどうかははっきりしないということですが」

この言葉にメロディはよろめき、エルズワース氏がとびだして支えなかったら崩れ落ちるところだった。ダンカーク氏は父がメロディを部屋に運ぶのを手伝った。

介抱したのはジェーンなのに、どんな権利があってメロディが倒れるのだろう？ 神経がはりつめているとしたらこちらのほうだが、これで妹の世話までしなければならなくなった。ダンカーク氏が別れを告げたとき、メロディがちゃんと服を脱いで寝られるように起こしてやってくれと父に頼まれたからだ。ジェーンは服を着たまま妹を眠らせようという誘惑にかられた。ヴィンセント氏の容態を利用して、さらにダンカーク氏の注意を引こうとする権利などメロディにはないはずだ。

部屋でひとりになるまで、なんとかこうした感情を抑えつけた。

そして、寝台の暗がりの中で涙にくれた。あれほどの才能、あれほどの芸術が、魔術の幻さながらに消えてしまうもしれないという思いに胸を引き裂かれる。枕で泣き声を押し殺しながらすすり泣いたジェーンは、そのまま眠りに落ちた。

翌朝、リヴィングストン大佐がやってきて、ヴィンセント氏はやや脈が安定したものの、まだ意識が戻っていないと伝えた。大佐がメロディをなぐさめているあいだに、ジェーンは母のもとへその知らせを運んだ。すると母は胸に手をあてて言った。「もう少しでおまえを失うところだったなんて！　いい子や、前から魔術を習うべきではないとわかっていたんですよ。気をつけなさいと言っていたでしょう？　まさにいま、おまえが気を失って倒れていたかもしれないと考えてもごらんなさいな！」

「お母さま、わたしが危険だったことは一度もないわ」

「ダンカークさんたちがいらしたとき、どんなふうに卒倒したか憶えていますとも。あやうく死ぬところだったと知っていたらヒステリーを起こしていたでしょうよ。そんなことはがまんできないわ。いますぐ魔術をやめなくては。やめると約束してちょうだい」

「死にそうになってなんかいなかったのに」この話題を続けたくなかったので、ジェーンは読んでいた本をとりあげて言った。「あの話をまた続けましょうか？　次の章でシドニアは魔法の太鼓を持つラップランド人に立ち向かうのよ」

エルズワース夫人は「シドニアや太鼓なんてどうでもいいわ！」と声をあげると、われを忘れてわめきたてた。

ある意味では、母の昂奮しやすい性質は歓迎できた。なだめていればゆうべのできごとを忘れていられたからだ。夕食におりていくと、リヴィングストン大佐がまた訪ねてきたことと、ヴィンセント氏の容態に変わりがないことを父から聞かされた。

寝るころになっても、まだヴィンセント氏の意識は戻っていなかった。その次の日、一度まぶたをひらいたがなにも見えていない様子で、また目を閉じてしまったとリヴィングストン大佐が報告した。

その晩、ジェーンとメロディと父が居間に座っていると、馬が到着した物音が聞こえ、続いて正面の扉が勢いよく叩かれた。

三人とも同じ考えに襲われ、座ったまま凍りついた。ヴィンセント氏についての知らせに違いない。玄関から居間の入口へと足音が響き、リヴィングストン大佐が大股で室内に入ってきた。うれしそうな表情を目にして、なおも期待するのを恐れたジェーンは両手で口もとを押さえた。

「目を覚ましましたよ」大佐は前置きもなしに言った。

メロディが歓声をあげ、縫い物を宙にほうりなげた。エルズワース氏は目を閉じ、熱烈な感謝の祈りを捧げた。

だが、ジェーンは待った。目覚めたとしても錯乱している可能性があると知っていたからだ。感覚がなくなるほどぎゅっと椅子の肘掛けをつかむ。「ヴィンセントさんは――ヴィンセントさんは意識がしっかりしていらっしゃるの？」

「ええ。あなたのおかげです。医者が言うには、冷やし屋を呼んでいなかったらあの晩を越すことはできなかっただろうと。まだ体が弱っていて安静にしなければなりませんが、危機は脱したそうです」

この二日間の不安が一気に解放され、ジェーンは止めていることも気づかなかった息を吐き出した。両手を顔に押しあて、安堵に涙ぐむ。

エルズワース氏がぎこちなく背中を叩いた。「リヴィングストン大佐、こんなにきちんと知らせてくれて本当にありがたい。これはブランデーで乾杯しなくてはなるまいと思うが」

ジェーンは手をあげて目をぬぐった。「ええ、本当ですわ。どうかご一緒に」

「せっかくですが、このままひとめぐりしてこなければならないので。近所の方々全員にお知らせするようにとエリース伯母に言われているんです。毎回乾杯していたら、全部はまわれなくなりますからね」

「この次はどこへ？」

「マーチャンドさんのお宅です」

メロディが声をたてて笑った。「だったらその前に元気をつけていかないと」

「たしかにその通りですね。しかし、マーチャンドさんのあとでダンカークさんのお宅へ行くので、お会いするときに頭をすっきりさせておきたいんですよ」

秘密の婚約者の家族に言及したとき、人目を気にするそぶりがないかとジェーンは探したが、どこにも変わった点はなかった。くつろいだ物腰からは、ジェーンがつい密談を立ち聞きしたことをベスから耳にした気配はうかがえない。考えてみればもっともだった。いつふたりに会う時間があったというのだろう？

「ミス・ダンカークがお元気だといいけど。先生があんなふうに倒れるなんて、きっとつらかったでしょうね」メロディが言った。

「そうですね。まあ、若いお嬢さんがどんなに昂奮しやすいかご存じでしょう。あなたやミス・エルズワースがもっと年のいかなかったころを憶えていますが、ミス・ダンカークはその半分も考え方がしっかりしていませんよ」

メロディは思慮深げにうなずいた。「本当に、あんなに心の繊細な人にしては芸術に興味を持ちすぎなんじゃないかって内心で思ってましたもの。ダンカークさんがあんな趣味を奨励してるなんて不思議です」

ジェーンは友人への誹謗を聞き流せなかった。「芸術というのは、ほかにはけ口のない情熱を表現しても安全な手立てのひとつだと思うわ。わたしたち女性は、男性のような気晴らしに頼ることができないでしょう。力をもてあますより、創造的な行為に費やすほうが賢明ではないかしら？」

リヴィングストン大佐は頭をふった。「僕はむしろ、鍛錬を積むほうが心を安定させ、冷静な精神を作るのに役立つと思いますね」

「たとえば国王陛下にお仕えするお仕事みたいに？」メロディがたずねる。

「まさしくその通りです」大佐はそちらへ一礼してみせた。

信じられない態度だった。婚約している相手をこれほど見下したようにふるまうとは理解できない。わざとけなしてみせることで愛情を隠しているのだと考えるしかなかった。

「まあ、あなたのお考えはともかくとして」と告げる。「ダンカークさんたちへよろしくとお伝えしていただけるかしら」

リヴィングストン大佐は快諾したものの、立ち去ってからしばらくジェーンはなんとなく不安だった。ヴィンセント氏の体を気遣う必要が減ったいま、ベスと大佐の会話を立ち聞きしたときの懸念が復活したのだ。

はたしてそんな秘密からどんなことが起こるだろう。

14　報われない好奇心

ヴィンセント氏が回復したという知らせで、隣人たちは噂話の種を失った。魔術師が死にそうもないとわかったので、ある人々は自分の健康に注意を戻した。そういうわけで、ヴィンセント氏が回復してきたとリヴィングストン大佐が報告にきた翌朝、マーチャンド夫人がエルズワース夫人との病気比べにやってきた。エルズワース夫人は心から喜んで友人を迎えたが、ジェーンは同じ態度がとれなかった。礼儀として相手の立場にふさわしい敬意を払うことはできても、マーチャンド夫人が自分の病状についてくどくど話しはじめるとわかっている以上、温かくふるまうことはできなかったのだ。

メロディはうまく逃れて部屋の隅に腰かけ、新しい房飾りを作っていた。どうやら一心に取り組む必要のある作業らしい。おかげでジェーンがマーチャンド夫人と母の会話にひきこまれるはめになった。

エルズワース夫人が口火を切った。「ねえ、ジョイ！　わたしがどんな苦しみを味わったか。ヴィンセントさんのせいで本当に死にそうになりましたよ。心臓が破裂するかと思ったわ。かわいそうに、チャールズは気絶したわたしをすぐ家に連れ帰らなくちゃならなかったんですよ。そうでしょう、ジェーン？」

「ええ、お母さま」

「その話だったら……」マーチャンド夫人はふんと鼻を鳴らした。「その話だったら、わたしなんて、あの不幸なできごとの衝撃に耐えて娘三人の面倒を見なくちゃいけなかったんですからね。もう少しで不安に押しつぶされるところでしたとも。ようやく今朝になって起きる元気が出たんですよ。それもあなたのことが心配で心配でしかたがなかったからでね。慢性の神経痛で苦しくて光にも音にも耐えられないんですって？　だからもちろん飛んできましたよ、やっとのことで寝台から体をひっぱりだしたんですけどね。関節炎で痛む体を意志の力だけで戸口までひきずっていって馬車を呼んだんですよ。どれだけ骨が折れたか、あなたには言う必要がないでしょうね。わたしのことはすっかりわかってくれてますからね」

「ええ、そうなんですよ。恐怖に襲われた後遺症が残るに違いないと医者が確信していてねえ。こう言ったのをはっきり憶えていますよ、「奥さん、私がなにをしようと、あなたの神経は決して回復しないでしょうね」ですって。残る希望は、うちの娘たちが結婚するのを見るまで生きのびることだけですよ。結婚式の準備をするのは神経にさわるでしょうけれど、娘たちのためならどんなことだってしてしまいますとも」ごく小さな薄いハンカチを目もとにあてがう。「考えてもみてちょうだい、わたしの神経は決して回復しないんですよ」

「医者がそんなことを言ったなんて驚いたわねえ。あなたの神経はとても強そうだといつも思ってましたけどね。まあ、わたしぐらい苦しんでいれば、自分より健康な人には誰でも憧れますよ」

メロディがいきなり房飾りをおろした。「いま思い出したけど、傷ついた神経を休めるにはバラの花びらの強壮剤が効くんですって」

「手伝わせてもらえる？」ジェーンは母とマーチャンド夫人のお決まりの会話から逃げ出す機会をとらえて立ちあがった。ふたりとも、自分のさまざまな病気と娘の結婚の見通しについてひたすら繰り返しているだけなのだ。

「ありがとう、そうして。絶対手伝いがいるから。もちろんあたしたち、大好きなお母さまのためならなんだってするものね」メロディはそう言いながら居間の戸口を抜けて退散し、ジェーンもすぐあとに続いた。ふたりとも年輩のご婦人方に抗議の言葉を発する隙さえ与えなかった。

正面玄関から出たとたん、メロディはスカートを持ちあげ、散歩道へ向かって駆け出した。家庭教師が強壮剤を持って追いかけてくるように感じながら、ジェーンは笑い声をあげて後ろを走っていった。実のところ、母とマーチャンド夫人の組み合わせはそれに負けないほどひどかった。

道を折れて迷路に入り、妹を追って中心へたどりつく。バラの茂みにはまだいくつか花が残っていた。メロディは息を切らして笑いながらベンチに腰を落とした。ジェーンもその隣に転がり込む。

かろうじて逃れたふたりは笑い転げた。いま誰かが迷路を通ったら、女生徒の一団が中で迷子になっていると思うに違いない。あえいだりしゃっくりしたりして呼吸を整えたものの、顔を合わせてまたわっと笑い出す。

脱出を果たしたおかしさは、笑いの発作のごく一部にすぎないとわかっていた。何日もはりつめていた気持ちが解放されたことのほうが大きいのだ。

メロディは頭をそらして白鳥のような首をさらし、あらためて笑った。「あと一分だってあそこにはいられなかったわ」

「そのうち戻らなくちゃいけないけれどね」

「だったらできるだけ長くひきのばしましょうよ」

「でも、あんまり長くなったら、お母さまはわたしたちが迷路で迷子になったと思うわよ。それどころか野獣に襲われたって考えるかもしれないわ」

「思わせておけばいいのよ！」メロディはぱっと立ってバラに走り寄った。「バラの棘で服を引き裂けば、迷路に狼や虎がうろついてるって想像するかもね。そうしたらいつでもここに逃げ込めるじゃない」

服を引き裂くという提案で、妹がこの前も怪我したふりをしたことを思い出さずにはいられなかった。浮かれていた気分がいくらか冷める。「お母さまには自分の想像力だけで充分だと思うわ」

「ふん。あの人はこわいものしか考えつかないんだから。あたしならこの庭ですてきなことが起こるのを想像できるわ」

「本当？　お母さまは狼だし、わたしは家庭教師よ。ミス・ダンカークは恋人たちね。あなたはなにを想像するの？」

メロディは赤くなってそっぽを向いた。「この植え込みに恋人たちがいる様子なんて、想像する必要はないもの」

「メロディ・アン！　もしかして――あら、でもそんな発言を聞いて好奇心を持たずにいられるはずがないわ。話してちょうだい。ね、話して」ベスの婚約に気をとられすぎて、メロディの状態に注意を払っていなかった。もちろん、足首の一件のあと、ダンカーク氏はメロディにとても気を遣っていたから、愛情が育つのはごく自然ななりゆきだ。そう思っても恐れていたほど鼓動は乱れなかったが、それでも姉としてふさわしくふるまうには自分を叱咤しなければならなかった。

メロディは両手をひらひらとふって言った。「話すことなんてなんにもないわ」

「なんにもない！ それを信じてほしいなら、赤くなるのを止めなくちゃだめよ。むしろ一、二週間で心からお祝いを言うことになりそうじゃないの。当然それ以上時間はからないでしょう？ でも根気よく待つわ」ジェーンは唇をかんでから続けた。「ただ、わたしだけにこのことを秘密にしておいたわけじゃないって言ってちょうだい。黙っていたのはわたしを信用してないからじゃないんでしょう」

「あたし……本当に、ジェーン、あたしに話せることなんてないの」メロディはうなだれ、バラの花びらをなでた。「なにかあればって思うけど、向こうの気持ちに確信が持てないのよ。だからはっきりわかるまでなんにも言わないわ」

ジェーンは動揺して立ちあがり、庭の内側をぐるりとめぐりながら考え込んだ。憶測して不安になるより知ってしまったほうがいい。「ダンカークさんはなにも言ってこないの？」

「ダンカークさん?」メロディの笑い声はとげとげしかった。「ええ。ダンカークさんはなんにも言ってこないわ、別に不思議はないけど。だってあの人はあたしのことなんかなんとも思ってないもの。でも、あたしにできることじゃなくて、あたし自身を評価してくれる人だっているんだから。いまはもう、あした申し込まれたってダンカーク氏なんかお断りよ」

「でも、あんなに——」

「ええ! ええ! わかってるわ。だけどあたし、尊敬してるのを好きだと勘違いしてたの。あの人はしぐさが上品で物腰がゆったりしてて、すごく考え深くて、そういうことで好きになるべきだって気がしたから、そう思い込んだわけ。でもいまは、いまはね、気持ちを返してもらえるのがどういうことかわかってる。大事に思ってもらえるのがどういうことか——ああ、ジェーン、全部話せるんだったら話すのに」

「どうして話せないの?」ジェーンは頭をふった。「その人の気持ちに確信が持てないって言ったと思ったけれど」

「違うわ。はっきり保証してくれたけど、おおっぴらに求婚できない立場にいるから、ほかの人と一緒に過ごさなくちゃいけないの。それで疑いが湧いちゃって。あの人があたしを好きだって知ってるのに、違うんじゃないかってすぐこわくなるのよ」メロディは手近のバラから花びらをむしり、通路に落としながらつぶやいた。「あの人はあたしを好き、あの人はあたしを好きじゃない」

衝撃のあまり考えを言葉にまとめられず、ジェーンはぼんやりと舞い落ちる花びらを見つめた。いまの会話があまりにもベスとのやりとりとそっくりだったので、気をとりなおして口をひらくには努力が必要だった。「つまりそれは、あなたが——ふたりきりでその人と会っているということなの？」

メロディはすっかり裸になったバラの茎を投げ捨てた。「ジェーン、もう質問に答えるのはおしまいよ。いつだってお説教になるんだもの。そんな用心深い考え方につきあう気は毛頭ないわ。まったく！　その態度を見てれば、誰でもジェーンがあたしの母親だと思うでしょうよ」

「そういうつもりはないわ。あなたが幸せになるかどうか心配しているだけ。誓って言うけど、あなたが幸せそうだから、理由が知りたかったの。それだけよ」

メロディはバラを一輪茎から摘み取り、露骨に話題を変えた。「マーチャンドさんの危険はもう去ったはずだと思うわ。バラを切り取る鋏を持ってくるのを思いつくべきだったけど」

頼み込もうが機嫌をとろうが、それ以上の情報は得られなかった。メロディはバラとマーチャンド夫人のことを口にするだけで、ほかにはどんな質問にも答えなかったからだ。マーチャンド夫人から逃げたときに姉妹をふたたび結びつけた仲間意識は消え去り、家に戻るまでに隔たりが広がった。どんなに力をつくしても、その場に存在しないかのようにメロディの心から締め出されてしまう。妹の導く通りに会話し、どうでもいいことをしゃべったときしか相手にしてもらえなかった。

ジェーンは自尊心と闘い、こんな駆け引きをしている自分がいやになったが、そうしなければメロディと接触がなくなるのではないかと恐れていた。

どうしてふたりの関係はこうなってしまったのだろう？

15　本と贈り物

　晩餐会の一週間後、レディ・フィッツキャメロンは体を癒やす温泉水で回復が早まるよう、ヴィンセント氏と家の者を伴ってバースに移ることに決めた。こう発表されると、メロディは急に元気をなくした。ひょっとして——ヴィンセント氏が妹の恋人だということがありうるだろうか？　隠れたドリュアスという形で敬意を示した以上、メロディになんらかの想いをいだいているように見えるのはたしかだが、どうも信じる気になれない。妹の比類ない美貌に芸術家のまなざしが惹きつけられるのはわかるが、メロディのほうはあんなにいかつい男性に心を寄せるほど芸術を好んでいないはずだ。ジェーン自身、ヴィンセント氏の長所に気づきはじめたのはつい最近なのだから。しかし、ヴィンセント氏でないとすれば誰だろう？

　メロディが束の間明るくなったのは、出発の前にエルズワース一家がフィッツキャメロン家へ挨拶に行ったときだけだった。手がかりはないかとジェーンは鋭い目で観察した。妹は誰かを探すかのように居間をきょろきょろ見まわしたが、そのあとは礼儀正しくふるまうだけだった。

子爵夫人はたいそう鷹揚に一家を迎え、とりわけジェーンに注意を払って、ヴィンセント氏の命を救ったことを称賛した。

「本当に、あなたがいなければどうしていたかわかりませんよ。思いもよらないできごとでしたもの」子爵夫人はものうげにテーブルの上に載った本を示した。「わたくしの気持ちを伝えるために、気の毒なヴィンセントさんを助けてくれたことへのお礼としてこれをお贈りしたいのだけど」

「レディ・フィッツキャメロン、お礼なんてとんでもない」ジェーンは腰をかがめてお辞儀し、母から背中を小突かれてあやうく体勢を崩しそうになった。

「いいえ、持っていっていただかなくては」子爵夫人は指の宝石をきらめかせて手をふり、前に出て本を受け取るようながした。

それは立派な装丁のゴシック小説で、女流銅版画家協会に入っている有名なアリシア・ハリソンの挿絵がついていた。父の図書室にあるどの書物よりはるかに美しい贈り物だ。もっとも、内容はジェーンというより母の好みだった。それでも鄭重に礼を述べたので、子爵夫人は用件を済ませたと考えたらしい。

「ヴィンセントさんがお会いできないのはとても残念だこと。まだ起きられないものですからね。もちろん、よろしくお伝えしてくださいとのことですよ。心から感謝しております、とね」

ジェーンは直接会ってちゃんと元気になったのかどうか確かめたいと思っていた。最後に見たのは、冷やし屋の魔術にくるまれて意識を失ったまま横たわっている姿だったからだ。

メロディがその懸念を口に出した。「お加減はどうですか？ ずっとよくなりました？ リヴィングストン大佐がご親切に毎日様子を知らせてくださったんですけど」

「わたくしが会ったときには——きのうだったかしら？——元気そうに見えましたよ。もっとも、まだ起きられませんし、明るい光がつらいようですけれどね。でも、ずいぶんよくなっていると思うわ。あなたがたがいらしたと知ったら、ご挨拶できなくてさぞかしがっかりするでしょうね。でも、もちろん助けていただいたことは本当にありがたく思っているようですよ」

つまり会えないらしい。ヴィンセント氏が倒れたときのおそろしい光景を頭から追い出したかったジェーンは不安になった。「まだ寝ていなければならない状態なら、バースに移して問題はないのでしょうか」

「スマイス先生はそれがいちばんだと言っていましたよ。ほら、温泉水があるし、それに空気も回復にとても役立つだろうということでね。当然、あの乗り心地の悪い郵便馬車ではなくてわたくしの馬車に乗りますし、ずっと日よけをおろしておくつもりですよ。甥が同行することになっていますから、道中なにかと頼みになるでしょう」子爵夫人は言葉を切り、一瞬メロディに目を向けてから、なにもなかったようにエルズワース氏に視線を戻した。「きっとご家族はヘンリーを恋しがるでしょうね。あの子はバンブリー・マナーよりずっと長くロング・パークミードにいるような気がしますもの。でもまあ、若い大佐ですからね。どんなにぶらつきたがるかおわかりでしょう。わたくしも監督しようと試みてはいるのですよ、でも本当に難しくて」

リヴィングストン大佐が誰かに恋しているのではないかと子爵夫人は疑っているようだが、違う相手が対象だと誤解している。ジェーンは間違った根拠を与えないよう、メロディを見やるのをさしひかえた。

甥とメロディが恋愛関係にあるとしても賛成しないというほのめかしには少しも気づかず、エルズワース夫人は応じた。「ええ、本当にいい方ですわねえ。うちによこしてくださるなんて、本当にご親切ですこと。メロディが足首をひねったとき、大佐がいてくださらなかったらどうしていたかわかりませんよ。ジェーンがヴィンセントさんを助けたのは、甥御さんがかわいそうなメロディに手を貸してくださったお返しかもしれませんね」そうしめくくって目をしばたたく。まったく性質の違うふたつの事件にむりやり共通点を見出したことに大満足しているらしかった。

ジェーンは信じられないという気持ちをなんとか顔に出さずにこらえた。たとえメロディの怪我が本物だったとしても、命の危険はまるでなかったというのに。咳払いして話題を変えようとする。「それで、バースでのお住まいは見つかりましたの？」

見つかったと子爵夫人は答えた。ローレル・プレイスに家を借りたということだった。もう何年もそこに行っていて、バースにいつでも住めるよう購入することさえ考えているという。「バースにお出かけになることがあれば、ぜひ訪ねてくださいな。きっとですよ」

機会があれば訪問すると約束しているとき、バンブリー・マナーの執事が部屋を横切り、女主人の耳もとに身をかがめてなにかささやいた。子爵夫人は唇をひきしめ、ちらりとジェーンを見た。一回うなずくと、手をふって執事をさがらせる。「ミス・エルズワース、よろしければヴィンセントのお見舞いに行っていただけないかしら？」

執事が勘違いしたのだろう——ヴィンセント氏はメロディを呼んでほしいというつもりだったのでは？「人と会えないほど弱っていらっしゃるのでしたら、ご面倒をおかけしたくありませんわ」ジェーンは子爵夫人から視線をそらさなかった。この招待を聞いてメロディがどんな反応をしたか確認したかったが、そうしたら妹に注意を引くことになる。

子爵夫人は右手の指輪をながめた。「直接お礼を言う機会がなければ心が休まらないという話ですから」

そう言われてしまえば、執事について上へ行くしかなかった。前より廊下を歩く時間がかかった気がしたし、最後にヴィンセント氏を見た寝室に近づくにつれ、不安で空気がどんよりとしてくるように感じられた。

内側のカーテンがぴったりと閉じられ、明かりも抑えてあったので、中は薄暗い雰囲気だった。寝室からはすっかり魔術がとりのぞかれていた。思っていたより粗末で家具も質素な部屋だ。バンブリー・マナーが裕福だと思わせるために魔術がいると知って、ジェーンは驚かずにはいられなかった。

「レディ・フィッツキャメロンが俺を雇った本当の理由が推測できるんじゃないか」皮肉めいた声がして、ジェーンはようやく会いにきた相手に視線を向けた。

ヴィンセント氏は体に支えをして寝台に横たわっていた。顔はげっそりとやつれて青白く、血の気のない皮膚越しに頭蓋骨が透けて見えそうなほどだ。髪はだらりと頭皮にはりつき、無精ひげがうっすらと頬を覆っていたが、その下の憔悴ぶりが隠れるほどではなかった。実は裕福な屋敷という幻想を創り出すために体力を使い果たしたのだろうか？

「子爵夫人の私事を推測するなんてずうずうしいことはしませんわ。むしろ体調をおたずねしたいのですけれど」

ヴィンセント氏はにやにやした。「あいかわらず礼儀正しいな、ミス・エルズワース。俺の体調は見た通りだ。明るい光に苦痛をおぼえるし、大きな音や、ほんのわずかな魔術でさえもきつい」なにもない四方の壁に顎をしゃくってみせる。「見舞い客を入れてもらえないのはこういうわけだ。俺の体をいたわるためではなく、子爵夫人が自分たちの貧乏ぶりをさらけだしたくないからさ」

子爵夫人はよくもヴィンセント氏をこんなふうに扱えたものだ。体を酷使させたあげく、自分のあやまちを隠すために閉じ込めるとはひどすぎる。「だからバースに行くことになったと？」

「ある程度はそうだ。スマイス医師は実際、温泉水が体にいいだろうと考えているらしい。それでも行くのはまっぴらだが。悪いな、閉じ込められて怒りっぽくなってきたのさ。あんたが最初の客だ」ヴィンセント氏は鼻梁をさすって溜息をついた。「すまないが、箪笥のいちばん上の右側の引き出しをあけて、その中にある写生帳を持ってきてくれないか」

「もちろんです」相手の気の毒な状態から注意をそらせることにほっとして、ジェーンは立ちあがった。「本当にわたしがはじめてお見舞いにきたんですか？」

「リヴィングストン大佐が立ち寄ったが、おそらくみんなに報告するためだけにだろう。お互いろくに話すことはなかったからな」

簞笥の中にはヴィンセント氏がスケッチするのを見た写生帳が入っていた。近くでながめると、くたびれた革の表紙にV．H．というイニシャルが打ち出されている名残が判別できた。ジェーンは写生帳を持ってふりかえり、相手にさしだした。「これですか？」

ヴィンセント氏はうなずいた。「あんたにそれを持っていてもらいたい。命を救ってもらった礼だ」

ジェーンはぎょっとして写生帳を取り落としそうになった。いったいなぜスケッチを持っていてほしがるのだろう？　「お礼なんていりません。本当に、あれは誰でも——」

「頼む、ミス・エルズワース、あんたのばかていねいな言葉で苦しめないでくれ。でなければせめて、俺の感謝をこころよく受け取るためにその言葉を使ってくれないか。礼というのはこの体を生かしてくれたことではなく、俺の魔術のためだとはっきり伝えるべきだったな。スマイス医師は何度も、完治するのはひとえにあんたが機転を利かせたからだと言ってきた。手助けがなくとも生きのびたかもしれないというのは事実だが、抜け殻同然になっていただろう。俺にとってはゆるやかに死んでいくということだ。だからそれは――」言葉を切り、ひどく真剣にこちらを見つめる。そのまなざしに背骨までつらぬかれた気がした。「それは俺の命たる魔術を救ってくれた礼だ。同じものを感謝のしるしにさしだそう」

こんなに衰弱していてさえ、相手の迫力に圧倒された。これほどまっすぐに見つめられたのなら、ヴィンセント氏と一緒にいるとき、メロディが気持ちを返してもらっていると感じたのは無理もない。普通女性に向ける率直さをはるかに超えている。その瞬間、ヴィンセント氏は誰に対しても自分のすべてをこめた視線しか向けられないのではないか、とジェーンは感じた。

「そこに座ってくれ、できるだけ説明してみる」

ジェーンが寝台の脇にある粗末な椅子に腰かけると、ヴィンセント氏は端ににじりよった。写生帳に手をのばし、最初の頁をひらく。「これには魔術に関する俺の考察と、記録するために体系化しようという試みが書いてある」

頁には力強く男性的な筆跡が記されていた。その文字が隅にインクで描いたスケッチをびっしりと囲んでいる。思わず身をかがめると、文章の断片が頁からとびだして目に入った。たとえば「光を調べて移動させる方法を探る。ガラスに蓄えてみるのは？」とか、「情熱がなければ芸術は存在しない、技巧があるだけだ」などだ。

「でも、これはあなたの一生の仕事でしょう！　わたし――」

「まさしく」ヴィンセント氏は唇をすぼめ、喉の奥で低くうなった。「俺はミス・ダンカークに魔術の技能を教えている。だが、技能は芸術ではない。あんたには芸術をさしだしたい。この文章が鍵を握っているかどうかはわからないが、そうなるかもしれない。あんたは考え方といい行動といい、いつもおそろしく慎重で几帳面だ。その警戒をゆるめたらどこまで到達するか知りたい」

「わたしは礼儀正しくふるまって、社交界で期待されている作法に従っているだけです」

「そして魔術もそれを反映しているな。天性の技巧という点では俺が目にした中でも屈指の才能をそなえ、形をとらえる稀有な観察力もある。だが、それにもかかわらずあんたの作品には生気がない」

「それがこころよく受け取ってほしいという感謝の言葉？」

ヴィンセント氏は笑い声をあげた。「違う。受け取ってほしいのは写生帳だけだ。鄭重にふるまうより正直に怒ってくれたほうがいい」

ジェーンはしばらく相手を見定めた。うわべだけの礼儀を見下しているヴィンセント氏だが、ぶっきらぼうな態度は時として、もっと温和な性質を守るためではないかと思えた。「あなたに腹を立てるのはそんなに簡単じゃないわ」

「だが、ちょっとのあいだ腹を立てていただろう。怒ると顔は冷静だが肌が紅潮するな。何度か気づく機会があった」

自分の感情がそれほどあからさまだと思うと、恥ずかしさに顔が熱くなった。「きまりが悪かったわけじゃないって確信があるの？」

「はっきりと」ヴィンセント氏はまた視線を外して膝の上の写生帳に戻した。「あんたには命を救ってもらった以上の恩義がある。これは俺が持っている中でいちばん貴重なものだ。こういう形で感謝させてもらえないか？」

体調が悪いせいか感情が昂ぶっているからか、ヴィンセント氏のおもてには本人が感じているジェーンへの借りを清算したいという願いがむきだしになっていた。借りなどないと抗議したところでいっそう昂奮させるだけだろうし、正直なところ、あの頁に書いてある知識がほしかった。自分の作品に生気がないというのは誤りだと証明したかったのだ。

「わかったわ。お望みの形でお受けします」

ヴィンセント氏は目をあげずにうなずくと、写生帳を閉じてこちらによこした。「礼を言う」

ジェーンは写生帳を受け取った。「どういたしまして」もっとなにか言いたかったが、どんな言葉もその場面にふさわしくないようだった。黙っているのがいちばんだと受け入れ、帰ろうと立ちあがる。戸口のところまで行ってはじめて、ひょっとしたらメロディに伝えたいことがあるかもしれないと思い出した。だが、ふたりがそういう関係にある可能性を口に出して認める気になれなかった。「誰かに伝言でもある？」

ヴィンセント氏はかぶりをふった。「よくなったら会いに行ってもいいか？」

ジェーンは写生帳を抱きしめた。「もちろん。あなたのお礼の成果を見せるのを楽しみにしているわ」

相手はジェーンが入ってきたときよりさらに縮んだように見えたが、憔悴ぶりはいくぶん回復していた。ジェーンはヴィンセント氏があれほど嫌っている礼儀正しい挨拶に時間をかけたりしなかった。静かに部屋を離れ、家族のもとへ戻った。

ヴィンセント氏の具合はどうだと口々に訊かれたので、精一杯答えようとつとめる。

家族の背後では、子爵夫人が目を光らせ、無言で別の質問を投げかけていた。その問いには答えなかったが、ジェーンは訪問を切りあげたとき、お決まりの挨拶やお互いを訪問する約束を交わしたり、あまり長く留守にしないでほしいと訴えたりする家族に加わらなかった。子爵夫人の贈り物も持ち帰らなかった。ヴィンセント氏の写生帳だけだ。二冊のうちで自分にとって価値があるのは片方だけだった。

16　変化と怒り

バンブリー・マナーから帰宅する馬車に乗ったとたん、訪問をふりかえる会話が始まった。ジェーンは家族からさらに質問攻めにされた。

「さあ、ヴィンセントさんがどんな様子だったか話してくれないと。レディ・フィッツキャメロンは実際より明るい見方をしていたに決まっていますよ。お気の毒に、きっと死にかけているんでしょうねえ」エルズワース夫人は扇子で体をあおぎ、他人の不調への好奇心を満足させてもらおうとした。自分も同じだと言える症状を待ち受けているに違いない。

ジェーンのほうは、一刻も早く家族と離れ、ヴィンセント氏からもらった写生帳を調べてみたくてたまらなかった。膝の上でひっくり返す。「さっき話した通りよ——弱ってはいるけれど、完全に回復しそうだわ」

「それを聞いてうれしいよ」エルズワース氏が言った。「すばらしい人物のようだし、あんなに若いのに亡くなってしまっていたら実に嘆かわしい」

メロディが急にジェーンの膝からヴィンセント氏の写生帳を引き抜いた。「これ、なに？ レディ・フィッツキャメロンったら、古い日記かなにかくれたの？」

「違うわ！」ジェーンはぱっと取り返した。馬車の中にその声が響き渡る。

頬に赤い斑点が現われ、メロディは顎をもたげた。「あたしは子爵夫人の贈り物を見せるほどご立派じゃないってわけ？」

「ジェーン、妹に見せてあげなさい」エルズワース夫人が扇子でジェーンの腕を叩いた。

「子爵夫人のご厚意でのぼせあがってはだめですよ」

「そうおっしゃるけれど、お母さま、これは勝手に見せていい贈り物じゃないのよ」ジェーンは不当さに対する怒りにふるえて写生帳を胸もとに抱きしめた。望むものをすべて奪われ、妹が美人で自分がそうでないからという理由でいつもあとまわしにされていながら、わがままだと責められるとは――なんと不公平なのだろう。ずっとこうだった。

「勝手に見せていい贈り物じゃない！ まあ！ まるで子爵夫人からとくに指示されたみたいな言い草だこと。わたしたちはみんなあそこにいたんですからね、ジェーン、いただくところを見ていたんですよ。あら、でも、それは子爵夫人に頂戴したご本とはまるで違うじゃないの」

エルズワース氏が前方に身を乗り出した。「それはなんだ？　間違って別の本を持ってきたのかね？」

「いいえ。違うわ、子爵夫人の本はあそこに置いてきました」

この台詞に、エルズワース夫人はぎょっとして小さな悲鳴をあげた。「置いてきた？　どうしてそんなことができたの！　おまえがほしがらなかったとレディ・フィッツキャメロンに思われてしまうじゃないの。そうしたらあちらはどうお考えになるかしら、きどりすぎて子爵夫人からの贈り物を馬鹿にしていると受け止められるに決まっていますよ。チャールズ、御者にすぐ引き返すように言ってちょうだい」

「まあ落ちつきなさい」エルズワース氏はジェーンに視線を向けたまま妻に手をふった。「レディ・フィッツキャメロンにいただいた本ではないなら、それはどこからきたんだね？」

「ヴィンセントさんよ」なぜか涙で視界がくもった。「命を助けられたお礼をしたいって」

「ヴィンセントさん？」メロディは仰天した声をあげた。「レディ・フィッツキャメロンのご厚意より魔術師にもらったものを選んだの？　ジェーンったら、本当にわけがわからないわ」

ジェーンはまばたきして涙をふりはらい、妹を見つめた。その顔にやきもちの気配はうかがえない。実際、姉のふるまいに対する当惑の色しか浮かんでいなかった。だが、メロディは恋人がいると言ったし、それがダンカーク氏でなければどう考えてもヴィンセント氏に違いない。そうでないなら誰だというのだろう？

「あれだけ様子を訊いていたから、ヴィンセントさんに好意を持っていると思っていたわ」

「おやまあ、ジェーン」エルズワース夫人がふんと鼻を鳴らした。「隣近所がみんなあの人のことを訊いていたでしょうに。それに、どうしてヴィンセントさんの体を心配しちゃいけないんです？　まあ、その半分もわたしの健康に興味を持ってもらえたらと思いますけどね、絶対にあの人に負けないぐらい苦しんでいるんだから。いいえ、本当はもっとですよ。わたしの病気は何年も続いていて、ヴィンセントさんはたった一週間なんですからね。チャールズ、まだ馬車の向きを変えていませんよ」

「変える気はないよ。もう家に着く。夕食のあとで歩いていって本をとってこよう」

「だっていま引き返せるじゃありませんか」

「ああ。あるいは、ひとり静かに歩いていくこともできる。わしはそのほうがいいね」ジェーンは馬車が家の正面に到着するまで、両親はこのささやかな口論を続けた。ジェーンは馬車が止まったとたんにとびだして、まっすぐ家に入った。もう一分でも家族と一緒にいたくない。というより、誰もそばにいてほしくなかった。階段を駆けあがると、寝室に閉じこもって寝台に突っ伏す。

そこで怒りの涙にくれた。自分の家で起こること以外はなにも気づかない両親にも、誰もが甘やかすことでよけいひどくなるメロディの身勝手さにも頭にきたが、なにより も、感情を抑えられない自分自身に対して腹が立った。今日のことはどれも実害があるわけではないのに、神経がすりきれてぼろぼろになってしまったように感じた。

ヴィンセント氏はこういう状態で創作しろと言っているのだろうか？これほど感情が昂ぶっていては、作品を創り出すどころか魔術を使うことさえままならない。ジェーンはあおむけになり、衣装簞笥の隣の壁にかかっている自分の水彩画のひとつをながめた。ライムリージスへ旅行したときの海が描いてある。くる日もくる日も朝の海岸が美しかったので、アンモナイトの歩道の上にイーゼルをすえ、日の出の輝かしさをとらえようとしたのだ。これがその中でもっとも本物に近い作品だった。

だが、ヴィンセント氏の言う通りだ。色は正確だし、光と影の使い方もぴったりだが、全体として生気がなくおもしろみに欠ける。ジェーンは写生帳をつかみ、絵に投げつけようとして腕を後ろへ引いたが、そこで考え直した。頰の内側をかみ、ふたたび寝台に

て読みはじめた。

自分の作品に感情が見たいというのなら、見せてやろう。ジェーンは写生帳をひらい

寝転がる。

ナンシーに夕食だと呼ばれたとき、ジェーンの頭は新しい思いつきでいっぱいだった。写生帳はとうてい整理されているとは言いがたく、書き手の頭に浮かんだ通りに次から次へと主題が移っていた。内容は魔術画の概要を述べ、根底にある構想について記したものだ。

ジェーンはしぶしぶ写生帳から離れて家族との夕食に加わったが、重要なことが言われたとしても、頭がいっぱいで耳に入らなかった。

エルズワース氏がテーブルの向こうから手をのばして重ねてきた。「どこに行っているんだね、ジェーン？」

ジェーンははっとした。「ごめんなさい、なんて言ったの？」

「バースに行くことについてどう思うかと訊いたんだがね」ぽかんとした顔を見て続ける。「いまメロディが、お母さんの健康のために提案したんだよ。お母さんはもちろんすばらしい考えだと思っている。おまえはどうかね？」

「バースの温泉水が神経の病気によく効くとは思っていなかったけれど。むしろ騒がしさや混雑がお母さまにはよくないのじゃないかしら」バースに行く。そんなことは耐えられない。あそこが治療の場だという評判は、社交界の人々の避難所という建前を正当化するために存在しているだけだ。みんな約束が多すぎるからバースへ逃げ出そうと口にするかもしれないが、社交シーズンのロンドンをのぞいて、バースほど社交的なつきあいが盛んなところはない。それに、正直に言えば、バースへ行ったらレディ・フィッツキャメロンやヴィンセント氏と顔を合わせざるを得ないのがいやだった。もっと勉強してからでなければ会いたくない。

「チャールズ、そのお馬鹿さんの話なんか聞かないでちょうだい。バースはわたしにうってつけですとも。たとえ医者が言う通りこれ以上神経がよくならないとしてもですよ。ほかにも具合の悪いところは山ほどあるし、そういう不調にはぴったりでしょうからね。メロディに訊けば教えてくれますよ。とにかくメロディに訊いてみてちょうだい」

「絶対にバースへ行くのがいちばんよ、お父さま。あたし、お母さまが心配でしょうがないの」

ジェーンは別の作戦を試みた。「スマイス先生に訊いてみるべきかもしれないわ。お母さまになにが必要なのかご存じでしょうから。バースに行くのがいいか悪いか確認するのがいちばんじゃないかしら？」

エルズワース氏は筋の通った提案にうなずいた。「次にきたとき訊いてみよう」

「それまでに死んでしまうかもしれませんよ。わたしの神経がどんな具合かご存じでしょうに。本当に、チャールズ、こんなふうに苦しませておくなんて、わたしのことをぜんぜん気遣ってくれていないんじゃないかしらねえ」

「ちょうどおまえが望むだけ苦しませておくとも」

ジェーンはこめかみに両手をあてた。「わたしを残して、みんなでバースへ行くのがいいいいかもしれないわ。人が多いのには耐えられないの」

「なんて名案なんでしょう！」エルズワース夫人はたちまち元気になった。「娘をふたり連れていくよりひとりだけのほうがずっと楽だし、この時期社交界の人たちはあそこにいるでしょうから、メロディはきっと上流の男性の目を惹きますよ。考えてもごらんなさいな、チャールズ、そうなったらどんなにいいか」

エルズワース氏はふんと鼻息を吹いた。「ジェーンをひとりきりで残すわけにはいかんよ。まったくよろしくない。それに誰もわしがバースに行きたいかどうかたずねなかったな」

「お父さま、一緒に行きたいでしょ？」メロディが父の腕に手をかけた。「行きたいって言って、ね？　そうなればすごくうれしいわ」

エルズワース氏は娘の手を叩いた。「だが、姉さんのことを考えなさい。ここにひとりで置いていくつもりはないよ。それはよくない」

「わたしは気にしないわ、お父さま」ジェーンは家族がいない家を独占できるかもしれないとわくわくして言った。「ナンシーがいて面倒を見てくれるでしょうし、ひとりでいるのがいやになったら、郵便馬車で追いかければいいんですもの」

エルズワース夫人はようやく、その状況が妥当かどうかという問題に目覚めたらしかった。「いいえ。だめですよ、おまえがこの家にひとりでいるなんて。付き添い役もなしに！　ご近所の方々がどう思うでしょう？　一緒にくるしかありませんよ」

「わたしは婚期を過ぎているから、ひとりで置いていかれてもご近所の方々は気にしないわよ。年齢的にも性格的にも、付き添い役が必要というより、自分が付き添い役になるほうが合っているもの」ジェーンは食器をテーブルに置き、父のほうを向いた。「お願い、お父さま。バースには行きたくないの。お父さまがふたりを連れていかなければと思うならかまわないけれど、わたしは置いていって」

父は椅子の背にもたれかかると、ベストの前で両手を組み合わせ、片方の親指で腹をとんとん叩いた。顎を引いて家族を順ぐりにながめる。ジェーンは家庭教師から隠れていてたったいま戻ってきたかのように感じた。理由は定かではなかったが、なんとなく恥ずかしくなり、父の視線のもとで顔を赤らめる。やがてエルズワース氏は鼻を鳴らした。「わしはジェーンとここに残る。おまえたちふたりはバースに行けばいい。弁護士に連絡をとって、滞在できるように手配しよう。それで全員満足かね？」

ジェーンは首をふった。「お父さまがわたしのためにバースをあきらめてはいけないわ」

「自分で望んでいなければ家には残らんよ。バースをあきらめて大いに満足していると も」エルズワース氏は片目をつぶってみせた。

「いい考えだと思うわ。そうじゃない、お母さま？」メロディが手を叩いた。「バースではあたしがお母さまの世話をすればいいし、お父さまはここでジェーンの面倒を見られるでしょ。完璧よ」

ジェーンとしては、母と妹の行動を監督する者がいないのにバースへ送り出すのが賢明かどうか疑いを持っていた。だが、自分が同行する以外に父を説得する手立てが見つからなかった。エルズワース氏が一緒に行きたがっていないのは歴然としていたからだ。

こう決まると、一家はいつもの晩と同様、夕食を済ませて家のあちこちにひっこんだ。エルズワース氏はレディ・フィッツキャメロンのもとへ本をとりに行くと断って出ていったが、パイプを持っていったので、外出する口実にしただけなのはあきらかだった。

ただしジェーンは、居間のお決まりの場所に行かなかった。できるだけ早く自室に戻り、唯一興味のある本を手にとった——ヴィンセント氏の写生帳を。

17　木の葉と告白

翌朝はヴィンセント氏の写生帳に没頭して過ごし、母とメロディが次の日の出発に備えてせかせかと廊下を行き来しているのを無視した。ふたりとも、バースまでレディ・フィッツキャメロンに同行しようとかたく決意していたのだ。子爵夫人とご一緒できるなんてうれしいこと、と母がたえず繰り返すのに耐えられず、ジェーンは自室に隠れた。

技巧と熱意が交わる点について記されている箇所を読むと、うっとりする一方でこわくもなった。これほど他人の思考に立ち入ったことは一度もない。ヴィンセント氏は社会の期待にとらわれずに感情を表現する大切さを述べると同時に、自分の感情をきわめて細かく検討し、科学の研究に近い態度で分析していた。怒りは嵐として伝えられるかもしれないし、対照的に樹皮の入り組んだ模様になるよう変えられる可能性もある。

ジェーンは頁をめくった。そこには数本の精巧な線でベスが描いてあり、その下に走り書きしてあった。「若いとはどういうことだったか思い出せ」

それを見てようやくわれに返った。ベスとはヴィンセント氏が倒れた夜以来、顔を合わせていない。リヴィングストン大佐がいなくなるのを淋しがっているに違いないとわかっていたので、良心がうずいた。もう一枚頁をめくり、あと少しだけ読みたくてたまらなかったが、そうしたら今日いっぱい夢中になってしまうと重々承知していた。ロビンスフォード・アビーへ行っているあいだ人の目につかないよう、写生帳をマットレスの下に隠すと、ジェーンは出かけた。寒さよけに子爵夫人の舞踏会で使ったピンクのショールを羽織る。天気のいい日だったが、一日じゅう暖かいことを期待するわけにはいかない。

生垣や丘の斜面の木の葉に秋の最初のきざしが現われはじめていた。ロビンスフォード・アビーへ歩いていきながら、早くも金色に染まったコブカエデから葉を折り取って束にする。なにに触れても、黒っぽい葉脈がカエデの葉の琥珀色にくっきりと映えている様子など、細部に対して新たに目がひらかれたようだった。その日はまだ陽射しで暖かかったが、空気は冷えてきそうな気配を運んできている。

道の先からダンカーク氏が馬に乗ってこちらへ向かってきた。黄金色《こがね》の木々の下を黒い去勢馬が影のように動いている。ジェーンはエーテルから翼を引き出して馬につけることを夢想した。ダンカーク氏は近づいてくると馬からとびおりた。「ミス・エルズワース。実に運がよかった。ちょうどお目にかかりに行くところでした」

ジェーンは目をぱちくりさせた。「わたしに？　まあ、驚きましたわ」

気楽にふるまおうとしていたが、ダンカーク氏の顔には動揺をうかがわせる暗い色が浮かんでいた。「ええ、そうですね。しばらくご一緒してもよろしいですか？　少々お知恵を拝借したいのですが」

「もちろんですわ。もっとも、ロビンスフォード・アビーに向かっておりましたから、こちらまできていただいたのが無駄になりましたけれど」

「ベスに会いに？」ダンカーク氏は馬の向きを変え、自分のきたほうへジェーンと一緒に歩きはじめた。

「その通りです」ジェーンは隣を歩きながら、相手が情報を伝えてくるのを待った。足もとで踏みしだかれた葉が土とシダの芳香を運んできて鼻をくすぐる。心の中で似たような香りを創り出す魔力の襞を織ってみたものの、そうやって注意をそらしていてさえ、ダンカーク氏が近々と立っているのを肌で感じた。

とうとう、相手は低く苦しげな声をあげた。「いったいどう切り出せばいいのか。あなたは誠実な方だと信じています。ですから、妹が打ち明けたかもしれない秘密を教えてほしいとお願いすることはできません。ですが――」急に言葉が途切れたので、ジェーンはそちらを見やった。気楽そうな様子は消え、不安がありありと顔に浮かんでいる。リヴィングストン大佐についてたずねられるとわかり、心臓がはねあがった。なんとか冷静な表情を保つ。

ダンカーク氏はつかんだ手綱をねじって言った。「ベスの過去を聞いていただいたほうがいいかもしれません。なぜあなたに――なぜこんなことをたずねるのか理解していただくために。憶えておいででしょうが、ベスは教育の一環として魔術を習っていません。ただ、うちの両親はもともと、魔術も教養の一部として学ばせるつもりでいたのです。それで教師を雇いました。ヴィンセント氏が倒れた晩の騒ぎを考えればお忘れになっているかもしれませんが、あのとき私はベスにはじめて魔術を教えた人物のことを口にしました」

「憶えていますわ。つらそうなご様子でしたからはっきり心に残りましたの」

ダンカーク氏はうなずいて続けた。「ガフニー氏は申し分のない推薦状を持ってきました。若くはありましたが、非常に熟練した魔術師でした。父にはその力量や人格を疑う理由などなかったのです。ああ！　しかし、疑っていればどんなによかったことか。たとえ通りいっぺんの調査でも……いや、先走りすぎました」

ダンカーク氏は一瞬口をつぐんで考え込んだ。軽く息を吐いて先を続ける。「わたしは学校に行っていましたし、弟のリチャードもそうでした。家にいれば気づいただろうと思いたいのですが。ベスは昔から夢見がちで、ロマンチックな空想にふけっている子でした。一度、自分で書いた物語を送ってよこしたことがあります。ある時計屋が、憧れの女性の心を勝ち取ろうとして猿の自動人形を作る話でした。なんという想像力でしょう！　ベスが魔術の才を示すだろうと信じて、父が優秀な教師を雇いたがったのも無理はありません。ガフニー氏は家に住み込み、毎日ベスと勉強して、女の子が習う初歩の魔術以上の技能が身につくよう指導しました。実際、最初はそのつもりだったのでしょう。私がオックスフォードから休暇で帰ってくると、ベスはなにを学んでいたか見せてくれました。あのときでさえ思ったものです……」

ジェーンは手で口もとを押さえた。完全には理由がわかっていなくても、ダンカーク氏の感情にすっかり同調していたのだ。

「あのときでさえ思ったものです、もっと学習が進んでいていいのではないかと。しかし、両親が期待しているほど素質がないのかもしれないと考えたかったのです。誰もなにも言いませんでしたし、愚かなことに私も、まるくおさまっているところに波風を立てたくないと口を出しませんでした。そして元日のあとオックスフォードへ戻りました。三カ月後に戻ってきたとき、ベスがとてもすてきな活人画を演じてみせたので、根拠のない不安だったとほっとしたものです。しかしそのさいにも、ガフニー氏が妹のそばに立っているのが目についたことを憶えています。ただ、気絶したら受け止めようとしているのだと思いました。教師のほうが赤くなって汗をかいているのも、誇らしく思って昂奮しているせいだと考えたのです。いまなら――そう、いまなら、なぜ上気していたか、いやというほどわかります。それに、終わったあとベスが笑ったことや、私が褒めたとき、全部ガフニー先生のおかげだと言っていたことも憶えていますよ。あそこで見抜くべきでした。妹の態度やガフニーの態度から。ですが、ずっと離れていたので、妹は成長しただけだと思ったのです。あの男については？　私がなにを知っていたでしょう？　父が話したこと、それも褒め言葉ばかりです。

その後まもなく、私は家族と別れて大学の仲間と狩猟に出かけました。何日か田舎にいたので、友人の家に戻ったときはじめて、父から緊急の知らせが届いていたのがわかりました。ベスがガフニーと駆け落ちしたのです」

ダンカーク氏は気を落ちつけようとまた間をおいた。いまでさえ恐怖の記憶がなまなましく、続けるには努力がいったのだ。どうしてベスが秘密の婚約のことを兄に知られたくなかったのか、あまりにもはっきりわかった。以前の軽率な行為を思い出させるだけだからだ。

「私がどれほどぞっとしたかおわかりになりますまい――本当に。ほら、なにかがおかしいとは感じていたのですよ。しかし、推薦状もあったことですし、ベスと過ごしているあいだ指導するどころか口説いているとは、ガフニーの態度や物腰からは考えも及びませんでした。あとから考えると、ささやかながら手がかりは目の前にあったのですが。休暇中は妹の魔術が下手だったこと、あとになって急に上達したこと。その時点で――その時点でやっと、なぜベスが全部ガフニー先生のおかげだと言ったのか悟りました。活人画を演じていたのは妹ではなかった。あの男だったのです。一緒にいるときろくに魔術を勉強していなかったのをごまかすために、隣で魔力の糸を操っていたのですよ。見ようとしてさえいれば気づいたはずでした。

あの悪党は国境を越えてスコットランドまで妹を連れ去り、追いついたのは一週間後でした。私は唯一可能な手段で対処しました」

ジェーンはびっくりして道で立ち止まり、たずねた。「なんですって？　対処というのはまさか――？」居間の炉棚に置いてあった箱と、その中に入っていた決闘用のピストルが脳裏に浮かんだ。

「あの男がベスにしたふるまいのあとでは、避けられない結果でした」ダンカーク氏はあたかも血をぬぐいとろうとするかのように手のひらをズボンにこすりつけた。「ベスは知りません。私がやってきて家に連れ戻されたことしか知らないのです。あの子の貞操は……人を疑うことを知らない、とてもいい子ですが、なにしろたった十四でしたから。どんなふうにやってのけたのか、いまでもわかりませんが、なんとかこの事件を内輪におさめておくことができました」

信頼していただけて光栄です、秘密は守りますわ、とジェーンは小声で応じた。ふたたび歩き出したとき、婚約のことを話さないでくれとベスが必死で訴えたことが頭に浮かんだ。ガフニー氏の身になにが起きたか知らないとしても、うすうす察しているに違いない。

ダンカーク氏は苦笑いした。「すると、これが私のジレンマですね。こちらが信じているように、あなたが信頼を裏切らない方だとしたら、ベスの話が広まることはない。しかし、そういう方なら私の質問に答えることもできないわけです。それでも訊かなければなりません。どうかご負担をおかけすることをお許しください」

ダンカーク氏は足を止めた。ふたりのあいだにはりつめた空気が漂う。訊かなければならない問いだとどちらも承知していたのだ。

「ベスはヴィンセント氏と、生徒と教師という以上の関係にあるのですか？」

助かった。解放感が全身に押し寄せ、気が遠くなりそうだった。ジェーンはおおっぴらに笑った。「いいえ。正直に申し上げますが、そんなことはありませんわ。それで信頼を裏切る心配もありません」

その言葉に、ダンカーク氏は吐息を洩らした。「ありがとう、ジェーン。私は――」ジェーンの驚愕した顔つきを見て言葉を切り、ようやく名前で呼んだことに気づいたらしい。「申し訳ない！　ベスがいつもジェーンと言うもので、失礼ながら心の中では自然な呼び方になっていました。どうか不作法をお許しください」

その台詞に胸がふるえたものの、ジェーンは片手をあげてさえぎった。「とりたてて意味はないとわかっていますわ」まさか自然に名前のほうで考えてくれていたとは。あまりに思いがけなくすばらしい事実に、しばらくはろくに相手の話を聞く余裕もなかった。

感謝されたのはたしかだが、細かい部分はジェーンと呼ばれた感激にまぎれてしまった。その瞬間は望むより早く過ぎ去り、ダンカーク氏の注意はふたたびベスに戻った。「どれだけ心が軽くなったかおわかりになりませんよ」前方に目をやり、ふたりを待っているロビンスフォード・アビーの石段を見る。「今日ベスを訪ねてもらってよかった。ふさぎこんでいるのですが、あなたはいつでもロビンスフォード・アビーに明るさを運んできてくれますから」

「そうですの？　今日運んできたのは木の葉の束だけだと思っていましたわ」

「とんでもない」ダンカーク氏はじっとこちらを見つめ、もっと言葉を続けようとしたようだったが、ふいに馬のほうを向き、なにか些細な問題に対処しようとした。

何度かぎこちなく話し出しては言いよどんだあと、ふたりはなんとか気楽な会話の糸口をつかんだ。軽口でしめくくり、不適切なことなどなかったと双方が満足する。

それでもジェーンは、足もとで砂利を踏みしめる音を聞き、ついダンカーク氏の声に名を呼ばれる響きを重ねた。あるいはオークの木々にふりそそぐ陽射しを見て、ロビンスフォード・アビーに明るさを運んでくるとうけあったときのまなざしを思い出さずにはいられなかった。

18　秩序と乱雑

ダンカーク氏とベスの部屋の戸口に到着すると、たったいまあきらかになった重大な過去がよみがえり、名前を呼ばれたなどという思いはふっとんでしまった。おかげで立ち聞きした事実の重みも増したが、ベスの昔の事情を知ってしまったいまでは、胸の内に秘めておかなければならないのだ。

ダンカーク氏に別れを告げてベスの部屋に入りながら、ジェーンは快活にふるまって友人の役に立とうと心の準備をした。

室内の乱雑ぶりがあやうくその決意をくつがえすところだった。椅子の上に服が投げ出され、机には手をつけていない食事の盆が載ったままだ。椅子の脇の床には本が散らばっている。悲しみにくれる持ち主が落としたらしい。室内は魔術で薄暗く、分厚い闇の襞が四隅を覆っていた。寝台に横たわったベスのまわりでは、上掛けがくしゃくしゃに乱れている。束ねていない髪はもつれ、皮膚は霧のように白い。

ジェーンはその光景にうろたえて思わず声をあげたが、気落ちした少女はろくに身動きもしなかった。ダンカーク氏は妹の部屋に入っていないに違いない。でなければただふさぎこんでいるだけではないとわかっただろう。これは鬱状態、それも深刻な鬱状態だ。

「ベス？」ジェーンは寝台の脇へ行って隣に腰かけた。「ねえベス、どうしたのか教えて」

ベスはあおむけになってものうげにこちらを見あげた。「ジェーン」かすれた弱々しい声に胸を刺されたものの、ジェーンは涙をこぼすまいとした。ベスの顔から髪をかきあげてやる。「教えてちょうだい。ね、お願いだから。こんなに取り乱したところを見るのは心配だわ。問題がわかれば役に立てるかもしれないし」

ベスは溜息をついた。「役に立つことなんてなんにもないもの。ヘンリーが行っちゃったの。もう二度と会えないんだわ」

わっと泣き出し、喉から断末魔のような嗚咽を何度も絞り出す。ジェーンは声をあげ、精一杯なぐさめようとした。抱き寄せて体を前へ後ろへとゆすると、少女は肩に顔を押しつけて支離滅裂なことをつぶやきながらむせび泣いた。「さあさあ。そんなにひどいはずはないわ。誰かに二度と会えないほど世界は広くないのよ」

ベスは言葉にならない叫びをあげて体を引き離し、ふたたび寝台に突っ伏して枕に顔をうずめた。「あなたは知らないのよ！　わからないんだわ。あの人はあした行っちゃう。男の人が行っちゃったら、二度と帰ってこないんだから」

背筋が冷えた。ベスが自分の教師の運命を察していないと考えたダンカーク氏はなんと間違っていたのだろう。気づいていないのなら、リヴィングストン大佐と会えなくなるとこれほど確信するはずがあるだろうか。「ごめんなさい。あなたの言う通りよ。わたしにはわからないわ。教えてもらわないと」

ベスは答えてなにか口にしたが、あまりに悲嘆にくれていたのでその言葉は理解できなかった。

「ベス、しっかりしなくちゃだめよ。お兄さまがこんな状態を見たら、きっとあなたが動顛している理由を推測するわ。いまでも誰かに恋しているんじゃないかと疑っているのよ。どうか感情を抑えて」

ジェーンはその台詞を口にしながら、ヴィンセント氏が背後に立っていると強く感じてふりかえった。もちろん本人はいなかったが、考え方は存在していた。別の形で伝えられるなら、どうして感情を抑制する必要がある？

自制したというより疲れ果てたせいでベスのすすり泣きがおさまりかけると、ジェーンは室内を覆っている分厚い魔力の襞に注意を向けた。「あなたが苦しんでいるところをお兄さまに見られないように、この部屋を片付けるのを手伝ってくれなくちゃ」

ベスはごろりと上を向いた。その顔は涙で赤くまだらになって腫れぼったかった。

「あの人のことしか考えられない」それがリヴィングストン大佐のことだというのは明白だった。

「ばかばかしい。この魔術をかけるぐらいは頭を働かせることができたじゃないの」ジェーンは視界から四隅を隠している不自然な影を示した。「考えて、ベス。同じやり方を使って、のんびり明るい気分の幻を創らなくちゃいけないのよ」

「言ったでしょう、できないの。心が真っ暗になってるから、創れるのは暗闇の魔術だけ」

「ヴィンセントさんは苦しみを木の皮の模様にしたり、目がくらむほどまぶしい春の夜明けに入れたりするって言っているわ。リヴィングストン大佐の出発がそんなに悲しいのは、その前にうれしいことがあったからでしょう。もっと楽しい記憶に集中すれば、いまの苦痛を隠す手助けになるわ」

ベスはうめいて腕で目を覆った。「そんなに簡単そうに言うなんて、きっと失恋のことなんかなんにも知らないのね」

「そう？　わたしの顔を見て、ベス、そして片想い以外の恋愛を楽しんだことがあるかどうか想像してみて。不満でいっぱいのときに満足しているふりをするのが不可能だなんて言わないでちょうだい」

ゆっくりとベスの腕がさがり、ぞっとしたように大きくみはった瞳をあらわにした。

「ああ、ジェーン。許して。あなたがそんなに鈍感だって言うつもりじゃなかったの――

――」

このまま続けるのは気が進まなかったので、ジェーンは首をふった。片想いの相手は誰かと訊かれるだろうし、そうなればベス自身の兄について話さざるを得ない。なにがあってもそんな話はしたくなかった。「むしろ、わたしがあなたみたいに好かれやすい人だと考えてくれているのはうれしいわ」気まずい空気を破ろうとあたりを見まわし、化粧台の上にブラシがあるのを見つける。それをとりあげてベスの髪を梳かしにかかった。毛先から始めて、もつれた部分をほどいていく。手の下でベスはゆっくりと力を抜いた。「さあ、いい子だから、かけた魔術を解いてくれない？」

ベスは座り直した。その動作は老婆のようにこわばっていた。両手で頭をかかえてから、いちばん近い魔力の襞に手をのばす。ひっぱって結び目を解くと、ほどけた襞はするするとエーテルに戻り、部屋の隅から濃い闇をひきはがした。ベスが襞をほどくたびに室内は明るくなった。見間違いでなければ、その行動で本人の体からもいくらか倦怠感が抜けたようだ。

もっとも、変化は長く続かなかった。ほどきおわるとベスはまた寝台に身を沈めた。すでに大儀そうなおももちに戻っている。「ほら」

この状況ではジェーンの顔立ちのきびしさが役に立った。断乎とした表情を作ると、ベスはもう一度起きあがって寝台のふちから足を出したからだ。「ごめんなさい、ジェーン。すごくくたびれてるの」

「それは当然よ。かわいそうに、力を使い果たしたんですもの。それに、ずっと寝ていたせいで血液の循環が悪くなっているし」ベスを忙しくさせておく必要がある、とジェーンは見てとった。「でも、あんなに散らかしたまま部屋を出たら、お兄さまがなにか言うでしょうから」

「言わせておけばいいわ！　わたしがどんなにみじめか知らせてやればいいのよ」

「まさか本気じゃないでしょう」

「ええ」一瞬燃え立った炎は薄れた。「本気じゃないわ」室内を見まわしたベスの目に涙があふれた。「兄が疑ってるって言ったでしょう……どうしてそう思うの？」

教えるとむしろ悪い結果になるのかどうか迷い、ジェーンは頬の内側をかんだ。のろのろと口をひらく。「訊かれたからよ」

ベスは目をみひらき、ジェーンの手をつかんだ。「言わなかったでしょう！　知られたらおしまいだわ」

「ええ。ええ、もちろんよ、言わなかったわ。でも、お兄さまはあなたの態度からなにかおかしいと見抜いているのよ」

「そうね。その通りよ。そう言われればわかるわ」ベスは昂奮しきってよろよろと寝台から立ちあがり、必死になって服を集め出した。「ヘンリーのことは知られちゃだめ。わたし、死んじゃうわ――本当に死んじゃう――もしエドマンドに知られたら」

いきなり活気を取り戻されても、寝台で悲嘆にくれていたときにおとらず信用できなかった。ジェーンは注意深く友人を見守りながら、床に転がっていた本を拾いあげ、題名を読んで眉をひそめた。『ユードルフォの謎』『エマ・コートニーの回顧録』『ロミオとジュリエット』『ラインの孤児』――どれも感情を激しくかきたてる作品だ。どんなに知性の勝った人でも、一瞬登場人物に共感せずにはいられないだろう。まして不運な過去を持つベスなら、これだけ並んだ作者の影響力にかなうはずがない。ジェーンは本をまとめ、読んで幸せになったり世界は美しいと思い出したりするような作品と交換しようと決めた。

ベスが最後の服を衣装簞笥にしまった。顔に少し血の気が戻っていたが、ジェーンは考え込んだり、無気力に戻ったりする隙を与えなかった。エーテルから新たな糸を引き出し、光の束に編みあげて部屋を照らすと、ベスに渡して縛らせる。それから、ベスの大好きな日の出をまねて、天井に襞をつるしはじめた。脇ではベスが丹念に襞を縛っている。こんなに簡単な作業でも手がふるえていた。友人の悲しみに胸が痛んだ。

ヴィンセント氏にとって同情は強い感情のうちに入るだろうか？　この部屋に生気を吹き込んだのは友人に対する同情からだ。ここの簡単な魔術画をヴィンセント氏が見ることはないだろうが、ジェーンは襞を織りあげて四方の壁にめぐらしながら、新たな意識が心に芽生えるのを感じた。トネリコの木を創る糸にメロディへの苛立ちをこめ、些細な侮辱のひとつひとつをとりあげてまがりくねった枝の輪郭に加える。サクラソウの草むらはダンカーク氏の行動に対するとまどいを表わしており、花びらはうれしさと憤慨に分かれていた。

力を使ったせいでまもなく部屋が暑すぎると感じられてきたので、ピンクのショールをたたんで椅子のひとつの背にかける。その彩りは室内に心地よい明るさをもたらした。淡い色合いに手がかりを得たのと、ベスが迷路のバラを好んでいたことを思い出し、空気をほんのりと薔薇色に染めて、室内を吹き抜けるやさしいそよ風を創る。

ジェーンは頬を紅潮させ、疲れて息を切らしながら、満足して部屋を検分した。さっき思い描いた簡単な輪郭を超える生命力と活気にあふれている。いまや室内の新たな雰囲気に応えられるかどうかは若い友人次第だ。落ちついて単純なことをとりとめもなく話していると、会話の流れでベスから反応が出てきた。細心の注意を払って話を引き出したものの、少女がある程度こちらを喜ばせようとふるまっているのはあきらかだった。それでも、最初に部屋に入ったときほど暗い態度ではなかった。

ジェーンはカボチャと母のお気に入りの帽子にまつわる子ども時代の愉快な話をして、ついにベスから微笑を誘い出した。「ほら。この部屋に欠けていたのはその笑顔よ」

「わたしなんかに親切すぎるわ」

「とんでもない。親切なのはあなたがそれだけの人だからよ。メロディならきっと、わたしは親切なんかじゃないって言うわ」ジェーンは笑おうとしたが、その台詞はあまりにも自分の苦痛の原因に近かった。「メロディと一緒にマーチャンドさんから逃げ出したことを話したかしら？」

ベスがかぶりをふったので、その話もしてやり、さらに笑顔を引き出した。ふさぎこんだ母を元気づけるよりはるかに効果があったことに満足し、ベスが身支度を済ませるのを手伝う。そして、家庭教師にいつも言われたようにうけあった。「顔を洗えば気分がよくなるわ」

その台詞でベスは小さい笑い声をたて、ジェーンの努力は報いられた。自分の家庭教師にもその普遍的な助言をされたことに気づいたらしいが、言われた通りにした。

その日の午後、ベスと別れたときには、相手の気分の変化が続くのではないかとほのかな希望を抱いた。ジェーンは悲劇的なゴシック小説を手にとって、翌日失恋より楽しいことを考えられそうな本を持ってくると約束した。

自分の乱れた心をなだめてくれる本も見つかればいいのだが。しかし、秘密や失恋を扱ったものでは、悲劇で終わる作品しか思いつかなかった。

19　信頼と気晴らし

扉をあけたとたん、ダンカーク氏が向かい側の椅子に腰かけているのが見えた。相手も負けずおとらずびっくりしてぱっと立ちあがる。まだ心臓をどきどきさせながら、ジェーンは唇に指をあてて廊下に踏み出し、そっと後ろ手に扉を閉めた。

「妹はどうですか？」ダンカーク氏の声は近づかなければ聞こえないほど低かった。

「元気ですわ」その姿を目にした衝撃で膝がふるえた。

「さっきの会話を思い返していて、ベスがヴィンセント氏を慕っているわけではないと否定されたとき、『でも――』という響きがあったのではないかと考えずにはいられなかったのです。お訊きしなければなりません。妹にはほかに好きな相手がいるのですか？」

ジェーンはまじまじと相手を見つめた。あんなにうまく言い逃れたと思っていたのに、その話題にふたたび悩まされるとは。「この件では妹さんの信頼を守る必要があるとおわかりいただかなくてはいけませんわ。お話しすればむしろ悪い結果になります」

「すると、誰かがいるのですね」

「ダンカークさん！」ジェーンはそれ以上続ける前に言葉を切った。怒りのこもった反駁をのみこみ、口をひらいても大丈夫だと確信できるまで待つ。感情と作品の関係についてのヴィンセント氏の考察は、公表できない秘密から生まれる感情を考えに入れていない。ジェーンは向きを変えてベスの部屋の戸口から遠ざかりはじめた。どんなことがあろうと、ダンカーク氏と結託していると思わせてはならない。でなければベスの信頼を失ってしまう。「ダンカークさん、過去の経緯から、ベスには秘密を守る理由が充分にあると申し上げておきますわ」

ジェーンは相手のおもてに理解の色が広がるのをながめた。ダンカーク氏は目をぎゅっと閉じてつぶやいた。「どうか神よ、あの子が決して真実を知ることがありませんように」

「どうか神よですって！　相手を殺すことが問題を解決するなんて、どうして考えられたんです？」

ダンカーク氏はひっぱたかれたかのようにはっと目をひらいた。一瞬廊下で立ち止まり、荒々しく鼻孔を広げる。一度だけ顎を食いしばってから言った。「当時私はいまより若く、妹の名誉のために正当な怒りに燃えていたのです。今日同じ選択はしないとわかってください」

「そうおっしゃっても、疑いに確証を与えるようわたしに迫っているでしょう。同じ選択をするといわんばかりに」

「私にどうしろというのです？　妹の態度の変化を無視しろと？　あのままガフニー氏と結婚させておくべきだったというのですか？」

ジェーンは衝撃のあまりよろめきそうになった。「結婚していた？」

「私は――ええ。そうです。財産を確保するにはもっとも手堅い方法だとガフニーは考えたので」ダンカーク氏は片手で顔をこすった。「なぜ私がこれほど妹を守ろうとするのかおわかりでしょう。あの子は人を信頼しすぎるし、心がやさしすぎる。私があまりに無情だとお考えのようですが、ではあなたならどうしました？」

どうしただろう、本当に？　いまでさえ、ベスが実際に秘密の婚約をしていると胸に秘めているのだ。ジェーンがどれだけの情報を伝えなかったか知ったら、ダンカーク氏は愕然とするだろう。だが、ベスの婚約が害になるとは思えなかった。家族が反対するはずのない相手だからだ。どう考えても、真実を告げてダンカーク氏の不安をとりのぞくのがいちばんに違いない。

秘密を守ると誓っておらず、ベスがそんな裏切りを決して許さないと確信していなかったら、すべて話していただろう。だが、ジェーンは首をふった。「言えません。でも、ベスがあなたに打ち明けることはありそうもないと認識しておくべきですわ。あなたをこわがっていますから」

ダンカーク氏はぎょっとしたようにあとずさった。「私を？」

すぐれた知性の持ち主で、家庭的な趣味のよさを褒めてくれる相手であっても、女性のような考え方をしないのは当然だとわかっているべきだった。「あなたを失望させることを、です」

「ではその男は――」

「黙って。お願いですから黙ってください。妹さんに信頼してほしいと頼んでおきながら、その信頼を裏切って話したことを全部教えるような真似はできませんもの」ジェーンは手をあげて、どんな話だったのかとさらに質問しようとするのを封じた。「ダンカークさん、これだけはお約束します。ベス自身に害が及びそうな行動に出る気配を感じたら、お知らせしますわ。危険な道を進ませるようなことはしません。せめてその程度は信じてくださらなければ」

「信じています」

それを聞いて理解してもらえたのがわかり、怒りがやわらいだ。ジェーンは手にした本を見おろした。「妹さんの役に立ちたいとお思いでしたら、気晴らしを提案してあげてください。まだお若いですし、過去の事件のせいでふさぎこむ理由はありますもの。こういう本を読んだら、女の子は誰でも自分が失恋したように溜息をつきますわ。ベスは影響を受けずにいるには感受性が強すぎます」

本をさしだす。ダンカーク氏が手をのばしたときに指が触れ合い、突然胸がかっと熱くなった。ジェーンは赤くなって本を渡しそこね、二冊床に落としてしまった。ダンカーク氏が拾おうと身をかがめたので、一瞬だけ落ちつく余裕ができた。

相手が立ちあがったときにはきちんと謝罪することができ、こう続けた。「あしたお邪魔して、もっと陽気な気分にふさわしい本をいくつか持ってきますわ」

ダンカーク氏がとても温かく微笑したので、目をそらすしかなかった。感謝と安堵だけの表情ではないとつい想像しそうになったからだ。ダンカーク氏の注意を引くようなことはなにもしていない。ただ友人をたずねただけだ。あれほど長いこと憧れていたのに、瞳に浮かんだ称賛の色を実際に見ると、満足感より困惑のほうがまさった。

もっとも、多少は満足感もあったかもしれない。ロング・パークミードへ引き返しながら、この道で交わした会話と、ダンカーク氏のうかつな行動をふりかえっていたからだ。思いがけず名前で呼ばれた場面を脳裏に再生し、またダンカーク氏がうっかりすることがあったらどう反応すべきか、じっくり考える。もし「ジェーン」と言われたら、二度も呼んでしまった以上、そのまま続けたほうが簡単だろうと笑って提案しようか。いや、さすがになれなれしすぎる。親密な呼び方に気づいたことを認めないほうがいい。それなら名前を使う許可を与えてはいないし、怒っていると伝えるわけでもないからだ。曖昧さがいちばんだというめずらしい例だろう。

20　荷造りと発見

帰宅して家に入ると、エルズワース夫人が階段をおりてきた。「午前中いっぱいどこへ行っていたの？　お父さまはまるで助けにならないんですよ。まるっきり！　それにナンシーときたら！　まったく、どうすればいいのかさっぱりわからないわ。服はどうしようもないほどごちゃごちゃだし。手を貸してくれなくちゃだめですよ、ジェーン。おまえほど整理が上手な娘はいませんからね。明日の朝レディ・フィッツキャメロンと一緒に出かけるつもりなら、今晩荷造りしないと」

ジェーンは居間に目をやった。メロディがそこで本を手にまるくなっている。もう荷造りを済ませたに違いないが、母の手助けはしたがらないのだ。溜息を洩らし、エルズワース夫人について二階へ行く。「旅行を延期して、もっと準備をする時間をとったほうがいいんじゃないかしら」

「まあ、とんでもない。子爵夫人と旅行できるなんて、たいへんな名誉なんですよ。それにバースで子爵夫人の知り合いと広まれば——しかも、ただの知り合いじゃなくて旅の道連れですよ——すばらしいことでしょうからねえ」エルズワース夫人は自分の部屋の戸口で立ち止まった。「ほら。わかるでしょう。この服を全部持っていかなくちゃいけないのに、ナンシーは旅行鞄に入れようとして皺だらけにしてしまうんだから」

部屋はベスの寝室を鏡に映したようだった。服が散乱し、雑然とした雰囲気が魔術のように漂っている。ジェーンは息を吸って覚悟を決め、また一部屋片付けようと足を踏み入れた。忙しくしているのはいいことだろう。もっとも、さっさと一日が過ぎ去ってほしくてたまらなかった。明日になればロビンスフォード・アビーにまた行ける。ダンカーク氏が好意を強めてくれているのはただの想像ではないはずだ。しかし、どの程度ベスとの友情のおかげなのかよくわからなかった。

母を手伝っていると時間の経過は遅々としており、二回も炉棚の時計をとりあげてチクタク鳴っているのを確認した。午後のあいだに三回旅行鞄に荷物を詰め直し、それからもう一度中身を出した。どの服をバースに持っていくか、またもや母が気を変えたからだ。最後に選んだ服に決めなければ明日旅行に出られなくなる、とようやく説得できたのは、ナンシーが夕食を知らせたときだった。「子爵夫人は明け方に出発する予定なのよ、お母さま。そのときになってもまだ荷物を詰めていたりしたくないでしょう。だいたい、ほかに必要なものがあったら、バースに腕のいい仕立屋がいると思うわ」

「まあ！　そうね。まったくその通りですよ、ジェーン。新しい服がずっと必要だったしねえ。だからこの中のどれにも決められなかったんですよ、全部ふさわしくなかったから」

「もちろんよ、お母さま」エルズワース氏は妻がバースで高価な服飾品に金を遣うのを喜ばないだろうが、いまのジェーンは少しほうっておいてもらえるなら相続財産が多少減ってもいいという気分になっていた。最後のリボンをしまいこみ、夕食の席へ向から母についていく。

エルズワース夫人がジェーンの部屋を通りすぎたとき、メロディが戸口からそっと出てきた。ジェーンを目にしてあきらかにひるむ。顔から服の襟ぐりまで赤みが広がったが、メロディはなんとか気楽な態度を装った。

「あら、ジェーン。そこにいたの」

「お母さまの荷造りを手伝っていたのよ。なにかほしいものでもあったの？」

「いいえ。じゃなくて、ええ」メロディは戸口を見やった。「あたし――あの、バースへ行くのにボンネットを借りられないかと思って」

「もちろんいいわ」ジェーンはなにかがおかしいと感じながら扉に手をかけた。「どれがほしいの?」

「ええと――サクランボのついてるのよ。借りてもかまわなければ。無理なら別にいいの。なくても充分だと思うんだけど、ただあれが……」ジェーンが部屋の扉をあけたので声が途切れる。

ナンシーが寝台を整えたことをのぞけば、出てきたときと少しも変わらないように見えた。ボンネットにさわった形跡はなく、服は衣装簞笥に入っている。絵の具もいつもの場所だった。ヴィンセント氏の写生帳が寝台の脇のテーブルに置いてある。位置が違うものはないようだったが、なにかがひっかかった。気にするまいとつとめて、サクランボのついたボンネットを帽子掛けからおろす。

「あなたがかぶったほうがずっと似合うに決まっているわ」メロディにボンネットを渡す。

「ありがとう、ジェーン。本当に親切ね」メロディはボンネットを手の中でひっくり返した。「夕食におりていかなくちゃ」

「ええ。そうしないとね」

ジェーンはメロディが先に部屋を出るよう譲った。把手を握ったとき、ふいにヴィンセント氏の写生帳をマットレスの下にはさんだことを思い出した。その記憶があまりに鮮明だったので、ふりかえって寝台の脇のテーブルにあるのを確認し、場所が違っていると確認しなければならなかった。ナンシーが寝台を整えながら見つけた可能性もある。だが、さらに別の記憶がよみがえった。帰ってきたときメロディが読書していた光景だ。妹が持っていたのは小さい革表紙の本だった。

ジェーンは思わず口にした。「それで、ヴィンセントさんの写生帳はどうだったの？」

メロディはボンネットを手にしたまま、階段で足を止めた。「どういう意味？」

「あの写生帳はマットレスの下に入れておいたのよ」

「違うわ、あれは——」その否定でなにを暗示してしまったか気づいたらしく、メロディはいきなり言葉を切った。ふりむきはしなかったが、こわばった背中や肩をそびやかした様子からはっきりと罪悪感が読み取れた。そのまま階段をおりはじめる。

ジェーンは急いで追いかけた。「メロディ、あの写生帳はわたしのものよ。あなたに読む権利はないわ」

この台詞にメロディは向き直り、玄関を舞台代わりにまくしたてた。「ええ、その通りよ。もっとも、ヴィンセントさんみたいな恋人がいるからって、どうして恥ずかしがるのかさっぱりわからないけど。生まれの賤しい自由奔放な芸術家と結婚したがらない女の子なんているかしら?」

「なんの話か理解できないわ。好きなように言えばいいけれど、わたしの部屋にあって、わたしが読んでほしくないと知っているものを読むのは悪いことよ」

「ふん、いくらでもお説教すればいいわ、ジェーン。どんどんしなさいよ。そんなにおしとやかなふりをして、芸術家さんとよろしくやってるなんてずいぶん利口よね。それを猫かぶりっていうんじゃない」

「なにを言っているの? あの写生帳には、魔術の性質についてヴィンセントさんの考えが書いてあるだけよ。でも、人には話さないと信じてわたしに預けてくれたものだから、誰でも見ていいわけじゃないわ」

「じゃあ、全部は読んでないのね?」メロディは頭をそらし、男性を惹きつけるのと同じ笑い声をたてた。「かわいそうなお姉さま。あの人が結婚を申し込みにきたときのお母さまの反応が楽しみだわ」

玄関を叩く音がして、ジェーンはとびあがりかけた。ダンカーク氏が招き入れられたので、メロディは話を中断した。

心臓がはねあがった。出てきたあと、ベスの状態が悪いほうへ向かったに違いない。気を落ちつける間もなく、ダンカーク氏がまずこちらに、続いてメロディに頭をさげた。

その腕にはジェーンのピンクのショールがかかっていた。

「夕食間近の時刻にお邪魔して申し訳ありません。今日の午後ショールをお忘れになったので、ミス・エルズワース、お困りではないかとベスが気にしまして」

「ありがとうございます、ダンカークさん。わざわざ持ってきていただくまでもありませんでしたのに。お気遣いにお礼を申し上げます。あしたお訪ねするつもりでいたので、そのとき持って帰ればよかったのですけれど」

「いや、でもそれでは二枚肩掛けがあることになって面倒だったでしょう。それに、妹は人のためになることをすると思うのがうれしかったのですよ、たとえ私が代理で行ったとしても」その口調は、妹を元気にしておくためならなんでもするとほのめかしていた。

メロディが無邪気ににっこりして頭をふった。「なんておやさしいの、ダンカークさん。それはジェーンのお気に入りなんです。だから、実はご自分でお考えになるよりいいことをしてくださったんですよ。ジェーンがお気に入りのショールを忘れてくるなんて、きっと忙しい日だったんでしょうね？」その言い方や、なまめかしく首をかしげた様子は、なにがあったのか推測していて、ショールが証拠になったと考えていることを示していた。そんなふうにからかわれてダンカーク氏やジェーンがどんなに動揺したかわかるはずがない。ふたりが赤くなったり蒼くなったりしたのは、女性なら誰もが望むロマンチックな問いをしたからだとしか思いつかないのだろう。

先にその状況に対応したのはジェーンだった。ダンカーク氏とベスの両方から託された信頼を裏切らなくても真実を口にできると気づいたのだ。「本当に忙しかったのよ、メロディ。ベスと一緒に部屋の模様替えをしたのだけれど、作業のあいだショールを巻いていると暑すぎて。すっかり忘れていたわ」

「私が思い出すべきでしたが」とダンカーク氏。「あまり部屋がきれいになっていたので、気をとられまして」

「あなたがいらっしゃるといろいろなことを忘れがちになりますわ、ダンカークさん。ジェーンがショールしか置いてこなかったのが意外なくらい」

ダンカーク氏は咳払いした。「私は——失礼して妹のところへ戻らないと——長居をしすぎてご迷惑をおかけするつもりはありませんでした」

「とんでもない、夕食に残ってくださらなくちゃ」メロディがその腕をとった。「お帰りになったら母ががっかりしますわ」

「ベスに心配をかけたくないので」

「それはわかりますわ」ジェーンは言った。「あしたおふたりできていただくというのは？」

「でもジェーン、そのころにはお母さまとあたしは出かけちゃってるわ。ダンカークさんとご一緒する機会をとりあげたくなんかないでしょ？」メロディはダンカーク氏をふりかえって長い睫越しに相手をながめた。「どうか食べていくとおっしゃって」

「私は――」ダンカーク氏は助けを求めるようにジェーンをちらりと見た。「本当に戻らなくては」

ジェーンは言った。「母とメロディがバースから戻ってきたらご招待しますわ。でもいまは妹さんがご心配でしょうから。調子がよくないんですもの」

「そう。そうです。まさにその通りでして。妹は調子がよくないのです。調子のよくない妹のベスのところへ帰らなければ」ダンカーク氏はじりじりと戸口のほうへあとずさりしはじめた。

メロディは勝てないと悟ったらしく、相手の腕を放した。「ミス・ダンカークがご病気だなんて、お気の毒に。どうかお大事にとお伝えくださいな」

「ありがとうございます。伝えましょう」ダンカーク氏は頭をさげて別れを告げ、出ていった。

「ジェーン、びっくりしたわ。求婚者なんてひとりもいないと思っていたのに、ふたりですって！」メロディはサクランボのボンネットを投げてよこした。「これは持ってたほうがいいわ。お気に入りのピンクのショールとぴったりだもの」

ジェーンは受け止めようと手を出したが、ボンネットは大理石の床に転がり落ちた。硬い床にぶつかって、もろいベネチアングラスのサクランボにひびが入る。ジェーンは怒りにふるえながら身をかがめて拾いあげ、ひび割れたガラスに光があたるようにひっくり返した。「そんなに敵意を持たれるなんて、わたしがなにをしたの？　いまこの場で教えてちょうだい、そうしたら謝るか埋め合わせをするわ。でも、たとえ気にさわることをしたとしても、こっちは無意識だったのに、ずっと嫌がらせをしつづけるのはやめて。ダンカークさんにもヴィンセントさんにも興味はないって言ったでしょう。それなのにふたりがわたしに目を向けると腹を立てるのね」

思いがけなくメロディの表情がやわらぎ、悲しげになった。「ジェーン、ねえ、ジェーン。なにもわかってないんだから。あたしは運命に腹を立ててるのよ。ジェーンにはあの人たちの興味を引く手段を与えたくせに、あたしにはよこさなかったなんて」

「なんですって？　わたしにそんな手段を与えた？」ジェーンは半分泣きながら笑った。「ダンスのときどんなふうに壁ぎわに立っていたか見たことがないの？　踊りたいのに誘ってくれる人がいないのを？　あなたはきてほしいというそぶりさえ見せれば男の人たちが寄ってくるでしょう。高すぎる鼻をくれたからって運命に感謝すべきなの？　それともとがった顎をくれたから？　むしろ黄色っぽい肌かしら？」

「芸術の才能に感謝しなさいよ」メロディは完璧な顎をもたげた。「あたしにはかわいい顔しかないいんだから。一度顔を見たら、そばにいてもらう理由なんてなくなっちゃうじゃない」

またもやメロディの嫉妬まじりの主張だ！　今回も以前と同様、理解できなかった。妹には自分と同じ利点と機会があったし、そのうえ生まれつきの美貌まであった。音楽や絵画の素養が身につかなかったとすれば、機会が与えられなかったからではなく、興味を持たなかったからだ。「話をすればあなたの長所がわかるはずでしょうに」

「あたしの顔や才能のなさを通り越して、内側を見てくれた男の人はひとりだけよ。ジェーンにやきもちを焼くべきじゃないけど、長年の習慣をやめるのは難しいの」

「長年っていつから？」

「ジェーンに才能があってあたしにはないって最初に気がついたときからよ」メロディは溜息をついた。「本当に、信じてもらえないと思うけど、ヴィンセントさんの写生帳を読んだのは悪かったわ。あんなことするべきじゃなかった。ごめんなさい」みひらいた瞳は涙できらめいていた。「許して、ジェーン。でも、許してくれないとしても、残りの部分を読むか、せめて絵を見てみて。あたしが実際に見たのは絵だけよ」メロディの言い分に反応する前に、食堂の扉がひらいた。「ジェーン？　メロディ？　夕食にこないのかね？」エルズワース氏が玄関にいるふたりを見おろした。

「はい、お父さま！　ねえ！　誰が寄ったと思う、ダンカークさんよ！　ジェーンがショールを置いてきたから、持ってきてくれたの」

「ほう、そうなのかね？」エルズワース氏は顔を輝かせた。「その話をすっかり聞かせておくれ、しかし、ともかく食卓にきなさい。スープが冷めかけているとお母さんがやきもきしているぞ」

夕食のあいだじゅう座っていることを考えると全身が反発したが、出かける前の晩に夕食を一緒にとらなければ、少なくとも母はひどく傷つくだろうとわかっていた。それに明け方に出発するのだから、さほどたたないうちに静かな家でゆっくり考えごとができるのだ。「いま行きます、お父さま」

ジェーンはボンネットを玄関のテーブルに置いた。メロディがいなくなったあとで、直す時間はたっぷりあるだろう。

21 狼と女神

疲れきったジェーンは、夕食後になるべく早く抜け出して寝室に行き、ヴィンセント氏の写生帳を持って小さな暖炉のそばにある椅子に腰を落ちつけた。かすかな不安のせいで、すぐに写生帳をひらいてメロディがほのめかしたものを探す気になれない。もっとも、芸術の考察以外のことが書いてあるのを恐れているのか、それがたんなるメロディの作り話だとわかることがこわいのか定かではなかった。Hがどんな名を表わしていて、なぜ頭文字が本人の名と違うのか見当がつかないまま、表紙に浮き出ているV.H.の文字に指を走らせる。そういえばヴィンセント氏の名前を知らなかったと思いついた。

最後に読んでいた頁をひらいてみる。

「このところ、大胆に描いた絵の具の下地に、きわめて精密な魔術の上塗りを組み合わせた効果について実験していた。全体として……」

ジェーンは頁に目印を残したまま先に進み、絵を探した。ロンドンの家で創った魔術画を詳細に描いている一連の頁で手を止め、それから一枚のシダの葉のスケッチへ進む。その下には大きな葉を魔力の糸でどんどん小さく複製して力を節約する方法が書いてあり、読む誘惑にかられたものの、頁をめくった。レディ・フィッツキャメロンの食堂の構想が記してある数頁は飛ばし読みする。繊細な線のスケッチをざっとながめてニンフの手がかりを探したが見つからず、ヴィンセント氏の技巧より興味をそそる記述もなかった。

その次にあったのは、父のイチゴ畑を見おろす丘の上からの風景をざっと描いたスケッチだった。頁をめくりかけたとき、「あのエルズワース家の女」という文字が目に入った。

まったく、あのエルズワース家の女ときたら、俺の透明球《スフェル・オブスキュルシ》をひとめ見るなり、ろくに考えもせずにこちらが何週間も試行錯誤を繰り返した魔術を再生してのけた。腹が立ってはいるが、わくわくしてもいる。ほかの人間が透明球《スフェル・オブスキュルシ》を創るのを見たのはあれがはじめてだし、おかげで遠見筒《ルアンテーヌ・ヴィジヨン》を試みる着想が浮かんだ。あの女は襞を操るとき少し変形させた。同じ光の襞の特性を利用すれば、ある場所から別の場所へ映像を移せると思う。この点で心配なのは、音楽を記録するのと同様、たえず襞を操っていなければならない以上、十分もたてば消耗してしまうということだ。それでも、俺が考えついたやり方より成功している。

あの女は利口だ、それは認める。あのときダフネを月桂樹に変えたように、姿を変えるのに引き結びを使う手は見たことがない。これほど自尊心が傷ついていなければ感謝するべきだろうが。


ジェーンはしばらく写生帳から目を離し、丘の上での対決を思い出した。この記述から考えれば、ヴィンセント氏の行動にもっと説明がつく。次の絵を求めて頁をめくると、メロディの絵があり、下に「ニンフ」とひとこと書いてあった。ほかに文章はなく、妹の顔だけだ。少し頭をそらして笑っている。それでいて、下向きに描かれた顔の皺から、笑っているのに耐えられないほど悲しそうなのが見てとれた。

ジェーンは唇を引き結んで頁をめくり、心をそそられる説明文を読み飛ばし、子爵夫人の食堂に現われた鳩と、胸が痛くなるほど美しいリンゴの木のスケッチに目をとめたあと、自分自身を見つけた。

その姿は余白の隅に落書きされていた。ちょうど真剣に集中している瞬間をとらえている。まわりの文章は布の織りと花のきめの類似性を扱っていたが、自分の絵との関係といえば、ヴィンセント氏がその落書きをした日、このリンゴの木のそばに立っていたことぐらいしか思いつかなかった。こんなにちっぽけな絵にはそぐわないほど長々と見つめたのは、好奇心にかられたせいだった——いったいなぜ自分を描こうと思ったのだろう？ 芸術における完璧さがどういうものか話していたときに描いていたのだろうか？ こんな小さな絵にたいして時間はかからないにしても、いつリンゴの木を中断してジェーンに移ったのだろう。

ジェーンは頁をめくり、息をのんだ。

ヴィンセント氏のペンは細部まで忠実にジェーンの姿を写し取っていた。高すぎる鼻の輪郭をきっちりとたどり、顔立ちのきつさにもひるまず、それでいて——それでいて、その絵には優雅な線を通じてある程度の美しさがそなわっていた。目鼻立ちを変えるのではなく、ペン自体のやさしい動きによって。そのペンが肌をかすめたかのように、ジェーンは椅子に座ったまま体をふるわせた。

そのとき、似顔絵の下にヴィンセント氏が唯一記した単語が目に入った——「芸術の女神」

声をあげて写生帳を投げ出し、ぱっと立ちあがる。芸術の女神？ 皮肉以外の意味で言っているとは思えない。言葉にならないほど動揺して室内を歩きまわる。ベスの台詞がふとよみがえった。「……一生芸術の女神以外に心を捧げる余地はないんですって」

まさか。ありえない。ジェーンが自分の芸術の女神だとヴィンセント氏が考えているはずはない。あの頁の中にどういう意味か説明してある箇所があるだろう。ジェーンは写生帳をほうりだした場所に膝をついて拾いあげ、ぱらぱらめくって自分の絵のところをひらいた。その先にヴィンセント氏の考えていることの鍵があるに違いないと信じ、その頁をめくる。

書いてあったのは文字だけだった。光と影の性質について論じている文章だと見てとり、ジェーンは安堵の息をついた。あの見出しはなんの意味もないに決まっている。そうでなければくわしく解説してあるはずだ。次の頁をめくる。

余白にふたたびジェーンの似顔絵があった。周囲の文章とはなんの関連もない小さな絵だ。そしてまた次の頁にも。めくる手を早めると、余白のちっぽけな似顔絵がますます頻繁に目についた。まるで暇なときはいつもジェーンのことを考えているかのように。

それから、食堂のニンフの絵が出てきた。

左頁では、最後に現われる姿はメロディではなくジェーンだった。右頁ではメロディの顔になっている。ふたつのあいだにヴィンセント氏はこう書いていた。「ミス・エルズワースが使っていた引き結びを使って、俺が望むときに一方からもう一方へ変えられるようにしよう。他人には片方のニンフしか見えないが、俺だけは俺の女神が木の中に閉じ込められているのを知っている。それほど簡単に彼女を解放してやれるものなら！そう願うあまり、仮の姿を捨てようと決意しそうになる」

すると、メロディの怒りをかきたてたのはこれだったのだ。絵で比較され、ジェーンの価値のほうが高いと判断されたからだ。しかし、それにしても！ヴィンセント氏から芸術の女神とみなされるとは！では、レディ・フィッツキャメロンのところで、ジェーンの作品に生気がないと言ったのはどういうことだろう？なぜ刺激も受けない、生気の欠けた作品を創る相手を女神と思えるのか。

ジェーンの頭の中でさまざまな考えや感情がせめぎあった。いますぐ子爵夫人の家へ駆けつけ、明け方に出発する前にヴィンセント氏と対決したい一方、メロディにこのことを打ち明けたくもあった。ふたりのあいだの信頼がかなり失われたとはいえ、写生帳とともに託された信頼を裏切らずに相談できる相手はほかにいなかったからだ。

それに、最後になにがあるか知りつつ——愛情が赤裸々に表現されていると知りつつ、ヴィンセント氏がこの写生帳をよこしたことを考慮しなければならない。頭が働かなかった。四方の壁が迫ってくるようだ。ヴィンセント氏のところへ行って対決しなければ。

だが、それができない以上、このせまい部屋に閉じ込められた思いで朝まで待たなければならないのだ。

眠ることさえできれば、もっと気持ちが落ちついてどう反応すればいいかわかるだろうに。しかし、ヴィンセント氏が自分のことを芸術の女神だと思っているのを信じられないように、まどろむこともできないようだった。ジェーンは叫び声を押し殺し、エーテルから魔力の襞をひっぱりだした。

疲れ果ててしまえば眠れるかもしれない。心の動揺を樺《かば》の木の線に押し込んでまっすぐな幹に組み立て、神経のゆらぎをざわざわとそよぐ葉で表現する。呼吸が速くなったが、樺の木に姉妹を与える作業にとりかかった。体力の限界に達しつつ、片隅に木立を描く。血管の中を血がどくどくと流れ、その脈動で膝がふるえた。部屋からとびだしていきたかったので、樺の木々から鳩の群れを舞いあがらせた。おかげで頭がくらくらしてくる。

廊下で扉がひらくのが聞こえた。メロディの部屋からに違いない。

足音が寝室の前を横切った。明け方の出発までにはまだ何時間もあるというのに、なにをしているのだろう？　ジェーンは束の間、妹を追いかけて不安を打ち明けようかと考えたものの、あれほど望んだ疲労が体の芯に溜まっていた。まもなく眠れるだろう。

またひとつ魔力の襞に手をのばしたとき、玄関の扉がひらいて閉じる音がした。

深夜にそんな音がしたことで胸騒ぎがして、襞から手を離してしまった。窓から外をのぞくと、覆いをしたランタンを持ったメロディが迷路に忍び込むところだった。ランタンの細い光線が妹の前方の暗闇を照らし出す。もちろん、バースへ出発する前に秘密の恋人に別れの挨拶をしなければならないのだ。ジェーンは一瞬だけ迷ったが、妹を追いかけようと決めてそっと部屋を出た。

夜の外出に気づいたことをメロディに知らせたら、出かけるのをやめるかもしれない。そうすれば自分の行動に対しても妹の行動に対しても気がとがめないですむ。だが、そうしたらメロディは別の方法で抜け出して、もっとこそこそと会うだけだろう。こちらの存在をあきらかにすることが本当に役立つときまで、知らせないほうがいい。

ジェーンは忍び足で一階までおり、台所の戸口から庭へ出ていった。散歩道を避けて生垣の脇へ向かう。息遣いが不自然なほど大きく耳に響いた。

家庭教師から逃げた記憶をよみがえらせ、イチイが一本抜けている箇所をめざす。こんもりと茂っているように見えるが、実は欠けた木を隠すように剪定されているのだ。枝を押し分けて垣根を抜け、メロディより迷路の奥に入るのは簡単だった。こうしてジェーンは、設計者の意図とはまるで違う道順をたどって、妹より先に迷路の中央へ到達した。足を踏み入れる前に立ち止まり、内側で音がしないかと耳をすます。砂利の上を行ったりきたりしている足音で、気をもんでいる紳士がいるのがわかった。相手に悟られずに中心部へ入ることはできない。

この部分の垣根は隙間なくからみあっており、音をたてずにすりぬけるのは無理だった。中心部に入らずに内側で起こっていることを見る手段さえあればいいのだが。

涼しい夜の風が本物の入口から近づいてくる軽やかな足音を運んできた。メロディに違いない。その響き具合から、蜘蛛の並木に入ったところだとジェーンは判断した。中央に着くまであと二分というところだろう。

垣根の向こうが見えたらと心から願う。ヴィンセント氏が遠見《ルアンテーヌ・ヴィジョン》筒を説明するときに解決策を与えてくれたことに思い至ったのは、そのときだった。ただ慎重に光の襞を操り、生垣の上でまげて中の光景を映し出すようにすればいいのだ。いまの消耗しきった状態では立ったまま作業を続けられないとわかっていたので、ジェーンは地面に座り込んだ。いくつかの襞に手をのばして織りはじめる。

魔力の糸の束を生垣の上に投げると、襞の端にバラの花が映った。漁師が網を投げるように注意深く襞を広げていくうち、とうとう糸の先端が予想もしていなかった男をとらえた。迷路の中央で待っていたのは、リヴィングストン大佐だった。

夜の空気さえ、眉ににじんだ汗を冷やすことはできなかった。

大佐は庭のあちこちを歩きまわっており、視界に入れておくには遠見《ルアンテーヌ・ヴィジョン》筒の襞を動かしてその姿を追わなければならなかった。呼吸がいっそうせわしくなる。ジェーンは手の甲で眉をぬぐった。

そこでメロディが映像に入ってきた。

「ヘンリー!」

リヴィングストン大佐は、ベスと婚約などしていないかのように妹を抱きしめた——抱きしめた!「かわいい人、もっと早くこられなくてすまない」身をかがめてキスする。

メロディは大佐から身を離した。「せめてメモをよこしてくれてもよかったのに」

「頼むよ、許してくれ。バンブリー・マナーには、僕の行動を伯母に告げ口したくてたまらない召使いどもが山ほどいるんだ。僕がどんな財産を相続するにしても伯母次第なんだよ」

「お父さまはあたしたちに充分な額をくれるわ」

「きみはそう言ってくれたが、あと少しだけ待って、きみの美貌にもっとふさわしい生活を送れるようにしたほうが賢明じゃないか?」

「もう、やめてよ。そんなことどうだっていいわ」

大佐は声をたてて笑い、メロディを近々と引き寄せた。「いまは気にしないかもしれないが、雑用をさせる小間使いもいないちっぽけな家できみが暮らすのは見たくないな。計画があるんだ、いとしい人、それにはあと少しだけ待てばいいんだよ。頼むから、しばらくは目つきや行動で僕のことがばれないようにしてくれ。伯母は僕がバースで会う女の子全員に愛想よくふるまうことを予想しているだろうし、実際そうするだろうが、好きなのはきみだけだよ」

メロディは溜息をついた。「ヘンリー、人をだますのは好きじゃないわ」

「ただの言葉だよ、いとしい人、言葉が汝を害することはないであろう。言葉なんか無意味さ。僕らは婚約しているんだろう？」

耳鳴りがして、メロディの返事はろくに聞こえなかった。さっきあれほど求めた疲労に押しつぶされそうになっているのを悟り、ジェーンが糸を縛ると、ふたりの姿は見えなくなった。

「ときどき、あなたの結婚の申し込みは口先だけだったんじゃないかって気がするわ」

「それなら、好きなのはきみだけだと見せてあげよう」

このままにはしておけなかった。姿を見せる瞬間があるとしたら、まさにいま、妹の名誉が完全に失われないうちしかない。よろよろと立ちあがると、周囲で迷路がぐるぐるまわった。ジェーンは支えを求めて生垣にしがみつき、必死で意識を保とうとした。

枝が最初にがさがさ鳴ったとき、迷路の中心の話し声はやんだ。「そこにいるのは誰だ？」リヴィングストン大佐が叫ぶ。

メロディが息をのんだ。「森には狼がいるってお母さまが言ってたわ。もし迷路に入ってきたんだったら？」

「狼なんかイングランドに――」

ジェーンは生垣に倒れかかり、通路に膝をついた。

「ヘンリー！　ピストルを抜いて！」

声をあげようと口をひらいたが、視界が横倒しになり、地面が体にぶつかってきた。

22 迷路を出て

まわりで狼が物音をたて、メロディの声が遠くで助けを呼んでいた。生垣の隙間で枝にはさまれたジェーンは妹のところへ行こうともがいたが、枝がいっそう深く食い込み、魔力の襞さながらに体へ侵入してきた。

夢の迷路を離れてまぶたを細くあけると、顔が通路の砂利に押しつけられていた。迷路を出てなどいなかったのだ。口の中は綿でも詰め込まれたようだし、体を酷使した名残でこめかみがずきずきする。

ジェーンは身をこわばらせた。どれだけ通路に寝転んでいたのだろう？　あたりが淡い光で覆われていることに気づいて、心の底からぎょっとした。鳥のやさしいさえずりと生垣を渡る風のざわめきをのぞいて、迷路の外に朝の静寂を破る音はなかった。

この消耗した状態で湿気と冷気にさらされたらきっと熱が出るに違いない。それでも、メロディと対決するぐらいならむしろ、このまま通路に横たわっていたかった。

状況は予想していたよりはるかに悪い。メロディがひそかに婚約していたというだけではなく、相手はすでにほかの女性と約束を交わしているのだ。父になんと言えばいいのだろう？　知ったとしても、父にどんな行動がとれる？　もちろん婚約を禁じ、リヴィングストン大佐とのつきあいを拒むに違いない。だが、家族やダンカーク家、レディ・フィッツキャメロンの不名誉にならないためにはどうすればいい？　お気に入りの甥がこんないかがわしい形で言い寄ったとあてこすりを言われれば、子爵夫人は当然こころよく思わないだろう。考えると胃がよじれそうだった。

それにダンカーク氏への約束はどうなる？　リヴィングストン大佐との婚約こそ、ベスが危険にさらされている状態に違いない。しかし、もしダンカーク氏が知ったら、きっと大佐に決闘を申し込むしかないと感じるだろう。

それだけは許しておけない。大佐がどんな罪を犯そうと、命を奪ったところで問題は解決しないのだ。だいたい、決闘してもダンカーク氏がそう簡単に勝てるとはかぎらない。ガフニー氏のような魔術師と闘うのと、海軍の大佐に立ち向かうのとではわけが違う。

そんな決意を固めているように見えたら、なんとしてでも思いとどまらせなければ。

ジェーンはまた気を失わないようにゆっくりと立ちあがった。ずっと片手でイチイの木に触れて平衡を保ちながら、迷路のまがりくねった通路を普通の道順で戻って外に出る。歩いているうちにやや足もとがしっかりしてきたが、まだ吐き気が残っていた。

光の射し方からして日の出の時刻は過ぎているのに、正面の芝生に家の馬車はなかった。ジェーンは散歩道を進んでいった。馬車がないのは母の具合が悪くて旅行をのばしたからだと思い込もうとしたが、少しずつおそろしい確信が湧いてきた。母と妹はすでに出発してしまったに違いない。

家に近づいても出発前のあわただしい気配が見られなかったので、足を速める。玄関にとびこんで階段を駆けあがると、あやうくおりてきたナンシーとぶつかりそうになった。

「まあまあ、お嬢さん。びっくりしましたよ。お母さまが捜してらしたのに。わたしゃまだ寝てらっしゃると思ってたんですがね」

よかった、まだ出かけていなかったらしい。突進しようとしていたジェーンは速度をゆるめた。「ありがとう、ナンシー。すぐお母さまのところへ行くわ」

家政婦は困惑した顔になった。「でも、もう一時間も前に行っておしまいですよ、お嬢さん。お嬢さんがお見送りなさらなかったもんで、それはもういらいらしておいででした。出発なさる前にお嬢さんを起こそうとしたんですが、ミス・メロディが寝かせておいてっておっしゃったんです。寝るとき気分が悪そうだったからって」

ジェーンは倒れないように手すりをつかんだ。行ってしまった、メロディとリヴィングストン大佐が一緒に！　なんということだろう！　バースにいるあいだにどんなことが起こるか知れたものではない。

「お加減は大丈夫ですか、お嬢さん？」ナンシーはジェーンの乱れた姿にたったいま気づいたようだった。生垣の中で一夜を明かして、いったいどんな恰好に見えることか。

「ええ、ありがとう、ナンシー」いますぐ父に頼んでメロディと母をロング・パークミードへ連れ戻してもらわなくては。ジェーンはナンシーと別れて一階へおりていき、書斎にいる父を捜した。

「お父さま、ちょっとお話ししていい？」

「うん？　もちろんだとも、入りなさい、入りなさい。いやはや！　ジェーン、具合でも悪いのかね？」エルズワース氏はジェーンがぎょっとするほど急いで椅子を引いてくれた。

「心配ごとがあるの、お父さま」

「それは見ればわかる」父はジェーンの髪からイチイの小枝をぬきとり、机の奥に腰かけた。「なにを心配しているんだね、娘や？　おまえが見送りにこなかったせいで、お母さんはどうにかなってしまいそうなほど気をもんでいたぞ。元気だとうけあっておいたが、はたしてよかったのかと疑問になってきた。それはきのう着ていた服ではないかね？」

ジェーンは汚れて湿った生地を見おろした。「ええ、お父さま」

「一晩外にいたように見えるが、そうなのかね？」

「わたし――ええ、そうよ」ジェーンは膝の上で手をもみしぼった。「そのことで、ちょっと言いにくいお話をする必要があるの」

「ふむ」父の額に血管が浮き出し、立ちあがって部屋をひとめぐりした。「正直なところ、もう少しましな男だと思っていたがね。それを言うならおまえのこともだが」

「なんですって？」

「うむ、父親としてどう考えればいいのかね？　おまえは一緒に食卓についていても、夕食のあいだじゅう上の空だった。これまで見たことのない目つきだったしな。わしは考えた――年寄りすぎてそういうことには気づかないと思っているのかもしれんが、ともかく考えた。まもなくどこかの紳士が訪ねてくるのではないかとな。それなら喜ぶべきだと思ったのだが、そのあと外で一夜を明かしたような姿でおまえが現われ、しかも言いにくい話をしたいだと？　どう考えろというんだね」

ジェーンは赤くなって口ごもった。「違うわ、お父さま。誤解よ。でもそんなふうに心配させてごめんなさい。ここにきたのはわたしのためじゃないんです」

「ほう、ではなにを心配しているのかね」エルズワース氏はベストに指をひっかけ、いかめしくこちらを見た。

いざメロディに関する心配を説明する段になると、よくない知らせを親に告げるときの不安が一気に襲ってきた。言うべき台詞が喉につまる。父を捜して書斎へくる前に考えをまとめておけばよかったとジェーンは悔やんだ。

「気になっているのはメロディのことなの」そのうち会話を立ち聞きしたことや自分の推測を話さなければならないと知りつつ、いちばん簡単な事実から切り出す。

「メロディ？」その名前で父は歩きまわるのをやめ、腰をおろした。「この何週間か気落ちしていたな、みなそうだったが。しかし、おそらくバースへ行けばずいぶん元気になるだろう。実際、ここ数日で明るくなったようだ」

「心配なのはまさにバースへ行くことよ」父の視線を避けてジェーンは続けた。「何週間か前、メロディは男の人と親しくなったとほのめかしたのだけれど、相手がリヴィングストン大佐だってわかったんです」

「リヴィングストン君はここにいるとき好意を示していたが、確信がなかった。まあ、一緒にバースにいれば絆が強まるに違いない」

当然のことながら、立ち聞きしたあの会話を知らなければ、リヴィングストン大佐のふるまいは非の打ちどころがないように見えるだろう。ジェーンは溜息をつき、自分に対する評価がさがらないことを祈りつつ、なんとか先を続けた。「そんなふうにうれしく思えたらよかったのに。話すのはつらいけれど、伝えなければならないことがふたつあるの。ひとつめは、伯母さまがふたりの仲を認めてくれないだろうとリヴィングストン大佐が言ったこと。もうひとつは、大佐がほかの人と婚約しているのをわたしが知っていることよ」

エルズワース氏の息遣いが荒くなった。もう一度ジェーンの乱れた恰好をながめる。

「どうやってそのことを知ったんだね？」

「わたし――わたし、ゆうべメロディのあとをつけたの。盗み聞きするのはよくないことだって知っていたけれど、こっそり家から出るところが見えて、恋人と待ち合わせしているに違いないって気づいたのよ。なにか困ったことが起こったときのためについていこうと思ったんです」

「わしを起こそうとは思いつかなかったのかね？　その役目にはわしのほうが向いているかもしれないとは？」

ジェーンは口ごもった。姉としての気遣いではなく、腹いせであういう行動をとったと内心では承知していたからだ。頭をたれる。「メロディに腹が立っていたの、お父さま。お父さまを起こすべきだったけれど、あの子がわたしのことを穿鑿《せんさく》してきたから——」

「ははあ！　すると、おまえに想う紳士がいるという推測は正しかったわけだな」手をふって話題を切りあげる。「話をそらすのはやめよう。リヴィングストン大佐がすでに婚約しているという発言について教えてくれ。どうも信じがたいと認めざるを得んよ、大佐のふるまいは常にすこぶる立派なのでな」

「くわしくは話せないんです、秘密にする約束で教えてもらったことだから」少なくとも父に対しては、ベスの信頼を裏切るつもりはなかった。もっとも、約束した以上、ダンカーク氏には話さなければならない可能性が高い。「本当だというのは、わたしの言葉を信じて」

エルズワース氏は口もとをさすって椅子の背にもたれ、天井を見つめた。しばらくして、こちらに鋭い目を向ける。「では、こうしよう。わしはお母さんとメロディを追いかけて、家に戻ると約束させる」

「ふたりとも戻りたがらないでしょうね」

「たしかに」父はうなり、ふたたび天井をながめた。「いちばん都合がいいのは、お母さんにおまえの具合が悪いと伝えることだろうな。そうすればやきもきして即座に家へ戻るだろう。メロディにはフィッツキャメロン家の一行と残るという選択肢を与えんよ。もっとも、そうしたいと頼まれるのはおまえもわしもわかっているが」

父に告げて肩の荷がおりることを期待していたのだが、安堵感は訪れなかった。それどころか胃がむかむかした。メロディの信頼を永遠に失うとわかっていたからだ。夜中にあとをつけたときより、もっと意識的に裏切っている気がした。だが、メロディに腹が立ってはいても、妹の将来がだいなしになることには耐えられなかった。

父はこの葛藤の一部をジェーンの顔つきから見てとった。「わしに話したのは正しい行動だったぞ」

ジェーンはうなずいた。その通りだと知っていても、心は納得しないままだった。

父は椅子を後ろへ押しやった。「シャフツベリーに着く前につかまえるつもりなら、もう出なければならんな。おまえも出かけたほうがよかろう、わしらが戻る前にロビンスフォード・アビーから帰っていたいなら」ジェーンの驚いた様子に続ける。「確証を求める気はないが、おまえに秘密を打ち明けた若いご婦人が誰なのか、見当はつく」エルズワース氏は片手をジェーンの頬にあてがった。「娘や、おまえをうらやみはせんよ。

あちらのご家族が喜ぶとは思えん」

「ええ、お父さま。その通りよ」

「しかしな。ちょっと身支度を整えていくといい」頭をふり、愛情をこめてにっこりする。「頭がおかしくなったように見えるぞ」

エルズワース氏は出ていき、残されたジェーンは階段を上って寝室へ行った。扉をひらき、部屋の一隅を占めている魔術画に仰天する。

ゆうべ体力を使い果たそうとしてがんばったことを忘れていた。自分の創った林は、この手から出てきたとは信じられないほどいきいきとそよ風にゆれていた。違いを生んだのは細部の精密さではない。場面全体に命を与えているのは、すらりと優美な大枝の根底に流れている、みずから根を引き抜いて動きたがっているような緊張感だった。ジェーンは声をたてて笑った。

ヴィンセント氏に褒められそうな魔術画を創り出したのはいいが、絵があるのはこの家の中でも相手が入れない場所なのだ。笑いが止まらなくなり、やがてすすり泣きと恐怖がまじりあって、ジェーンはぜいぜいあえぎながら口もとを手で押さえた。扉を閉じてよりかかり、ぎゅっと目をつぶる。ねえ、ヴィンセントさん、このおそろしさをどうやって作品に昇華したらいいの？ ひょっとしたら、逆に一筋の乱れもないチューリップの列にできるかもしれない。また笑いがこみあげてわれを忘れそうになったが、ジェーンは息をついた。ヴィンセント氏がどう考えようが、感情を抑えなければならない状況はある。いまこそそのときだ。できるかぎり理性を保っておかなければ。

23　炉棚の上の箱

ダンカーク家を訪問できるほど身なりを整えたころには、多少気分も落ちついていた。訪ねる口実が必要だったので、もっと楽しい本を持っていくとベスに約束したことを感謝した。家の小さな図書室へ寄って、目的に適いそうな本を数冊選ぶ。

リヴィングストン大佐の裏切りが暴露されたら、ますますこの本が必要になると気づいて手がふるえた。喉にこみあげた苦いものをのみくだすと、本を小脇にかかえてロビンスフォード・アビーへ出発した。

ダンカーク氏とこの道を歩いたのはついきのうだっただろうか？　ベスの過去を話し出した地点を通りすぎ、ガフニー氏との決闘について知った場所、続いて名前を呼ばれた樫の木のかたわらへやってくる。ヴィンセント氏と完璧さとはどんなものか論じ合ったリンゴの木へ通じる道があった。ヴィンセント氏はあそこでわたしのことを考えはじめたのだろうか？

頭をふってそんな空想を頭から追い出す。ダンカーク氏に名前で呼ばれようと、ヴィンセント氏に芸術の女神と思われていようと関係ない。いま問題なのは、ベスがリヴィングストン大佐に傷つけられるだろうということだ。

ジェーンはまもなくロビンスフォード・アビーの居間に通され、そこでベスを待つことになった。急ぎの訪問などではないというふりをして腰をおろすことができず、あたりを歩きまわる。ベスに教えた本棚の魔術が気にさわった。硬くこわばっていながらか け方には非の打ちどころがない。エーテルからその不愉快な作品をちぎりとって全部やりなおしたかった。

ダンカーク氏が乗馬服姿で入ってきた。「ミス・エルズワース、ようこそ。午後までお見えにならないと思っていました」

「早くお邪魔して申し訳ありません」

「とんでもない」ジェーンが手にした本を見やる。「妹へのお気遣いをどんなにありがたいと思っているか。ベスもすぐにきますよ。乗馬に出かけるところだったのですが、おいでくださって大喜びしています」

ジェーンは持っていることを忘れていた本にちらりと目をやった。リヴィングストン大佐の裏切りをくわしく伝えたら、どれもなぐさめにはならないだろう。兄の支えが必要なのに、落ちついた対応をするとあてにできるだろうか？　だが、別の手立ては思いつかなかった。ダンカーク氏には言わなければならない。「残念ながら、ダンカークさん、この本を持ってきたのはたんにお訪ねする口実ですの」

たちまち相手の態度が変わった。「どうしたのですか？」

「どんな形でもベスが危険にさらされそうになったらお知らせする、と約束したのを憶えていらっしゃるでしょう？」

ダンカーク氏はぴたりと動きを止めた。

「似たような約束をしてほしいとお願いしなければなりませんわ。わたしに相談せずに行動しないと約束していただかなくては。なぜかというと、うちの家族にも影響があることがわかりましたので」

「なるほど」ダンカーク氏は椅子をさししめした。「どうぞ」

関節がきしむほど逃げ出したかったが、ジェーンは腰をおろした。めでたしめでたしの結末が守ってくれるといわんばかりに、なおも本をしっかりとかかえたままだった。

「相談してくださると約束していただけますか？」

ダンカーク氏は座ったまま落ちつかなげにみじろぎした。「正直に申し上げて、お約束できるかどうかわかりません。こちらもできるだけ妹の身を守らなければなりませんから」

ジェーンはうなずき、唇をかんだ。息を吸い込んで続ける。「わたしが妹を守らなければならないのと同じように」

「なんとおっしゃいました？」

「実は、ふたりとも同じ男性に求婚されていると知ったばかりなんです」

ダンカーク氏はぱっと椅子から立ち、大股で窓辺に歩いていった。朝の光さえ、背を向けて立った姿のこわばりを少しもやわらげていなかった。「その男が誰なのか教えていただけますか？」あまりにも抑揚がなく冷静な声に、ジェーンは寒気を覚えた。

「軽はずみな真似はなさらないと約束してください」

ダンカーク氏はまだ窓の外をながめたまま息を吸い込んだ。「それならお約束できます。相手は誰ですか？」

そう言われてさえ、不吉すぎる予感を抑えきれず、口をひらく前にごくりと唾をのみこまなければならなかった。「リヴィングストン大佐です」

居間の戸口から金切り声があがった。「だめ！」

猛《たけ》り立った目つきのベスが室内にとびこんできた。つかみかかられ、両手で耳や顔をひっぱたかれて、ジェーンは椅子の奥に身を縮めた。「あなたなんか大嫌い！　大嫌い！」

「ベス！」ダンカーク氏が妹を後ろからつかんで引き離そうとしたが、ベスの手はジェーンの髪を握りしめた。その力で頭が痛いほど前にひっぱられる。ダンカーク氏はベスの手をねじりあげ、髪からひきはがした。ようやく離れたときには、まっすぐな褐色の髪が幾筋か手からたれていた。兄にひきずられてジェーンから遠ざけられながら、ベスはわめいたりすすり泣いたりして身をもがいた。ダンカーク氏は妹を押さえつけて言った。「聞きなさい。落ちつかなければいけないよ」

「約束したのに」

「ミス・エルズワースは約束を守った。両方に対してだ。おまえに好きな相手ができたのは知っていたよ、聞いているか？　すでに知っていたんだ。ミス・エルズワースには危険な人物かどうか教えてほしいと頼んだだけだ」

ジェーンはふるえながら椅子に座ったまま、息もつけなかった。いまなら喜んで気絶するのに、体じゅうがはっきりと意識している。どれほど正当化しようが友人を裏切ったという事実を。

「嘘をついてるのよ。あの人は絶対に――あの人はわたしのことが好きなんだから」

ジェーンは気力を奮い起こして言った。「ベス、わたしはふたりを見たのよ――」

「あなたが口を出しても役に立たない」ダンカーク氏に鋭くにらまれ、また椅子に縮こまる。ダンカーク氏は頭を低めて妹の耳もとに口を寄せた。「さあ、耳を貸しなさい、いい子だから。落ちつかないと召使いになにごとかと思われる。噂を広めてほしくないだろう。この三人しか話を知らないかぎり害はないんだ。聞こえているか？」

ベスはうめいた。「嘘をついてるんだわ。嘘だって認めさせて」

「嘘をついてミス・エルズワースがどんな得をする？　どうだ？」ダンカーク氏は反応を待ったが、妹はつかまれたままぐったりと体から力を抜いていた。「冷静になると信じてもいいね？」

激しい息遣いに全身がふるえていたものの、ベスはうなずいた。

「いま放してあげよう。頼むからこれ以上大騒ぎして恥ずかしい思いをさせないでくれ」ダンカーク氏はベスから手を離した。手首を握っていた箇所には指の痕があざやかに赤く残っていた。

少女はほんの一瞬動きを止め、すぐに扉から走り出た。足音が廊下を遠ざかっていく。寝室に向かっているに違いない。ダンカーク氏はぞっとするほど理性的な表情を作ってその後ろ姿を見送った。

ジェーンはその光景を見まいとして目を閉じた。このうえなく冷静な色が瞳に燃える憤怒を隠している。ヴィンセント氏ならあの顔をどう描くだろう？　輪郭が脳裏に焼きついて、思わずみぶるいした。

ダンカーク氏が部屋を横切るのが聞こえ、デカンタをあけたらしくガラスがカチッと音をたてた。目をひらくと、相手はブランデーの入ったグラスを持っていた。ぐっとあおってから、ふたつめのグラスをこちらにさしだす。「失礼しました」

ブランデーをすすると、胃まで熱さが伝わり、胆汁とまじりあって胸がむかむかした。

「申し訳ありません――」

ダンカーク氏は手をあげて押しとどめ、黙って首をふった。手近の椅子に身を沈めると、空いているほうの手でまぶたを覆う。ふたりはなおも無言で座っていたが、やがてようやくダンカーク氏が頭をもたげ、ふちが赤くなった瞳を見せた。「あなたをこんな立場に置くつもりはありませんでした。それを言うなら、ベスもそんなつもりではなかったでしょう。あなたの友情をとても貴重なものと思っていたのですから」

「ベスがわたしに裏切られた気分になるのも当然ですわ。たとえこうしてお話しているところを耳にしなくても、大佐が正式に交際の申し込みをしたがらなかったことで、なにかおかしいとは思っていたでしょうけれど」事実だとわかっていても、胸の痛みはおさまらなかった。

相手はうなずいた。室内で聞こえるものといえば、炉棚の時計の音と、ジェーン自身の苦しげな息遣いだけだ。ダンカーク氏はブランデーをじっと見つめ、手の中でグラスをまわした。とうとう咳払いする。「そちらのご家族はどうなさるでしょうか？」

「父がメロディと母を連れ戻しに参りました。そのあとはわかりません」

ダンカーク氏は唇をすぼめた。「すぐお戻りになると思いますか？」

「さあ、どうでしょう。父が追いつくまでにどこまで進んでいるかわかりませんから。戻るよう説得するのにどれだけ苦労するかということも」

「わが家の話をなさらないよう願っていますが」ダンカーク氏はすばやく顔をあげ、ふたたび難しい顔になった。

「わたしの具合が悪いと伝える予定ですの。実際、絶好調とは言えませんし」

「お宅までお送りしましょう」

「でも、ベスのそばにいらっしゃらなくては」

ダンカーク氏は鼻を鳴らしてグラスを置いた。「まだ当分は私の顔を見たくないでしょう。それだけの余裕も馬車もあります。償いとしてはささやかな行為ですが。どうか――」ふいに顔が蒼白になり、窓に目をやる。同時にジェーンの耳にも蹄の音が響いた。

ジェーンはふりむき、そうすれば窓からの光景が変わるとでもいうかのように椅子から立ちあがった。牝馬の首に低く身をかがめたベスが、朝の陽射しにくっきりと照らされて、ロビンスフォード・アビーから走り去っていくところだった。

ダンカーク氏は悪態をついて居間の戸口へ駆けつけたが、そこで急に足を止めた。「あいつのところへ行ったんだ」荒い呼吸できびすを返し、部屋を横切って炉棚に近づくと、決闘用のピストルが入った象嵌《ぞうがん》細工の箱をつかみあげる。

「ダンカークさん！」ジェーンは止めようとするかのように手をさしのべた。

相手はけわしい表情で一礼した。「どうやら誰ひとりとして約束を守らない日のようですね」そう言い残し、石のようにこわばった顔で部屋から駆け出していく。

ジェーンはスカートをたくしあげてあとを追った。ダンカーク氏は毒づきながら馬の用意をしろと叫んだ。ジェーンが大声で呼びかけ、性急な行動をとらないようにと懇願しても、まったく無視する。足もとでテリアがきゃんきゃん吠えたてているといわんばかりだ。こちらに気づいているという証拠は、従僕に鋭く命じたことだけだった。「ミス・エルズワースが無事お帰りになるよう手配しろ」

そして黒馬にまたがって行ってしまった。背後で上着の裾が黒い獣の翼さながらにはためいていた。

戸口に立ったジェーンは、動悸を静めようと胸に手を押しあてた。ダンカーク氏はリヴィングストン大佐を殺すか、殺そうとして死ぬ。確信があった。ダンカーク氏が指示を出していった従僕をふりかえる。「わたし用に馬の鞍をつけてくれる？」

従僕はなにも訊かずに礼儀正しく頭をさげ、ジェーンは十分後には、以前乗ったダンカーク家の灰色の牝馬と向かい合っていた。馬丁はあきらかにこちらを品定めして乗馬が苦手だと判断したらしい。

別のときならありがたく思っただろうが、いまは子守りではなく速い馬が必要なのだ。ジェーンはダンカーク氏を追って馬を急がせ、正面の芝生を駆け抜けた。追いついたらなにをするかはもちろん、どうやって追いつくかさえ見当がつかないままに。

24 決闘と取引

鞍の上ではずんで硬い革に叩きつけられたジェーンは、外で一夜を明かした節々の痛みや疲労をいやというほど感じた。牝馬は早駆けを長く続けることができなかったので、これほど焦っているのに並足でがまんするしかなかった。土曜日のピクニックさながらにのんびりと田舎の風景が流れていく。

大丈夫だと判断すると、ジェーンはまた馬を走らせた。正午を過ぎても家族の誰にも会えず、出くわしたのは町へ出かける農夫だけだった。

そのあと、ひとりの騎手がこちらへ向かってきた。ダンカーク氏が気を変えたのではないかと心が軽くなったが、髪の色も体格も違っている。

「なんだ、ミス・エルズワースじゃないですか」近づくとそれがバフィントン氏だとわかった。レディ・フィッツキャメロンの晩餐会にいたいやな男だ。相手はジェーンを見て帽子をとり、馬首をめぐらして隣に並んだ。「驚いたな。具合が悪いと思っていたんですが」

「いいえ。ごらんの通り、そんなことはありませんわ」ジェーンは礼儀上反応したが、自分の言葉にまるで注意を払っていなかった。最低限の挨拶を交わしてからたずねる。

「ひょっとして道でレディ・フィッツキャメロンに行き合いませんでした？」

「行き合いましたよ。実のところ、ドーセットのくだらない娯楽のためにバースへ行くのをやめたのが疑問になりましたね。あれだけぞろぞろ重要人物が通りすぎては」

「ほかにどなたにお会いになりましたの？」答えはわかっていたが、ジェーンはたずねた。どのくらい後れをとっているのか知りたかったのだ。

「まず子爵夫人、それから三十分もしないうちにミス・ダンカーク、そのあとダンカーク氏ともすれちがいましたね。それからたったいまご家族を追い越したところです。今日会った面々の中で唯一バースから戻ろうとしていたようですが。あなたの後ろには誰が？」

「あいにく悪魔なんです、バフィントンさん」ジェーンは牝馬を進めた。父が母をバースから引き返させるのに成功したというのはささやかな幸運だった。家族とすれちがったらどうするのか見当もつかない。ジェーンの具合が悪いとエルズワース氏が言ったに違いないからだ。

「それでは失礼しますわ」

「お訊きしてよければ、なにが起きているんですかね？　ダンカーク氏とも妹さんともすれちがいましたが、どちらも話をしてくれませんでしたよ」

ジェーンは早駆けさせようとしたが、牝馬は二、三歩早足になっただけでふたたび歩き出してしまった。「殺人です、誰かが介入しなければ」

相手は笑った。「いや、あなたがた女性ときたらまったく大げさだなあ。気絶したとき僕が受け止めると思わないでくださいよ」

「地面に倒れたほうがましですわ。それでは失礼」ジェーンは牝馬を強く蹴り、なんとか前進させることに成功した。頭の中で計算して、あとどのくらい距離があるか見積もろうとする。ダンカーク氏に追いつく望みはないが、まずいことにならないうちに到着できれば、結果を変えられるかもしれない。

「ちょっと待ってくださいよ！」バフィントン氏は隣に馬を寄せてきた。「本気で言ってるんですね？　誰が殺したんです？　どうやって？」

不愉快な男！　ばかげた発言でよけい好奇心をあおってしまったらしい。バフィントンはいまや楽々と馬を並べてついてきていた。手をのばして牝馬の手綱を奪い取る。

ジェーンは息をのみ、取り返そうとしてあやうく落馬しそうになった。バフィントンは両方の馬を止めた。ジェーンの子守り馬はまるで抵抗しようとしなかった。

「頭がおかしくなったんですか？」ジェーンはつかまれた手綱をむなしくひっぱった。

「いや、僕はおかしくないですよ」バフィントンはゆうゆうと鞍に座ったまま、いかにも恩着せがましく笑いかけてきた。「ご家族がいらっしゃるまで足止めしたほうがいいと思ったもので」

「家族を待っている時間はないんです」ダンカーク氏がリヴィングストン大佐に追いついたらどうなるか、考えたくもなかった。

「ええ。悪魔に追いかけられているとおっしゃいましたね。ぜひそのことをもっと話してくださいよ。以前から悪魔というのはどんな姿だろうと思っていたんです」

「手を離さなければ間違いなく目にすることになりますよ」

バフィントンは笑い声をあげた。「ええ、そうでしょうとも。やはりバースへ向かうと決意して、この道をやってくるところなんでしょう。この季節のバースは温泉水がいいそうですね。あなたのせいであきらめなければならなかったとは、ご家族もお気の毒に」

ここでようやく、エルズワース一家がロング・パークミードに戻るのは、ジェーンの具合が悪いからだという口実をバフィントンが耳にしていることに気づいた。もっともな理由だ——本人が殺人だの悪魔だのと口走りながら馬を飛ばしてくるまでは。

きっと頭がおかしくなったと思われているに違いない。

「比喩的な話ですわ、バフィントンさん」ジェーンは背筋をのばし、はじめてほつれ毛が顔のまわりに乱れかかっているのを感じた。まさしく正気を失っているように見えるだろう。「お気遣いありがとうございます、でも馬を離していただかないと」

「いいや、ミス・エルズワース。気がとがめてとてもそんなことはできませんよ」

ジェーンはもどかしさと怒りに声をたてた。馬からおりるなり、バースへ向かって歩き出したので、バフィントンは愕然としたようだった。遅かれ早かれ父に会えるだろう。ダンカーク氏に追いつく望みは絶たれたが、向こうが殺人を決意して進んでいるというのに、ぼんやりここで座っていることはできない。

「ミス・エルズワース！ そんな必要はありませんよ。ご家族がすぐいらっしゃるでしょうから」

冷静に話す自信がなかった。ジェーンはスカート姿で可能なかぎり急いで道を進み続けた。秋が深まっていてもその日は暑かった。下着が夏のようにべったりと肌にはりつく。

馬で追いかけてきたバフィントンが、右側でジェーンの馬を引きながら、待ってくれと懇願した。「具合が悪いのに歩かないほうがいいですよ」

「だったらわたしの馬を返して」

「乗っていってしまわないと約束してください」

「ちょっと、あなたはわたしの馬を盗んだのよ。なにかを要求できる立場じゃないでしょう」

ようやく父の馬車が道の前方に見えてきた。エルズワース氏は馬車の隣でゆったりと馬を進めていた。見分けがつく程度まで近づくと、ぎょっとした顔をする。

「ジェーン？」拍車をかけて前進し、そばまでくると馬からおりる。「ここでなにをしているんだね？」

バフィントンが悲しげに頭をふった。「たぶんお父上なら答えてもらえるかもしれませんね、僕には無理でした。お嬢さんは殺人だの悪魔だのとわめき散らしているんです。お気の毒ですが、正気を失っているんじゃないかと」

「殺人！」エルズワース氏の顔から普段の赤みが消え失せた。「誰が？」

「まだ誰も殺していません」ジェーンはちらりとバフィントンに目をやり、せめて残っている秘密だけでも守りたいという願いを父が理解してくれるようにと祈った。「こちらが期待していたほど話し合いがうまくいかなくて。残念ながら先方はとても動揺してしまったんです。バフィントンさんはご親切にも、わたしをここで足止めして、用事を続けさせないほうがいいとお考えになったの」

「いやいや、なんということはありませんよ」バフィントンはまるで褒められたかのように手をふった。

「どうして止まったのかお母さまが知りたがってるんだけど」メロディが馬車からおりてきた。新たな一日のように明るくさわやかに見える。「ジェーン？」

「なんですって？」母が馬車から首を突き出す。「ジェーン！　起きて出歩くなんていったいなにをしているんです？　お父さまが言っていたけれど、わたしが使うなと言ったのに魔術の使いすぎで倒れたんですって。しかもここで会うなんて。もうがまんできませんよ。おまえは母親に対して残酷すぎるわ。あら！　バフィントンさん。またお目にかかれてうれしいこと」

バフィントン氏は鞍からとびおりてメロディとエルズワース夫人に頭をさげた。声をひそめて、だがジェーンの耳にはしっかり届くように言う。「どうやら魔術のせいで正気を手放されてしまったようなんですよ、奥さん、ですがご安心を、お嬢さんが一目散に馬で走っていくところを発見したので、僕が精一杯お世話しましたから」

「まあ！」エルズワース夫人はぱたぱたと自分をあおぎながら馬車の中へあおむけに倒れた。

バフィントン氏が受け止めようと突進した。もっとも、無駄だと忠告してやれただろうが。気にさわった内容がなんだろうと、母は当分へたりこんでいるだろう。つま先をなにかにぶつけた程度でも、脳震盪を起こしたのと同様にぐったりしてしまうのだから。こうした反応に慣れてひさしい父は気にもとめず、妻の介抱をバフィントン氏とメロディにまかせてジェーンのほうを向いた。

「なぜ殺人と言ったんだね、ジェーン？」

「ダンカークさんよ。決闘用のピストルを持ってロビンスフォード・アビーを出ていったの」

エルズワース氏はこの台詞に顎をひきしめて姿勢を正した。「それでおまえは止めようとしたのかね？」

「時間がなかったわ」ダンカーク氏がもっとこちらの意見を尊重していたら、躊躇していただろう。馬を走らせているあいだに頭が冷え、今度は理性的に耳をかたむけてくれるだろうと願うしかなかった。ジェーンは父から目をそらし、まだ子爵夫人の馬車とダンカーク氏が見えるかもしれないといわんばかりに道の先に目を向け、バースの方角をながめた。だが、視界に入るのは家の馬車と母を介抱している面々だけだった。放置された馬たちは、人間の騒動などどこ吹く風で道の端の草を食んでいる。

バフィントン氏の馬は脚の長い立派な牡馬で、溜め込まれた力があらゆる動作にみなぎっていた。はっきり意識して計画を立てたわけではなかったが、ジェーンはその牡馬に歩み寄り、手綱をとって鐙《あぶみ》に足をかけた。父がかたわらで乗るのを手伝ってくれた。

「ダンカーク君がわしの言うことに耳を貸すとは思えんのでな。でなければかわりに行くところだが。わしらもあとから行くが、気をつけてな」

そこでジェーンはバフィントン氏の鞍に対処するはめになり、馬にまたがる必要があるという事実にたじろいだ。その行動に向かないスカートは膝の上までたくしあげられ、ふくらはぎがあらわになって慣れない感じがした。さっきバフィントン氏に頭がおかしいと思われたとしたら、この姿でいっそう確信を与えてしまうだろう。

踵をあてると馬が勢いよくとびだしたので、横鞍に乗っていなくてよかったと感謝した。脇を通りすぎるとバフィントン氏がどなった。母も悲鳴をあげたが、馬の蹄の音にかき消されてすぐに聞こえなくなった。

バースの方角へ馬を全力疾走させる。こんなに速く走れるとは思ってもみなかった。一度鞍の上でふりかえったが、道がまがっているせいで家族は視界から隠れていた。

馬にまたがっている感覚に慣れる間もなく、道の小高くなっている地点にたどりつく。前方にフィッツキャメロン家の馬車が見えた。止まっているということしかわからないうちに馬が次の斜面を駆けおりてしまい、馬車は見えなくなった。

ジェーンは懸命に祈りながら馬を駆り、蹄の音をとどろかせてようやくその光景を隠している最後の坂をまわった。馬車は草地の脇で道に止まっており、子爵夫人が中から身を乗り出していた。草地の向こうではヴィンセント氏が腕の中で暴れるベスを押さえつけている。そのあいだでダンカーク氏とリヴィングストン大佐がピストルを持ち、互いに背を向けて離れていくところだった。

遅すぎた。到着が遅すぎたのだ。

その場面に実際に馬を乗り入れるまで、誰もジェーンの存在に気づかなかった。決闘の最中のふたりは自分たちの行動に集中していたし、ベスの注意はそちらにくぎづけになっていた。

だが、ヴィンセント氏はこちらを見た。

その視線が顔の輪郭をたどり、目でスケッチするのがわかった。ジェーンは赤くなって下を向いた。あの写生帳で味わった混乱がふたたびわきあがり、全身に広がる。急くあまりヴィンセント氏がここにいるはずだということを忘れていた——選べるものならこんな形で次に会おうとはしなかったはずだ。もっとも、憶えていたとしても結果は変わらなかったに違いない。それでもダンカーク氏を止めざるを得なかっただろうから。

だが、どんな手立てが残されている？　ジェーンは道から外れ、決闘中のふたりのあいだに馬を割り込ませた。「やめて！　お願いです」

その声にひとまず決闘を中断してふたりはふりかえった。

最初にジェーンを見たのはリヴィングストン大佐だった。そのおもてにこちらを見分けた表情と苛立ちの色がせめぎあう。「ミス・エルズワース！　噂話を広めた結果を見にきたんですか？」うれしさのかけらもない笑みを顔にはりつける。「お会いして喜んでいなくても許してもらえるでしょうね」

ジェーンは相手を無視し、ダンカーク氏と話すことに集中した。馬からとびおりて、もう少しで地面に倒れそうになる。体が重くこわばり、耳の中で鼓動が鳴り響いていた。

「ダンカークさん！　軽はずみなことはなさらないと約束したでしょう」

「これは軽はずみではないと保証しますよ。なにをすべきかはっきりと考えました。この男が妹を傷つけたようにほかの若い女性に害を及ぼすことを防ぐには、これしかないのです」

制止できる見込みはなかったものの、ジェーンはその腕をぐっとつかんだ。「決闘をまのあたりにすることが妹さんのためになるはずがないでしょう」

ダンカーク氏はヴィンセント氏に取り押さえられて立っているベスをふりかえった。

るように」

「これが妹への教訓になるよう願っていますよ、この先はもっとよく自分の行動を考え
遠くで蹄の音が響き、バフィントン氏がジェーンの借りた牝馬に乗って道のまがりかどをまわってきた。横鞍からずり落ちかけていたが、容赦なく鞭をあてて牝馬を走らせている。そして、もうもうと砂埃をあげて自分の馬の隣に止まった。

リヴィングストン大佐が友人に苦々しく笑いかけた。「バフィントン、ちょうどよかった。ミス・エルズワースを押さえていてくれないか——反対がなければだが、ダンカーク？」

「しないとも。それが賢明だろう」

「今日はほかになにもしていない気がするな」バフィントンはとびおりてダンカーク氏とリヴィングストン大佐が手にしたピストルを見やった。「介添人がいるか？」

「いつも通りさ」大佐は得意げに笑うとピストルを握り直した。

「ああ。ならおまえのことは心配しないぞ」

ジェーンは草地を横切って近づいてくるバフィントンからあとずさった。このひらけた野原では逃げ隠れできない。つかまってしまったら、ダンカーク氏もリヴィングストン大佐も止めようがなかった。せっぱつまったあまり、体のまわりに透明《スフェル・オブスキュルシ》球を織

りあげる。バフィントンは一瞬足を止めてから、頭をふってジェーンが最後に立っていた地点をめざした。ジェーンは球を押して脇に動かし、そこから音もなく移動した。呼吸が速くなったものの、血管で脈打つ不安が活力を与えた。

バフィントンはジェーンがいたところにたどりつき、当惑した様子でくるりとまわった。

その刹那、どうすればいいかわかった。互いの姿が見えないようにできれば、ふたりが分別を取り戻すまで決闘をひきのばせるかもしれない。ジェーンは深く息をつきながらあとふたつ透明《スフェル・オブスキュルシ》球を創り、めいめいを囲むように押しやった。これだけ距離をあけて球を創るのは骨が折れたが、努力した甲斐はあった。いきなり相手が消えたので、ふたりとも悪態をついたのだ。球を縛ると負担はたちまち軽くなった。

ただし、それもリヴィングストン大佐が自分の球から出るまでだった。「利口な思いつきだが、なぜ戦場でこういう手を使わないかを実証しているな」

ジェーンは透明《スフェル・オブスキュルシ》球を動かしてふたたびその姿を包み込んだものの、そのあいだも、大佐は動き続けさえすれば勝てるのだと気づいていた。こうやって縛ってあればジェーンが気絶しても球は無事だが、大佐をずっと隠しておくには体力がもたない。しかも、相手が離れるほど糸を操るのが難しくなる。なにか別の手段を考えなければ。

繊細さには欠けるとしても、姿を隠す方法はもうひとつあった。ジェーンはできるだけ暗く分厚い襞に手をのばした。光を通さない形に織りあげ、夜のかたまりを創ると、ダンカーク氏とリヴィングストン大佐を隔てる壁にする。そして、透明球《スフェル・オブスキュルシ》を創った光の球のようにふくらませた。ただし、この球は日の光を吸収して覆い隠し、内側にあるものすべてに黒々とした影を落とした。それがジェーンの上を通過すると、草地は完全な闇に包まれた。

ジェーンは疲労にあえぎ、ありったけの力で息を吸い込みながらも、決闘中のふたりが立っている場所の向こうへ闇の壁を押しやり続けた。

ダンカーク氏が苛立ちと怒りの声をあげた。不自然な夜が草地に広がると、馬の一頭がうろたえて甲高くいなないた。野原を横切る蹄の音がとどろく。馬たちが闇から逃げ出そうとしたのだ。

馬が一頭鼻を鳴らしてかたわらを走りすぎたとき、ジェーンはめまいでふらふらしながら糸を縛った。よろめいてでこぼこした地面に膝をつく。束の間、見えない乾いた草に両手を乗せ、残った力をかき集めて男たちを説得しようとした。「お願いですから、ダンカークさん、この件はあきらめてください。こんなことをしても誰の役にも立ちませんわ」

右手の暗がりからリヴィングストン大佐が荒々しい笑い声をあげた。「それには遅すぎますよ、ミス・エルズワース。僕は言いがかりで名誉を傷つけられたんですからね」

「名誉だと！」ダンカーク氏が叫んだ。「若い娘の評判をだいなしにすることが名誉ある行ないか、おまえがやったように？」

姿は見えなかったが、子爵夫人の洗練された声は聞き違いようがなかった。「妹さんのご心痛はお気の毒ですけれど、ダンカークさん、甥に代わって抗議しなければ。ヘンリーは女性にやさしすぎるのですよ。それを特別な好意と誤解した娘さんは、ミス・ダンカークがはじめてではありません」

「お言葉ですが、レディ・フィッツキャメロン」ジェーンは口をはさんだ。「甥御さんはただやさしくしただけではありませんわ。ミス・ダンカークと結婚すると約束したんです」

乾いた草を踏みつける足音がして、リヴィングストン大佐の声が別の地点から響いた。

「あの娘《こ》がそう言ったんですか？」

「いいえ、リヴィングストン大佐。あなたがそう言っているのを聞いたんです。それとも、伯母さまの食堂で話し合ったことをお忘れですの？」

闇の中に沈黙が漂った。それから、「失礼ですが、なんのことを言っておいでかわかりかねますね」

「わたしはその場にいたんです、リヴィングストン大佐。なにもかも聞きましたわ。ちょうどゆうべメロディに同じ約束をしているのを聞いたように」

すると大佐はさっきより近くで笑い声をあげた。必死さと陽気さがいりまじった声だった。「妹さんですか？　それで、ほかには誰に求婚したことになっているんでしょう？　僕は従妹のリヴィアと婚約しているんですよ。なぜひとりどころかふたりもほかの女性に求婚しなければならないのか、想像に苦しみますね。どうご説明されますか？」

「わたしには説明できませんわ」ジェーンは迷路のことを思い出した。大佐がメロディと交わしていた会話と、ふたりのやりとりを耳にした手段がよみがえる。「でも、もし記憶を新たにする必要がおありなら、喜んでメロディとの会話を再現してさしあげますわ」

レディ・フィッツキャメロンが鋭く息を吸い込んだ。「それはどういう意味です？」

ジェーンは子爵夫人の声のほうを向いた。「メロディとリヴィングストン大佐の話を聞くために、ヴィンセントさんの考案した筒を使いました。筒の効力があるうちは、そのあいだに起こったやりとりを記録するんです。ロング・パークミードの植え込みの中に縛ってありますわ」

リヴィングストン大佐は急に息ができなくなったようだった。「そんな——そんなことは不可能だ」

ヴィンセント氏がはじめて口をひらいた。ぶっきらぼうな声が闇をつらぬき、ジェーンの背筋をふるわせた。「ミス・エルズワースにはいまの主張を実行する能力があると保証しよう」

「さあ、どう答える、リヴィングストン大佐？」ダンカーク氏は手探りで進んでいるらしく、ためらいがちな足音が左側で響いた。

「あんたがいつミス・エルズワースからその魔術を見せてもらったのか知りたいな、こんなに早く僕らに追いついたのに」

「ミス・エルズワースの言葉を疑う必要などなかった」とダンカーク氏。

「なるほどね。誰かそれを見たのか、それともあんたはミス・エルズワースの言葉だけを根拠に僕を中傷してるのか？」

「ミス・エルズワースは実に高潔な方だ。私は絶対の信頼をおいている」

「ほほう。ミス・エルズワースが僕の人格を非難すればどんな得があると思い込んでいるか、考えてみたことがあるか？」

ジェーンは姿の見えない会話に自分の声を加えた。「わたしは、ダンカークさんがあなたに決闘を申し込んだりしないように説得できないかと期待していたのよ」

「こっちに不利な主張をすることで？　むしろ、僕に見てほしくてたまらないのに一度も目をとめてもらえないから、やきもちでこの話をでっちあげたんじゃないか」その腹立たしげな声は、ほんの何歩か離れたところにいるように聞こえた。「あんたがどんなふうに僕を追いかけまわしたか、ここに集まっている人たちに教えてやろうか？　ヴィンセント氏が倒れたその晩、どんなにずうずうしく声をかけてきたか、くわしく話そうか？」

ジェーンは相手の厚かましさに息をのんだ。「わたしはそんなことしていないわ」

「バフィントン？　あの晩ミス・エルズワースが僕に体を押しつけてきたのを見ただろう？」

バフィントンは溜息をついた。「言いたくはないが、その通りさ。ミス・エルズワースがヴィンセント氏と活人画を演じる前に、食堂できみたちと出くわしたな。この人は実に淑女らしくないふるまいをしていた」

ベスが脇から声をあげた。「ジェーン！　だからわたしが見つけたとき食堂にいたの？」

「違うわ！」ジェーンは膝の下の乾いた草をつかんだ。「どうしてあそこにいたか話したでしょう」

「おまえの罪にはこの立派な女性に対する名誉毀損が加わったぞ、リヴィングストン大佐！」ダンカーク氏が藁を踏みしだきながら大佐の声のほうへ動いた。それから、転んだことを示す鈍い物音が響いた。毒づく声が聞こえる。

「名誉毀損？　僕が？」リヴィングストン大佐は笑った。「馬鹿な女ふたりの言葉を真に受けて僕を責めるのか？　あんたの妹を好きだなんてどうして思えるんだ？　僕がいつ、伯母の隣人の妹に対する以上の敬意を示した？　あんたが僕に危害を加えるのを止めたかったとミス・エルズワースは言うが、本人の行動は正反対の結果を招いているだろう。もしミス・エルズワースの言う通りなら、直接証拠を僕につきつけて償いを求めるほうがよかったんじゃないか？　この話をこんなにおおやけにする理由なんか、やきもち以外になにがある？」

地面に倒れたままダンカーク氏が言った。「魔術で記録したことはどう説明する？」

だが、その声に疑いが忍び込んだのが聞き取れた。

「そんな必要はないさ。本人以外誰も見ていないんだから」リヴィングストン大佐の声が頭上で響き、続いてがっしりした手が肩をかすめた。

ジェーンは金切り声をあげた。その手がぐっと腕をつかんで体をひっぱりあげたのだ。顎に冷たい銃口が押しあてられた。

25　草の中の蛇

「ミス・エルズワース！」ジェーンの左手の暗がりでダンカーク氏があわてて立ちあがった。

「手の上をネズミが走ったと言え」リヴィングストン大佐の熱い息が耳もとで鋭くささやいた。ブランデーのにおいがぷんぷんする。

 周囲の闇の中で次々と警戒の声があがり、ジェーンに大丈夫かと呼びかけた。リヴィングストン大佐が体をゆさぶった。「さっさと言え。このピストルの引き金はおそろしく軽い。腹立ちまぎれに発射しかねないぞ」

ジェーンはその言葉を疑わなかった。ふるえる声を出す。「蛇よ。草の中の蛇にびっくりしたの」

大佐はさらに強くピストルを押しつけ、脅迫を意識させた。それからもっと大きな声で言う。その台詞はみんなに対する演技であると同時に、ジェーンへの警告でもあった。

「ひょっとしたら、蛇を見て自分の嘘を思い出したのかもしれないな。話を撤回するといいんじゃないか」

口の中で舌がからからになった。「もしそうしたら、あなたは誰と結婚するの？」

大佐の手が腕のやわらかな皮膚に食い込む。「もちろん従妹さ、婚約しているんだからな」

ベスの苦悩に満ちた声が闇に走った。「わたしのことが好きだって言ったじゃない！」

「僕がなにを言ったせいでそんな誤解をしたのかわからないが、心からすまないと思うよ」リヴィングストン大佐の声音は心から気の毒そうに聞こえた。正直という言葉を馬鹿にしているかのようだ。

「悪党！　ならず者！」ひとこと吐き出すたびにピストルの硬い金属が顎に押しつけられた。大佐の嘘に腹が立つあまり、ジェーンはもはやなにをされようと気にとめなかった。

「気をつけるんだ、ミス・エルズワース。これ以上人を誹謗しないほうがいい。もう一度口をひらく前によく考えることだな」

ふいにまわりの闇が消え失せ、昼の明るさが一気に戻ってきた。ジェーンはみひらいた瞳に射し込んだ光に身をすくめた。銃口が顔から引き離され、リヴィングストン大佐は悪態をついて突然の光から目をかばおうとした。

ジェーンは一瞬注意がそれた隙に体をひねって逃れた。ピストルに手をのばし、使わせまいとして大佐の手をつかむ。ハンサムな顔が冷笑にゆがみ、大佐は取っ組み合いながらジェーンを地面から持ちあげそうになった。

「あのふたりはどこだ?」ダンカーク氏が向きを変えて草地を見まわした。

バフィントン氏が叫んだ。「リヴィングストン?」

リヴィングストン大佐はジェーンの腕を後ろにねじって体を引き寄せ、くっくっと笑った。こちらと同じことに気づいたのだ。ジェーンの創った闇はなんらかの理由でほどけたが、体を包む透明《スフェル・オブスキュルシ》球はまだそのままだった。ジェーンは乱暴な手から逃れようと身をもがいた。

大佐が荒々しく手を握りしめ、ピストルが発射された。

あらゆる場所から一気にこだまが返るほど大きな音が草地じゅうに響き渡った。背後でベスが悲鳴をあげた。ジェーンは訪れるはずの苦痛を待ち受けたが、銃口が自分に向いていなかったことに少しずつ気づいた。

リヴィングストン大佐が急にジェーンの体を解放し、一発だけ弾を使ったピストルを手に押しつけてきた。

ダンカーク氏が脇を駆け抜けていった。「ベス！」

リヴィングストン大佐はさっとジェーンを通り越すと、ダンカーク氏を追って透明《スフェル・》球《オブスキュルシ》から出た。走りながら声をあげる。「なんてことだ！　ミス・エルズワース、いったいなにをしたんだ？」

ジェーンはふりかえった。ヴィンセント氏がベスを放して草の上に崩れ落ちている。ベスの服には血が飛び散っていた。ダンカーク氏は妹の肩をつかみ、怪我はないかと全身を確認してからぎゅっと抱きしめた。

激しい衝撃に体がふるえた。もう限界だった。まさかヴィンセント氏が流れ弾にあたって倒れるとは。自分が逃げようとしなければ、銃が発射されることもなかったのに。

リヴィングストン大佐がその集団の手前で立ち止まった。足もとではバフィントンが腹を押さえて身をよじっている。腹部が血まみれだ。わからない。銃声は一回だけだった。一度にふたりにあたることがあるのだろうか？　自分がなにをしたのか理解しようとつとめながら、よろよろと前に進む。

ベスの金切り声が大きくなった。ジェーンはまだ手の中にあるピストルを見た。これでは正気を失ったと誤解されても当然だ！　だが、ベスが兄の肩越しに見ているのは大佐で、ジェーンではなかった。リヴィングストン大佐の手の中でナイフが光った。バフィントン氏の喉にあてがっている。ジェーンは駆け寄って、子どものころ指貫でやったようにピストルの台尻を大佐の頭にふりおろした。

結果は実に満足のいくものだった。大佐は一声うめいて前のめりに倒れた。

「ミス・エルズワース！　甥から離れなさい！」レディ・フィッツキャメロンの命じる声が草地の向こうから響き渡った。

ふりむいたダンカーク氏が、ピストルを持って大佐とバフィントン氏の脇に立っているジェーンを目にした。悲しげな表情になる。「では、本当のことだったのか！……それほど復讐したかったのですか？」

子爵夫人の従僕がジェーンの両腕をつかみ、がっちりと取り押さえた。ジェーンはピストルを草の上に落とし、従僕につかまれたままぐったりと力を抜いた。首をふったものの、どれほど不利な光景に見えるか、わかりすぎるほどわかっていた。「銃を撃ったのはリヴィングストン大佐です。わたしじゃないわ」

だが、ダンカーク氏はすでに大佐の言い分を信じこんでいた。「もう作り話はやめましょう。なぜリヴィングストン大佐が友人を脅すのです？」

バフィントンが草の上で咳き込んだ。「あいつはおれに金を借りてるんだ。山ほど。

そいつをミス・エルズワースに押しつけるつもりだろう。そして信用を落とす。金持ちの女と結婚する」両手のまわりにあふれだす血を見おろす。「そんなことを気にするほどもたないかもな」

その台詞でダンカーク氏は行動を起こした。バフィントン氏を子爵夫人の馬車に運ぶよう、従僕に大声で指示する。ジェーンを押さえていた従僕は、一瞬躊躇したあと手を離し、同僚がリヴィングストン大佐とバフィントン氏を馬車に担ぎ込むのを手伝った。

ヴィンセント先生を助けて、とベスが呼びかける。

ヴィンセント氏の無愛想な声が止めた。「別に助けは必要ない」

急に胸のつかえがとれ、ほっとして膝から力が抜けた。ジェーンは草の上にへたりこんだ。ヴィンセント氏が上体を起こし、ベスの血だらけの服を見つめてたずねた。「ミス・ダンカーク！　なにがあった？　怪我をしたのか？」

ベスは笑いと涙を半々にまじえて、暗闇が晴れたあとなにが起きたか説明した。ジェーンは周囲のできごとからすっかり遮断されているように感じつつ、ヴィンセント氏の無骨な顔が信じられないほど蒼ざめるのをながめた。ヴィンセント氏は勢いよく首をめぐらし、草に膝をついているジェーンを見た。

ぱっと立ちあがって草地を横切り、ジェーンの前で膝をついて抱き寄せる。髪をなでて腕の中でゆすりながらつぶやいた。「無事だったのか。ありがたい、無事だったのか」

ジェーンは泣きながらその胸にすがりついた。

「すまなかった」とヴィンセント氏。「あんたが無事かどうか見るあいだだけ闇を消すつもりだった。口調がおかしかったからな。だが、自分の疲れを甘く見て、糸を操りそこねた」

ジェーンは顔を相手の外套にうずめたまま、首をふった。「わたしのせいなの」

「違う」ヴィンセント氏はジェーンの頭を持ちあげて後ろにそらし、頬の涙をぬぐった。「関係者全員の中でいちばん責任がないことはよくわかっているはずだ」

魂の奥底まで見透かすようなまなざしのもと、全身に響き渡った鼓動はどんどん大きくなり、やがて家の馬車の音とまじりあった。父が草地を横切って馬を進めてきたので、ヴィンセント氏はジェーンを離した。もう一度その腕に戻りたくてたまらなかったが、相手はジェーンを助け起こすと、適度な距離を置いて立った。模範的なふるまいなどちっとも望んでいないときにかぎってそんな態度をとるとは。

エルズワース氏が馬からとびおりた。「ジェーン！」

遠くでエルズワース夫人が大声をはりあげ、この場面のおそろしさについて熱弁をふるっていた。なにがあったかくわしく知っているはずはないのだが。メロディのほうは、うつ伏せになったリヴィングストン大佐の体が子爵夫人の馬車に運び込まれるところを目にした。恐怖に悲鳴をあげてそちらへ駆け寄る。

ヴィンセント氏が顔をしかめた。「ミス・メロディの面倒を見たほうがいい、ミス・エルズワース」

父とジェーンはそろって草地を走っていき、メロディを制止した。ジェーンは一回ふりかえった。ヴィンセント氏はさっきの場所に立ったまま、なおもじっとこちらを見つめていた。

戻りたいと願ったものの、いまはメロディに専念する必要があった。妹は悲しみと怒りにわれを忘れて子爵夫人の馬車に身を投げかけた。「ヘンリー！」ジェーンの前を走っていたエルズワース氏が胴をつかんで引き戻す。「死んじゃった！あたしの恋人が死んじゃったわ！」

ジェーンに先導されて馬車に連れていかれるあいだも、メロディは首をまげて後ろを見ようとしていた。「落ちついて、メロディ。あの人は死んでないわ。頭を殴られただけ」

メロディは姉の言葉など聞こうともせず、父の腕から抜け出そうともがいたが、エルズワース氏はしっかりと押さえていた。ジェーンと力を合わせてようやく馬車に戻す。なんとも驚いたことに、母が冷静さを取り戻し、メロディの世話を始めた。妹の手首やこめかみをバラ香水で叩く。こんなにたしかな手つきできびきびと動く母は見たことがなかった。エルズワース夫人はこちらをちらりと一瞥しただけだった。

「お父さまに家へ連れて帰ってと言いなさい」

もう一度うながされる必要はなかった。

ロング・パークミードへ戻るあいだ、メロディは馬車の中で自分の動揺をぶちまけ、不当な目に遭わされたと聞き手全員に訴えた。ジェーンが口をひらいたのは一度だけ、妹がこう言ったときだった。「ジェーンのせいよ！」

ジェーンは通りすぎていく田舎の風景から目をそらさず、短く言った。「わかっているわ」

喧嘩を売ったつもりだったのにあっさり認められ、メロディは束の間黙り込んだ。それも母からふたたび配慮を要求されるまでの話だったが。

責任はないとヴィンセント氏に断言されたにもかかわらず、ジェーンはなにか違うことができたのではないかという感覚を払いのけられなかった。バフィントン氏は大嫌いだが死んでほしくはないし、メロディとベスとミス・フィッツキャメロンが現実につらい思いをしたことでは自分を許せない。レディ・フィッツキャメロンでさえ、お気に入りの甥の裏切りが暴露されたことで、このいやな事件の影響を受けているのだ。

もう行動を変えるには遅すぎるのに、あのときこうしていたらという考えで頭がいっぱいになった。内心で何度も何度も、別の選択をしたらどうなったか思い描く。

家に着くと、家族に断ってまっすぐ自分の部屋へ行った。魔術の林は出ていったときのままだった。ヴィンセント氏の写生帳がひらいたまま床に転がっている。ジェーンは息をはずませて敷居ぎわに立った。その人のことを考えると一気に感情が押し寄せ、胸が苦しくなった。

後ろ手に扉を閉め、写生帳を閉じて本棚に置く。服も着替えずに寝台へもぐりこみ、目をつぶると、ぐっすり眠ってなにもかも忘れられますように、と祈った。

26 懇願

自分の行動の結果に直面したくなかったジェーンは、翌週ずっと部屋に閉じこもっていた。だが、せっかく落ちつきを取り戻そうとしているのに、外界から情報が少しずつ入ってきてリヴィングストン大佐の動機があきらかになるにつれ、心をかき乱した。ナンシーの話では、大佐は子爵令嬢と婚約したあと、フィッツキャメロン家が破産しかけていると知って、つもりつもった賭博の負債を清算しようという望みを断たれたのだという。そこでせっぱつまったあまり、一度にふたりの女性に求婚し、持参金が多いほうと結婚しようともくろんだのだ。近所の噂によると、大佐は処罰を逃れてアメリカに渡ったらしい。

父からは、ダンカーク氏が訪ねてきて会いたがっていると聞いたものの、話したところでお互いに苦痛を感じるだけだろう。過去のことを語ってもなんの役にも立たない。相手に対する信頼を回復することはできないし、ダンカーク氏の名誉が要求するむなしい謝罪に耳をかたむける気にはなれなかった。

母の話だと、ヴィンセント氏は決闘の日の午後に子爵夫人の家を離れ、それ以来誰も姿を見ていないという。母が言い張ったので、スマイス医師が一度往診にきて、ジェーンは健康だが日にあたる必要があると告げた。また、バフィントン氏は生きのびるだろうとも。ほっとしたのはその知らせだけだ。

そのあと、部屋の扉を叩く音がした。ジェーンはようやく気力を奮い起こして「どうぞ」と言った。

戸口からメロディがそっと入ってきたときには仰天したが、それより心配になった。暗くおびえた目つきの妹は、いまきたばかりだというのに、逃げ出したがっているようだった。「あたしに会いたくなくてもしょうがないけど」

「いいえ、座って」ジェーンは立ちあがり、身ぶりで椅子を勧めた。驚きすぎてそれしかできなかったのだ。

メロディは椅子の端に腰かけ、小さな紙包みをさしだした。ジェーンは数秒間ながめてから、受け取ってもらいたがっているのだと悟った。

包みはからっぽではないかと思うほど軽かった。紙をめくると、ガラスでたくみに作った繊細なスグリの房が現われた。

「サクランボじゃないってわかってるけど、気に入るんじゃないかと思って」

「ありがとう」

沈黙が流れ、部屋は静まり返った。どちらもしばらくはふたたび話し出そうとしなかった。ジェーンは普段会話を切り出すときのきっかけをいくつか考えたが、どれもふたりのあいだに起こったことを克服するには平凡すぎるように思われた。とうとう、唇を湿らせて口をひらく。「あとをつけてごめんなさい」

「ちょっと！　謝らないで！　あたしに謝ることはないわ。ねえ、ジェーン。あたしはこの一週間、どんなにつらい目に遭わされたかってことしか頭になかったの。でもそれから――もう！　馬鹿みたいって思われそうだけど！――それから居間に行ったら、ジェーンの絵のひとつが目についたの。ライムリージスにいるあたしの絵、憶えてる？　あの中になにを感じたかはっきり言えないけど、あれのおかげで、ジェーンがいつもどんなにやさしくしてくれてるか思い出したの。それで、怒るのは筋違いだって気がついたわ。だって本当は知ってたんだもの。ヘンリー――リヴィングストン大佐がミス・フィッツキャメロンと婚約してるってわかってたはずなのに、馬鹿だから認めたくなかったの」言葉を切って膝に乗せたハンカチを見おろし、紐のようになるまできつくねじる。

「だからきたのよ。そんな権利はないけど、許してもらいたくて。ごめんなさい、自分勝手なひどい妹で――」

それ以上は続けられなかった。ジェーンが部屋の向こうからとんでいって妹を抱きしめ、一緒に泣き出したからだ。ふたりが泣いたり笑ったりしながらさんざん真心のこもった言葉を交わしているところで、われわれはこの場を離れるとしよう。

その日の午後、ジェーンはメロディになだめすかされて居間へおりていった。以前ほどくつろげなかったが、昔ながらの習慣でそれなりに元気づけられたので、夕食後、父から「ジェーン、なにか音楽を聴かせてくれないかね?」と言われたときには進んで応じた。

暖炉のそばの席から立ちあがってたずねる。「なにがいいかしら、お父さま?」

ソファから母が言った。「なにか明るいものを。破滅だの暗闇だのって最近のはやりの曲はごめんですよ。楽しいガボットかロンドがいいわ。言わせてもらえば、このところふさぎこみすぎでしたからね。もちろん誰もわたしの意見なんか訊かないけれど、そんなに自分のことばかりにかまけているのはよくありませんよ。ほかの人のことを考えて、過ぎたことはくよくよ考えすぎないようにしないと」

母の意見がいきなり転換したことで、メロディとジェーンは目を見交わした。メロディは作っていた房飾りで微笑を隠した。「好きなのを弾いて、ジェーン」

指の下の鍵盤はなじみのない感じがした。最後に弾いてからたった一週間しかたっていないのだろうか？　一生分の時間に思えた。もう一度音楽に慣れようとして、鍵盤で適当な音を奏でることから始める。弾いている音に合わせて魔力を引き出したが、深紫や黄昏の色は、まだ胸にひそんでいる動揺を強くほのめかしていた。

理解できない事柄はいろいろあるが、いちばんわからないのは、なぜヴィンセント氏が立ち去ったのかということだ。心に食い込むその不安が演奏に表われた。なにか明るいものをという母の求めに気を配って、ベートーベンの最新のソナタを弾きはじめる。楽しげな繰り返しの下に胸の痛みがこもっていた。喜びにあふれた曲にせつない思いを隠し、魔術にそそぎこんだので、ピアノの上でたわむれる色彩のあいだには思慕の情がひそんでいた。

家の正面に馬車が近づく音がした。

「誰でしょうね？」エルズワース夫人が問いかけ、ソファからいらいらと窓を見やった。

ジェーンは弾き続け、メロディが外をのぞいて眉をひそめた。「あの馬車には見覚えがないけど」

少したつと、ナンシーが居間の戸口に現われた。ジェーンは曲を終わらせ、誰が訪ねてきたのか聞こうと待ち受けた。ナンシーは顔を赤らめ、肩越しにちらちらと後ろをうかがっていた。「旦那さま、弁護士さんがきて、少しお時間をいただきたいって言ってますが」

「弁護士？」エルズワース氏は新聞をたたんだ。「むろんだとも、案内しなさい」

「よかったら、書斎でふたりだけでお会いしたいそうです」ナンシーはお辞儀して答えを待った。

家族は顔を見合わせ、エルズワース氏はふんと鼻を鳴らした。「さて。その男がなにを言いたいのか訊いてくるとするか」新聞をサイドテーブルにほうると、弁護士がロング・パークミードになんの用なのかと首をひねっている三人を残して席を立つ。居間を出たとき父が大声で笑ったせいで、さらに好奇心を刺激された。出たあと扉を閉めていったので、うれしそうに言葉を交わしながら遠ざかっていく音しか聞こえず、やがて話し声は書斎に消えていった。

ジェーンはどうしたらいいかわからず、またピアノを弾き出した。母は本を読んでいるふりをし、メロディは上の空で房飾りの糸を何本か直した。第二楽章を始めたとたん、父が急に居間の扉をひらいたので、ジェーンは驚いて鍵盤から手を引いた。

エルズワース氏は長身の男性を伴っていた。ふさふさと縮れた褐色の髪をして、脇の下に革の書類挟みをかかえている。「シーウェルさん、これが妻のエルズワース夫人、それに娘のジェーンとメロディだ」

シーウェル氏は礼儀正しくそれぞれに頭をさげたが、視線はジェーンにとどまっていた。首筋の毛がそそけだつ。

「なんなんです？　なにがあったんです？」エルズワース夫人は胸に手をあてた。「リヴィングストン大佐を誹謗したことで子爵夫人から訴えられたんですよ——わかってましたとも。ジェーン、おまえのせいですよ」

メロディがいきなり立ちあがった。「ジェーンをほうっておいて！　ジェーンが止めてくれなかったら、あたしが大佐と駆け落ちしてたはずだって知ってるくせに」

「んまあ、なんてこと！」小さな鼻をふんと突き出し、エルズワース夫人は目もとに四角いレースの布をあてた。「わたしにそんな口をきくように育てた憶えはありませんよ」

エルズワース氏が咳払いした。「それはともかく、シーウェルさんは少々話があるそうだ。ジェーン、書斎で待っていてくれるかね？　たいして時間はかからんよ」

冷たい恐怖が襲ってきた。「もちろんよ、お父さま」涙をこらえたせいで目がひりひりする。家族にこんな迷惑をかけた自分を責めながら、ジェーンは部屋を出ていった。

ナンシーが廊下に立っており、不思議そうなまなざしを向けてきた。ジェーンはこの場で崩れ落ちたりするまいと決意を固めた。束の間でも落ちつきを取り戻す機会が与えられたことにほっとして、父の書斎へ入っていく。

ヴィンセント氏が窓ぎわに立っていた。

ジェーンの驚きの声に、ぱっとふりむく。「ミス・エルズワース、すまない、驚かせるつもりはなかった」

最後に会ったときから一週間で、めざましい変化が起こっていた。やつれた様子がいくぶん消え、健康的な顔色に戻っている。頬のひげはきれいに剃られ、髪もきちんと切ってあった。どこから見ても悠然とした態度なのに、なぜかためらうような気配が感じられた。

先に切り出したのはジェーンだった。「わたし——あなたがここにいるのを知らなかったわ」

「父上に聞かなかったのか？」

首をふる。「弁護士さんに会っただけよ」

相手は渋面になった。「それは申し訳ない。必要なかったかもしれないが、この件では危険を冒したくなかった」

「どんな件なの？」

「うまく話すのが苦手なのは憶えているだろう」首筋をさする。「写生帳は読み終わったか？」

「ええ」ジェーンは扉の把手を握った。「いま持ってくるわ」

ヴィンセント氏は顔に懇願の色をたたえて手をさしのべた。「いや。違う、あれはあんたに贈ったものだ。あれが――あの意味がわかったか？」

これ以上立っていられず、ジェーンは手近の椅子にへたりこんだ。「たぶん」

ヴィンセント氏は指を組み合わせて唇にあて、うなずいた。じっとこちらを見つめ、ジェーンの中に答えを探す。それから、疑問が続くことに耐えられないといわんばかりに顔をそむけ、父の机の上にある地球儀のほうを向いた。上の空で回転させながら言う。

「だったらわかってくれるだろう――いや。なぞなぞ遊びをするつもりはない」地球儀を止め、ふたたびふりかえる。「根拠はなにひとつ与えていないが……それでもだ。ミス・エルズワース、今晩ここにきたのは、結婚を申し込むためだ。どうか――受けると言ってくれないか？」最後の一節で声がかすれた。

ジェーンは口をひらいたが、不安しか予想していなかったところにわきあがった歓喜で息が止まり、一度だけ嗚咽が洩れた。

ヴィンセント氏はうつむいた。無防備になったその瞬間、ジェーンは相手が思っていたより若かったことに気づいた。

ヴィンセント氏はうなずいて一歩さがった。よそよそしく無愛想な仮面が戻ってくる。

「当然だな。すまなかった。これ以上迷惑はかけない」

「待って！」間をおいたのが拒絶と受け取られたことに気づいて、ジェーンは立ちあがった。「受けるわ！　ねえ、お願い、受けるから」

魔術がはぎとられて本物の夜明けが現われたときのように、ゆっくりと相手の顔が輝いた。「本気か？」

ジェーンはうなずいた。ぶっきらぼうで熊のようなこの男性を腕に抱いてなぐさめたい。力を合わせて魔法を創り出し、ともに世の中を見ながら老いていきたい。そう願って手をのばす。相手も応え、ふたりは最後のためらいを捨てて抱き合った。

うまく話す才能を否定したものの、その幸せなひとときでヴィンセント氏が口にした言葉は、ひとつ残らず信じられないほどの喜びをもたらした。ジェーンは吐息を洩らし、広い胸に頭を預けた。ヴィンセント氏がその上に顎を乗せると、パズルのピースのようにぴったりおさまった。「もうひとつ知らせなければならないことがある」低く響く声が全身に振動を伝えてきた。

「なに？」

よりそった体に緊張が戻ったのが感じられた。「ヴィンセントというのは俺の苗字じゃない」

「知っていたわ」

「知っていた？」相手は仰天した声を出し、ジェーンを抱いた腕をのばして顔をのぞきこんだ。

「ベスに聞いたの」

眉がひそめられる。「なんと言っていた？」

「ダンカークさんがあなたのことを調べさせたら、ヴィンセントというのは本当の名前ではなかったんですって。それだけ」ジェーンは首をかしげた。「だからあの写生帳にV．H．の頭文字がついていたの？」

「その通りだ。気になるか？　自分が誰なのか俺が嘘をついていたことが」

「いいえ。あなたの作品を見れば、知る必要があることは全部わかるもの」自分の部屋にある魔術画のことを思い出す。見せたくてたまらなかった。

相手はほほえんでジェーンの額にくちづけた。「ヴィンセントは名前のほうだと教えておくべきだろう。苗字はハミルトンという。シーウェルを連れてきたのは、名乗っている通りの者だと証明してもらうためだ。父上がこの縁組にしりごみせずにすむように」

「お父さまがためらっても関係ないわ」

「そう言ってくれるとはありがたいな」ヴィンセント氏——いや、ハミルトン氏はジェーンを椅子のところへ連れ戻して座らせた。「名前を変えたのは、俺が芸術に興味を持っていることを家族が恥ずかしく思っているからだ。お粗末な家名だが、体面を守るために匿名で活動すると約束した。父はヴァーベリー伯爵フレデリック・ハミルトンだ。俺は三男にあたる。こみいった宮廷生活に耐える必要はない。兄はふたりとも元気だからな。だが、渡りの魔術師のきつい生活をがまんしなくとも、楽な暮らしができるということではある」

その台詞の中でひとつしかジェーンの耳には入らなかった。「家族のところに戻るために魔術をやめてはだめよ!」

「もうやめた」ジェーンの手に唇をあてる。「もっと大切なものを見つけたからだ」

「だめ!」ジェーンは立ってその手をつかんだ。内心を説明することができず、相手をひっぱって階段を駆けあがると、寝室の扉をあけはなって押し込んだ。ヴィンセントは魔術画を目にして足を止めた。

そして、長いあいだ黙っていた。

ジェーンは待った。評価を恐れていたわけではない。この魔術画はいままでのどれよりすぐれているとよく心得ていたからだ。だが、これを見せても、言いたいことを理解してくれるかどうか不安だった。木々の輪郭には、こんなことができるとは思ってもみなかったほどの実在感があった。木の葉はジェーンの恋心に合わせるようにふるえている。やさしい風がふたりをかすめ、魔術を通じてヴィンセントの手に触れられていると想像できた。

「ジェーン……」ジェーンの創り出した林に心を奪われ、ヴィンセントの声が途切れた。

「あなたがこれをくれたのよ」両手でその手を握りしめ、わかってほしいと願う。「いまではわたしたちふたりのものだわ。わたしのために魔術をやめたりしたら、絶対に許さないから」

ヴィンセントは空いているほうの手をジェーンの頬にあてた。「いつまでも俺の女神でいると約束してくれ」

「約束するわ」

ヴィンセントは目を細めて微笑すると、身をかがめてやさしく唇にキスした。

下の廊下でエルズワース氏が咳払いした。

ヴィンセントは身を起こし、真っ赤になった。「ああ」困惑のあまり空中に浮きあがって寝室から出ていきかねない様子だ。「エルズワース氏。お嬢さんが魔術画を見せてくれたところだ」

「うむ……そのようだな。なにか質問に対する答えがあったかと首をひねっていたのだがね？」エルズワース氏はベストに親指をひっかけ、少々無邪気すぎる顔つきをしていた。

「あった」ヴィンセントはジェーンの手をとって階段をおりていった。エルズワース氏はふたりが手を握っているのを見て顔を輝かせた。階段の途中で急にヴィンセントが立ち止まった。「待ってくれ。これを忘れていた」ポケットを探り、黒真珠でサファイアを囲んだ指輪をとりだす。可憐な品は力強い手の中に隠れてしまいそうだった。

ジェーンはふるえながら指にはめてもらった。言葉にならない想いにあふれた顔を見あげ、そのまなざしに身をゆだねる。ヴィンセントは眉をあげて溜息をつき、父が待っている階段の下へ向かって顎をしゃくってみせた。

ジェーンは声をたてて笑い、あとに続いて階段をおりていった。エルズワース氏はふたりが下に着くまで注意深く背を向けていた。「それで？　おまえたちはどこに住む気かね？」

ジェーンは婚約者の手を握りしめ、顎をもたげた。「この人の仕事が必要なところへ出かけていくわ」

エルズワース氏は笑い声をあげ、ヴィンセントの腕にげんこつをあてた。「そら、仕事をやめさせたりするものかと言っただろう。うちの娘はきみほどの才能を埋もれさせるほど馬鹿ではないとも」居間のほうを向く。「きなさい。メロディとヴァージニアが戸口に立って耳をすましているぞ。ふたりの耳に負担をかけたくないのでな」

エルズワース夫人がひたすら驚いたと言い続けたものの、その日のゆうべはにぎやかに過ぎた。夜になって別れを告げたとき、ジェーンの心はヴィンセント・ハミルトン氏とともにロング・パークミードを出ていったが、それほど長く離れていたわけではなかった。

ジェーンは贅沢な結婚式をしたがる母の望みを断り、父を説き伏せてささやかな内輪の式を挙げることにした。ヴィンセントが結婚を申し込んだ次の金曜日、ふたりはプレイター牧師の手で結婚した。

ジェーンは嫁入り道具を持ってヴィンセントとあちこち移動し、一緒に魔術画を創った。ふたりが力を合わせた結果はすばらしいもので、摂政皇太子の注意を引いて依頼を受けたほどだった。おかげでヴィンセント夫妻といえば趣味のいい仕事で知られることになった。

そのうえ、ふたりがしばしば大家《たいけ》を訪問したことがきっかけとなって、メロディもヴィンセント夫妻に負けない本物の愛情を見つけた。この結婚で、豪華な式をしたいというエルズワース夫人の望みはすべて叶えられた。ジェーンとヴィンセントがメロディのために結婚式の魔術画を創ったからだ。

そして、ふたりの娘が幸せな結婚をすることしか望まなかったエルズワース氏は、孫と遊ぶ年齢まで生きのびた。孫たちを散歩に連れ出してはロング・パークミードの迷路をめぐったりイチゴを食べさせたりして、許されるかぎり甘やかした。

ヴィンセント夫妻の後半の経歴は、魔術師としては奇妙に見えるかもしれない。だが、そのために夫妻は常に完璧さを追求した。そんなふうに技巧と情熱をこめた作品でみずからの楽園を創り出したのだ。だが、詳細は別の巻に譲ろう。ふたりの愛情を理解するのに必要なのは、晩年のちょっとした場面だけだ。

ある若い魔術師に助言を求められたとき、ジェーンはいまや白髪になったヴィンセントに目をやってにっこりした。「自分の芸術の女神を見つけなさい。そうすればほかのものはみんなついてきますよ。さしあたっては、襞を織る技術を少しみがく必要があるようね」

ヴィンセントが顔をあげた。皺に囲まれた瞳がきらめき、口もとだけが動いた。「芸術の女神」

ジェーンは微笑を隠そうと唇をすぼめた。その役割には満足している。自分にも芸術の神がいるのだ。

魔術用語集

魔術（Glamour） この言葉は基本的に魔法《マジック》という意味である。オックスフォード英語辞典によれば、原義は「魔法、幻術、呪文」または「人や物体にまとわりつく魔法もしくは見せかけの美しさ、人を惑わしたり魅了したりする魔力」。初期のイングランドでは妖精と密接に結びつけられていた。この改変された歴史上の摂政時代《リージェンシー》において、魔術とは男性でも女性でも使用可能な魔法を指す。この力によって光、香り、音の幻影を創り出すことができる。魔術を使うと丘を駆け登ったときのように物理的エネルギーを必要とする。

魔術画（Glamural） 魔術を用いて創られた壁画・天井画。

エーテル（Ether）　魔力が得られる場所。初期の物理学者は、世界が多くの元素に分けられており、エーテルがもっとも高度な元素だと信じていた。現在この理論は崩れているが、もともとの定義は「きわめて弾力のある希薄な物質。かつては地上と宇宙全体に充満しており、惑星間だけでなく空気の分子や地上のそれ以外の物質の隙間も満たす、光の波動を伝える媒体と信じられていた。また電波や電磁放射線を広く伝える媒体とも信じられていた」（オックスフォード英語辞典）。今日もっとも普通に目にするのはethereal（※希薄な／天空の）の語幹としてであり、意味も類似している。

襞（Folds）　エーテルから引き出した魔力の一部。魔術は主に女性の技能であるため、これを表現する隠喩は、たとえば織物など、ほかの女性的な技能を反映している。

透明球《スフエル・オブスキユルシ》（*Sphere obscurci*）　「目に見えない球」という意味のフランス語。文字通り、内側にいる人を目に見えないようにする魔法の球のこと。

遠見筒《ルアンテーヌ・ヴイジヨン》（*Lointaine vision*）　「遠くを見ること」という意味のフランス語。遠くにあるものを見ることのできる魔法の筒。たえず糸を織り続けていなければ映像が固定されてしまう。

謝辞

まず、たいへんお世話になったジェーン・オースティンに感謝の意を表したいと思います。この小説を書くひらめきを与えてもらったばかりでなく、細部の大切さについてずいぶん学ばせてもらいました。辛抱強く励ましてくれた夫のロバート・コワルは大いに称賛に値します。彼がわたしのヴィンセント氏です。

最初の読者にお礼を言わなければ手落ちでしょう。マイケル・リヴィングストン（そう、リヴィングストン大佐の名前はここからきました）、エミリー・デ・コーラ、ジェニー・レイ・ラッパポート、フェデリカ・レジェク、メアリ・クレア・ブルックス、イヴ・セルシー、エリザベス・マッコイ、ジュリー・ライト、ジュリア・ソーンに。

さまざまな魔術のフランス語を考えてくれたアリエット・ドボダールにはとくに感謝します。摂政時代の帽子についての質問に根気強く答えてくれた、帽子美術館のキース

・ダンシーとオースティンテーションン・コムのローラ・ボイルにも。

それから、わたしを支えてくれた友人や家族がいます。みんなの名前には聞き覚えがあるかもしれません——スペンサー・エルズワース、スザンヌ・ヴィンセント、エドマンド・シューベルト、ケン・ショールズ、ジョイ・マーチャンド、ナンシー・フルダ、ウィル・マッキントッシュ、ブラッド・ボーリュー、リヴィア・ルーウェリン、ロン・プレイター、ベス・ワージンスキー、エリース・タブラー、ローレル・アンバーダイン、ジョージ・シーウェル、そしてアリシア・コンティス。

最後に、みなさんの手もとにこの本が届くにあたり、いちばん直接にかかわったすばらしい方々にお礼を——エージェントのジェニファー・ジャクソン、編集のリズ・ゴリンスキー、校正編集のディアンナ・ホーク。ブックデザイナーのニコラ・ファーガソン、表紙のデザイナーであるベース・アート社のテリー・ローバック。

時間をとって読んでくれてありがとう。あなたにも芸術の神が見つかりますように。

訳者あとがき

十九世紀初頭の英国。欧州を席巻するナポレオンとの激しい攻防が繰り返される一方、田舎では中流以上の階級が隣人との社交にいそしむ優雅な生活を送っていた時代。そんな二百年前の英国に、もし魔術が普通に存在していたら……？

ジェーン・エルズワースは二人姉妹の長女。とっくに適齢期は過ぎているが、とりたてて裕福でもなく、妹のように美人でもない自分は、ずっと独身に違いないと覚悟している。気になる男性はいるものの、どうやら妹も同じ相手に恋しているらしい。だが、美しい妹の引き立て役をつとめることに慣れているジェーンにも取り柄はあった。魔術の才能に恵まれていたのだ。エーテルから力を引き出して幻を織りあげる魔術は、音楽や美術と同様に芸術の一種と考えられている。そのため一般的には〝女性のたしなみ〟とみなされているが、画家や音楽家がいるように、それを職業とする魔術師も存在する。

ある日、隣家の子爵夫人がひらいた舞踏会に招かれたジェーンは、寡黙でぶっきらぼうな魔術師と出会う――

二〇一〇年に出版された*Shades of Milk and Honey*の全訳をお届けする。

本書は著者メアリ・ロビネット・コワルの長篇デビュー作にあたり、摂政時代の英国を舞台にした長篇ファンタジイである。摂政時代とは一八一一年から一八二〇年まで、のちにジョージ四世として即位した皇太子が父王の摂政を務めた期間を指す。日本では少し下ったヴィクトリア朝ほど知られていない印象があるが、ジェーン・オースティンの作品で描かれた時代、といえば想像がつくだろうか。まだ一般に鉄道は使われておらず、交通手段は徒歩をのぞけば馬車か馬。働かずに暮らせることが紳士の条件で、金のために仕事をする人々は一段低く見られていた。なんとか上流の職業として認められていたのが牧師や軍人で、この作品の中でも、海軍大佐のリヴィングストンと地所を持つ紳士ダンカークがちらりと対抗心をのぞかせる場面がある。職業魔術師であるヴィンセントが軽く扱われることがあるのもそのためだ。少々前になるが、オースティン原作の映画『プライドと偏見』（日本では二〇〇六年に公開）がこの時代の雰囲気をよく伝えている。具体的なイメージをつかみたい方には一見の価値があると思う。

実のところ、『ミス・エルズワースと不機嫌な隣人』は時代背景ばかりでなく、語彙や語り口まで意識的にオースティンをまねている。分別のある姉と情熱的な妹という組み合わせまで『分別と多感』そのままだ。といっても、もちろんそこにはファンタジイとしての要素が加わっている。この英国にはごくあたりまえの技能として魔術が存在しているのだ。はじめのうちこそ、楽曲や絵画の美しさを強調するといった芸術的な目的でしか使われていないように見えるが、物語が進行するにつれて〝幻を織る力〟の真骨頂が発揮されていく。なにしろ、著者は短篇ＳＦでヒューゴー賞を獲得した実力派である。魔術もただのお飾りではない。くわしくは読んでのお楽しみということにして、ここではこの作品がネビュラ賞長篇部門、ローカス賞第一長篇部門、ロマンティックタイムズ賞のファンタジイ小説部門の候補に挙げられたことを付記しておこう。

著者について簡単に紹介すると、メアリ・ロビネット・コワルは一九六九年生まれ。二〇〇〇年代半ばごろから雑誌に短篇を発表し、二〇〇八年にジョン・Ｗ・キャンベル新人賞を受賞した。短篇では“Evil Robot Monkey”(2008)がヒューゴー賞短篇部門の候補に挙がり、“For Want of a Nail”(2010)でみごとに同賞を受賞している。なお、この短篇の邦訳は『Ｓ-Ｆマガジン』二〇一四年六月号に掲載予定なので、興味がおありの方はぜひご一読を。また、中篇“Kiss Me Twice”(2011)もヒューゴー賞中篇部門の候補作となっている。

本シリーズの二巻以降のタイトルと受賞・候補歴は以下の通り。

Glamour in Glass (2012)　ネビュラ賞長篇部門候補作
ロマンティックタイムズ賞ファンタジイ小説部門候補作

Without a Summer (2013)　ロマンティックタイムズ賞ファンタジイ小説部門候補作
（受賞作は未発表）

Valour and Vanity　二〇一四年四月出版予定

最後に、今回の翻訳に際してお世話になった多くの方に感謝したい。とりわけ、英文の不明点をご教示いただいたティム・R・ソーパー氏には厚く御礼申し上げる。

I would like to express my heartfelt thanks to the author, Mary Robinette Kowal, for kindly answering my question about Captain Livingston.

訳者略歴　早稲田大学第一文学部卒，英米文学翻訳家　訳書『パリは恋と魔法の誘惑』マカリスター，『ウィルキンズの歯と呪いの魔法』『星空から来た犬』ジョーンズ（以上早川書房刊），『白冥の獄』ヘイル，『アトリックス・ウルフの呪文書』マキリップ他多数

HM=Hayakawa Mystery
SF=Science Fiction
JA=Japanese Author
NV=Novel
NF=Nonfiction
FT=Fantasy

幻想の英国年代記

ミス・エルズワースと不《ふ》機《き》嫌《げん》な隣《りん》人《じん》

〈FT563〉

二〇一四年四月十日　印刷
二〇一四年四月十五日　発行
（定価はカバーに表示してあります）

著者　メアリ・ロビネット・コワル
訳者　原《はら》島《しま》文《ふみ》世《よ》
発行者　早川浩
発行所　株式会社　早川書房
郵便番号　一〇一 - 〇〇四六
東京都千代田区神田多町二ノ二
電話　〇三 - 三二五二 - 三一一一（大代表）
振替　〇〇一六〇 - 三 - 四七七九九
http://www.hayakawa-online.co.jp
乱丁・落丁本は小社制作部宛お送り下さい。
送料小社負担にてお取りかえいたします。

印刷・株式会社精興社　製本・株式会社川島製本所
Printed and bound in Japan
ISBN978-4-15-020563-8 C0197

本書は活字が大きく読みやすい〈トールサイズ〉です。